二見サラ文庫

二宮繁盛記 4

谷崎泉

JN090947

| Illustration |

ma2

C O N T E N T S

小野塚《おのづか》

警察庁警備部門所属。実は
二宮辞職のきっかけとなった
事件で発砲した本人。

朝倉和馬《あさくらかずま》

警視庁捜査一課の刑事。
二宮の後輩で、妻は生活
安全課勤務の遥香。

内藤《ないとう》ちひろ

二宮を保護者として頼ってい
る少女。緋桜高校の一年生。
自分の出自を知らない。

二宮清四郎《にのみやせいしろう》

立ち飲み二宮の店主。元警視庁
捜査一課の刑事。中岡隆広の娘・
ちひろを引き取り同居中。

●――これまでのあらすじ

祖母を亡くし群馬から身一つで頼ってきたちひろを保護した二宮。

ちひろの父親は二宮の親友の中岡隆弘で、殺人の罪で服役中であることも、事件をきっかけに母の咲月が二歳のちひろを遺して自死したことも、何も告げられないまま一年が経った。

そこへもたらされた中岡仮出所の報せ。本当に中岡は人を殺したのか、ずっと自問していた二宮は――。

立ち飲み
二宮

新宿の片隅にある昭和の家屋を改築した店舗で、酒以外に注文できるのはなぜか卵料理のみ。午後五時の開店直後には近隣に住む高齢者の憩いの場となる。

一　事件1

　あっちいなあ。屋根のある玄関ポーチから一歩出た途端、目が眩《くら》むような白い光に照らされる。掠《かす》れた声で呟《つぶや》き、顔を顰《しか》めて空を見上げる曾我部《そがべ》をちらりと見て、二宮《にのみや》は「そうすね」と素っ気なく相槌を打った。

　まだ昼前だというのに、屋外の気温はすでに三十度を超えている。それにもかかわらず、スーツの上着を羽織ったまま平然とした顔をしている二宮を、シャツ一枚の曾我部は目を眇《すが》めて見る。

「お前はちっとも暑そうじゃねえな」

「暑いっすよ」

「寒くったっておんなじ格好じゃねえか」

「そうすか」

　適当な相槌を打ち、二宮は曾我部が持っていた使用済みの靴カバーを受け取る。自分のものと合わせて、近くにいた若い鑑識課の捜査員に処分を頼み、玄関先から続く短いアプローチを抜ける。ところどころ錆《さ》びている鉄製の門扉を開け、敷地の外へ出ると家の方へ向き直って立ち止まった。

ここなら鑑識にも文句は言われないだろうと、二宮は上着のポケットから煙草《たばこ》を取り出す。隣から指を伸ばしてくる曾我部に無言でケースを差し出し、咥《くわ》えた煙草にライターで火を点《つ》けた。

「取り敢えず、息子捜しますか」

「そうだな。火、くれ」

曾我部の求めに応じて、使い終わったライターを投げ渡す。吸い込んだ煙を吐き出して眺めた家は、どこにでもある普通の住宅で、中の惨劇からは遠く離れているように見えた。

在庁番として待機していた二宮と曾我部に出動の要請が下りたのは、午前九時を過ぎた頃だった。警視庁捜査一課の捜査員として、主に殺人などの重罪案件を担当している二人が、現場となった練馬区桜台《さくらだい》の住宅へ急行すると、その家の住人である六十代の夫婦が殺害されており、同居している三十代の息子が姿を消していた。

一階の和室で見つかった夫婦の遺体は、執拗《しつよう》に繰り返し刺されたせいで腹部が原形を留《とど》めていなかった。殺害現場を見慣れた二宮と曾我部でさえも顔を顰めるほどの惨状は、怨恨による犯行だと容易に推測がついた。

同時に、被疑者も。まずは息子を見つけ出して事情を聞くのが先決だと二人は確認し合う。

二宮から受け取ったライターで煙草に火を点けた曾我部は、何気なくそれを自分のポケットに入れる。二宮は零《こぼ》れそうになった溜《た》め息《いき》を呑《の》み込んで手を差し出した。

「俺のです」

「え？　…ああ、悪い。怒るなよ」

「怒ってませんよ」

「どう見たって怒ってる顔じゃねえか」

「こういう顔です」

「けちけちすんなよ。ライターくらい」

「ライターくらいって言いますけどね。今まで曾我部さんに何個寄付したか…」

「ライターなんて皆のもんだ」

開き直った曾我部が持論を展開しようとした時、「相変わらず仲良いですね」と呆《あき》れた声が背後から聞こえた。二人が同時に振り返ると、鑑識課の制服を着た男が立っている。眼鏡《めがね》をかけた細面の捜査員は、旧知の間柄である宮本《みやもと》だ。

「宮本さん？　別の現場だって聞いたんですけど」

「呼び出されたんだよ。中で一人、倒れたらしい」

「あの若いのか」

「ガイシャは二人とも相当数の刺し傷があるんで出血量もえぐいことになってますし、エアコンも切れてた中で放置されてたんで、臭いもきついっすからね」

「ああ…入りたくない…」

二宮から現場の状況を聞き、宮本は肩を落として嘆く。早いところ、仕事を済ませてしまうと悲壮な顔つきで門扉を開けて中へ向かう宮本に、二宮は「ご苦労様です」と声をかけてから、煙草の煙を吐き出した。

「宮本さんが来てくれたなら助かりますね」

鑑識課の中堅である宮本は、経験も豊富で仕事が確実だ。担当として現場に入ったまだ若い鑑識課員を不安に思っていたところだったので、助かったと言う二宮に、曾我部も同意して頷《うなず》く。

「取り敢えず、所轄に移動するか。息子が早いところ見つかりゃ、帳場云々《うんぬん》って話も流れるだろうが」

「ですね」

相槌を打ち、二宮は短くなった煙草の先を潰《つぶ》して吸い殻ケースに入れる。咥え煙草で歩き始めた曾我部は、二宮の行儀のよさをからかうように鼻先から白い煙を吐いた。

「煙草なんて、その辺に捨てりゃいいだろうが」

「世代が違います」

肩を竦《すく》めて返し、空を見ると、白い雲がゆっくりと動いているのが確認できた。朝よりも雲の数が増えてきている。南の海で台風が生まれたというニュースを朝に聞いた。近いうちに東京にもその影響が現れるだろうか。

雨でも降れば少しは暑さもましになるかと期待を抱きながら、曾我部の斜め後ろを歩いていた二宮は、携帯が振動しているのに気づき、ポケットから取り出した。

小さな液晶画面に表示されていたのは「反町《そりまち》」という名前だった。警察学校の同期であり、今は同じ警視庁の捜査二課に勤務する反町とは、顔を合わせれば話をするし、互いの都合がつけば飲みに行ったりもする。

しかし、お互いが多忙を極めているため、最後に会ったのは半年以上前だ。その反町が昼過ぎに電話をかけてきたことを不審に思いながら、二宮は携帯を開いた。

「…どうした？」

何かなければこんな時間に連絡をよこさないはずだとわかっていた。通話が繋《つな》がると同時にそう聞いた二宮に、反町は口早に返す。

『どうなってるんだよ？』

「…？」

急用だろうという予測はできていたものの、逆に尋ねられるとは思ってもいなかった。不意を突かれた二宮は、怪訝《けげん》そうな顔つきで立ち止まる。

「何が？」

『中岡《なかおか》の話。聞いてないのか？』

「中岡？」

反町と同じく警察学校の同期である中岡は、二宮と同じ捜査一課にいる。中岡と二宮が同期や同僚という枠を越えた友人であるのは周囲に知られており、反町がその様子を聞く相手として二宮を選んだのは自然な流れだった。

二宮の方もその自覚はあったが、頻繁に連絡を取り合う余裕はない。それに同じ一課とはいえ、係も班も違うから、中岡が現在形で何をしているのかは朧気《おぼろげ》にしかわからない。特に二宮は一報を受けて現場に出ていて、外のニュースを耳にしていなかった。

「中岡がどうかしたのか？」

『詳しい状況はわからないんだが、逮捕されたって聞いたぞ』

「たい…ほ？」

反町の真剣な声音は「何言ってんだよ」と軽く受け流すことを許さないものだった。中岡が逮捕した…というならわかるが、中岡が逮捕された…というのは？

「悪い。現場に入ってて……まったく話が読めないんだが…」

『俺も又聞きだから状況が摑《つか》めず、お前に電話したんだ』

「聞き間違いとか…勘違いじゃないのか？　あいつが逮捕なんて…。容疑は？」

『殺人だそうだ』

「……」

中岡が逮捕されたというだけでも二宮にとっては青天の霹靂《へきれき》であったが、その容疑が「殺人」だというのはまったく信じられなかった。絶句する二宮に、反町は早口で続ける。

『誰かに事情を聞いてみてくれ。お前なら知り合いがいるだろう』

「……わかった…。また連絡する」

頼むという反町の声を聞いて、通話を切る。携帯を畳む手が、動揺で強張《こわば》っているのを感じ、二宮は顔を顰めた。中岡が殺人…？

「どうした？」

怪訝そうな声が聞こえ、顔を上げると、少し先に張られた規制線の手前で立ち止まった曾我部が自分を見ていた。二宮は携帯を握り締めたまま曾我部に近づき、小声で告げる。

「中岡が…殺しで逮捕されたらしいんです」

「……。中岡って…」

同じ捜査一課であり、二宮の同期である中岡とは曾我部も知り合いで、一緒に飲みに行く仲でもあった。その中岡と殺しというフレーズが結びつかなかったらしく、曾我部は眉間に皺《しわ》を刻んで確認した。

「まさか…うちの中岡か？」

「二課の同期から何か知らないかと聞かれました」

「……」

曾我部は一瞬沈黙した後、周囲を窺《うかが》った。規制線の外側に制服警官や野次馬が数人いるのを見て、二宮に顎でついてくるよう指示し、現場と規制線の中間辺りで立ち止まる。

「中岡は五係だったよな。知り合いいるだろ？　確認しろ。俺も当たってみる」

「わかりました」

本来、担当する事件を優先させなければならないが、先に中岡の件について調べることに同意して、協力もしてくれる曾我部をありがたく思いながら、二宮は携帯を開く。

きっと何かの間違いだ。

中岡が誰かを殺害するなんて。絶対にあり得ない。

千葉出身の二宮は高校生の時に警察官になろうと決め、警視庁の採用試験を受けた。無事合格し、三月に高校を卒業した後、警察官としての基礎を学ぶために警察学校へ入校した。同期入校した中岡とは、同じ教場となったことで知り合った。

中岡も都内の高校を卒業した後に警察学校に進んでおり、賢く明るく、誰からも頼られる男だった。高校では剣道部で主将を務め、インターハイでの上位入賞経験もある中岡は、大学進学を勧められながらも、家庭の事情で諦めていた。

母一人子一人の母子家庭で育った二宮にも、大学進学という選択肢はなかった。ただ、二宮は中岡とは違い、無愛想で口も悪く、人から慕われるような性格ではなかった。運動神経はよかったが、運動部に所属したことはなく、警察官になると決めてから慌てて高校の剣道部に入り、なんとか形を作った。

中岡と二宮が親しくなったきっかけは、インターハイ上位入賞という経歴に目をつけた教官から、中岡がいじめのような扱いを受けたことだった。中岡一人を集中的に狙《ねら》い、無理なノルマを科す教官に真っ向から意見した二宮は、結果、同じ扱いを受けることになった。

中岡は後に、「バカな奴だなあ」と呆れていたと、二宮に本音を漏らした。体育会系特有の陰湿なやり口には慣れていて、適当にやっていたのに、お前が首を突っ込んできたから真面目《まじめ》にやらざるを得なくなって閉口したとも。

中岡は二宮にとって、初めてできた自ら友人だと迷わず呼べる相手だった。それまで二宮の周囲にはいなかったタイプで、警察学校で共に過ごした時間は、財産にもなった。

特に人間関係の築き方は学ぶことが多々あり、その後、部下を持つ身になってからは、中岡と知り合えていてよかったとつくづく思った。あの時、中岡に出会えていなかったら、早々に警察官を辞めていたか、偏屈で身勝手な扱いに困る人間になっていただろうとも。

警察学校を卒業した後、別の所轄に配属されてからも、中岡との親交は続いた。数年後、前後して本庁の捜査一課へ配属となった時には、互いの成長を喜び、切磋琢磨《せっさたくま》し合おうと誓った。

三年前、中岡が結婚した時には、初めて結婚式というものに出席した。その後、子供が生まれた時には、初めて赤ちゃんというものに触れた。

中岡に出会っていなかったら、自分の人生はまったく違ったはずだ。二宮はずっと、そう思ってきた。

その日、二宮が西日暮里《にしにっぽり》の駅に着いたのは、午後十一時を回った頃だった。もっと早くに訪ねたかったのだが、急展開を見せた捜査から抜けるタイミングが見つけられなかった。ようやく切りがついたのを見計らい、半ば強引に所轄署を出て電車に飛び乗った。

西日暮里駅から十分弱歩いたところにある三階建てのマンションの住所は、荒川区ではなく、文京区千駄木《せんだぎ》になる。周辺の集合住宅や家々には明かりが見えるが、夜道に人影はない。建物近くまで来た二宮は立ち止まって上を見上げる。三階の角部屋に明かりが点いているかどうかはわからないものの、寝てはいないだろうと思い、エントランスから中へ入って部屋までの階段を上がった。

一段ずつ上りながら、そこへ引っ越した時のことを思い出していた。引っ越しの手伝いに駆り出された二宮は、どうしてエレヴェーターのない物件の三階を選んだのかと、顰めっ面で文句を言った。

それに対し、二人は揃《そろ》って「そこまで考えてなかった」と顔を見合わせて、笑った。その笑顔が目の前をちらつき、二宮は違う世界へ入り込んだかのような錯覚に陥った。

自分は何かに騙《だま》されて、ここへ来たんじゃないのか。「どうしたんですか？」と不思議そうに聞きながらドアを開け、そして、その奥から…中岡が現れて「こんな時間に何しに来たんだ」と呆れ顔で文句でも言ってくれたら…。

部屋の前で立ち止まり、インターフォンを押す。返事はなく、二宮は玄関のドアを遠慮がちに叩《たた》いて、「俺だ」と低い声で呼びかけた。

寝ているはずがない。もしも、自分のいる世界が現実なのだとしたら…。

「……」

少しして、室内から微《かす》かな物音が聞こえた。鍵を外す気配がし、そっと開かれたドアの隙間から、中岡の妻である咲月《さつき》の強張った表情が見えた。二宮はそれを目にして、すべてが現実なのだと思い知り、自らドアを開けて中へ入った。

咲月は普段着で、寝ていた様子はなかった。俯《うつむ》いていても悲痛さが感じられる顔には、それまでに見た覚えのない表情が浮かんでいた。咲月がすでに中岡の一件を知っているのは明らかで、二宮は自宅を訪ねるまでの間にずっと気になっていた疑問がさらに大きくなるのを感じながら、「子供は？」と先に尋ねる。

「…寝てます」

「聞いたか？」

「はい…。横瀬《よこせ》係長から…電話を」

咲月の視線は伏せられたままで、二宮を見てはいなかった。二宮は玄関先の三和土《たたき》に立ったまま、背の低い咲月を見下ろし、どういうふうに聞いたのかと確認する。

「…殺人容疑で逮捕されたとだけ…」

「相手については？」

中岡が殺しで逮捕されたと聞いた時も信じられない思いがしたが、その相手を知ってさらに驚愕《きょうがく》した。横瀬が気を遣って伝えなかったとしても、ニュースでは報道していたから、知っているはずだ。咲月はしばらく間を置いた後、戸惑いを強く滲《にじ》ませて答える。

「……主任の、新留《にいどめ》さんだと…」

「状況については？」

「捜査中だから…詳しくは話せないと言ってました。突然すぎて……何がなんだかわからなくて…。隆広《たかひろ》さん本人とは連絡が取れなくて…どうしたらいいのか……」

「……」

緩く首を振る咲月の顔は悲壮なもので、かなりのショックを受けているのが明らかだった。夫が殺人容疑で逮捕されたのだから当然ではあるのだが…。

二宮にはどうしても消せない疑問があり、質問を重ねる。

「横瀬係長からはいつ連絡があったんだ？」

「夕方…四時過ぎだったと思います…。夜のニュースで出るかもしれないからと…」

「……」

実際、夕方のニュースで、現職の警視庁捜査一課巡査部長が同僚を殺害した容疑で逮捕されたという一報が流された。桜台の現場にいた二宮はそれを見ることはできなかったが、放送後に二宮と中岡の間柄を知る大勢から事実確認をすべく、電話やメールが次々入った。

二宮自身、詳細はわからないままで、自分は別の現場にいるという状況下にあったから、電話には出ず、メールも放置していた。そんな中でも唯一、連絡があったらすぐに応対しようと考えていた相手が、咲月だった。動揺した咲月が電話してきたとしたら、自分の事情を話し…殺人事件の被疑者の所在情報が入り、確保に向かう途中だという…一段落ついたら、必ず会いに行くと返そうと考えていた。しかし、咲月からは電話もメールもなかった。

二宮には咲月にとって、中岡の一件で一番頼れる相手だという自負があった。中岡と咲月の仲を取り持ったのは二宮だ。二宮はかつて、警察官だった咲月と同じ所轄署に勤務していた。その後、本庁へ異動になり、同じく別の署から異動してきていた中岡と飲みに出かけた際、咲月と偶然再会した。

中岡は咲月を気に入り、二宮は紹介を頼まれた。その後、半年ほどで結婚が決まり、子供にも恵まれた。交際している間も、結婚してからも、二宮は二人と親しいつき合いを続けてきた。

さらに言えば、捜査一課で咲月が親しく話せる相手は自分しかいない。事件について聞いたらすぐ自分に連絡をしてくるはずだと思い、着信に気をつけていたのだが、二宮が千駄木を直接訪ねるまでの間に、咲月から連絡は入らなかった。

こちらへ向かいながら、もしかして知らないのだろうかという疑いさえも抱いた。なぜ、咲月は連絡してこなかったのか。ショックが大きすぎたのか。多忙だとわかっている自分に遠慮したのか。

どちらにしても納得がいかないような気持ちを抑え、二宮は自分の考えを伝える。

「…俺も朝から別の事件にかかりきりだったから…、どうなってるんだかよくわからないんだ。だが、あいつが殺しなんて…しかも、新留さんを殺すなんてあり得ない。何かの間違いだと考えてる」

「……」

「取り敢えず、本人と話せないか、かけ合ってみるから。何かわかったら連絡する。それまでお前は…」

ここを離れたらどうかと勧めようとした二宮は、咲月には他に行く場所がないのを思い出して、口を閉じた。咲月の両親はすでに亡くなっており、兄が一人いるはずだが、疎遠で、結婚式にも姿を見せなかった。

中岡の両親は健在だが父親と折り合いが悪く、絶縁状態だから、共に頼れる親類はいない。二宮は自分のところへ来るかと聞いたが、咲月は首を横に振った。

「大丈夫です。環境が変わると…ちひろも不安がると思いますし…」

「……」

だが、殺人事件の加害者家族に注がれる世間の目は冷たいものだ。職業柄、具体例を見聞きしている二宮は、咲月と二人の子供であるちひろが辛《つら》い目に遭うのが忍びなく、無謀を承知で申し出たが、断られてしまった。

何かあったらいつでも遠慮なく連絡してくれ。二宮にはそう言うしかできず、わかりましたと返事する、咲月の強張った顔を見つめた。

「…咲月…」

大丈夫だと言われても心配は残り、二宮は躊躇《ためら》いを含んだ声で呼びかける。咲月を名前で呼ぶようになったのは、ちょうど同時期に配属された新人に、同じ名字の者がいたからだった。

咲月の方から、自分のことは名前で呼んでくださいと持ちかけられた。さっきって名字でもありますから。笑って言った咲月に、それは芸名じゃないのかと首を傾《かし》げたのは、もう十年近くも前のことだ。

単なる呼び名だと意識もしていなかったが、中岡と咲月がつき合い始めた時は、なんとなく気が引けて呼び方を変えようとした。けれど、癖となっていて変えられなかったし、中岡が迷惑そうにしなかったのもあって、そのまま咲月と呼んできた。

余計な思い出ばかりが浮かんでくるのは、よくない結果を想像しているせいだと認めたくなくて、二宮は乾いた唇から普段は決して口にしない「嘘《うそ》」を漏らした。

「きっと…何かの間違いだ。あいつはすぐに帰ってくる」

何があったとしても、咲月とちひろの元に帰れなくなるような真似《まね》を、中岡がするはずがない。自分に言い聞かせるように希望的観測を告げた二宮を、咲月は哀《かな》しげな目で見て、小さく頷いた。

中岡から彼の家庭にまつわる事情を聞いたのは、警察学校を間もなく卒業しようという頃だった。

大学進学も可能だった中岡が、敢えて警察官への道を選んだのは、父親との不仲が原因だった。一人息子の中岡は幼い頃から独裁的に家庭を支配していた父親と衝突しがちで、どんな時でも父親の肩を持つ母親とも、うまくいかなくなったと話した。

だからこそ、もしも自分が結婚して家庭を持ったら、絶対に妻子をしあわせにしたいと語っていた。二宮は自分にそんな日が来るとは思えず、適当な相槌を打つしかできなかったのだが、咲月と出会って間もなく結婚した中岡は、かつての言葉通りに家庭をとても大切にしていた。

子供が生まれてからは、激務である仕事の合間を縫って、あちこちに出かけてもいるようだった。子供中心の生活となった中岡と、独身の二宮は以前ほどの頻度ではなくなったものの、都合がつけば飲みに出かけた。

お前も早く結婚しろよ。酔うといつもそんな台詞《せりふ》で絡まれた。会うたびに携帯で撮った子供の写真を見せられ、あっという間に大きくなっていってしまうのが嬉《うれ》しいのか寂しいのかわからないと、満面の笑みで悩む中岡を呆れた目で見ていたのに…。

千駄木の中岡宅を出た二宮は、その足で渋谷区の神宮《じんぐう》署へ向かった。中岡が逮捕されたのは神宮署管内で、まだ所轄署に留置されているという情報を得ていた。

た。中岡本人に会える可能性は低いとわかっていたが、何が起きたのかを詳細に知りたかった。中岡が所属する五係の知り合いに電話やメールを入れていたものの、箝口令《かんこうれい》が敷かれているようで、誰も応対してくれなかった。

実際に誰かを捕まえて話を聞くしかない。そう判断して神宮署へ着いた二宮は建物へ入ろうとしたところで「二宮」と呼び止められた。

振り返って見ると、中岡と同じ班である持田《もちだ》が、暗がりから渋い表情で手招きしていた。持田にも電話を入れていたが、折り返しの連絡はなかった。二宮は急いで駆けつけ、「どうなってるんですか」と詰め寄る。

持田は周囲を窺い、二宮を伴って神宮署の建物を出た。正面の入り口側から裏手へ回り、駐車場を通り越して隣のビル近くの街路樹の下で立ち止まった。

二宮よりも三歳ほど年上の持田は、中岡と同じ五係の新留班に所属している。同じ班の同僚が上司である主任を殺害したとされる事件は、当然の如《ごと》く、持田にショックを与えているようで、その顔は疲れたものだった。

二宮自身も大きな衝撃を受け、何かの間違いか、さもなくば事故なのではないかと疑っていた。別の殺人事件を捜査しながらも、なんとか情報を得ようとしていたが、「新留を殺害した」という事実しかわかっていなかった。

「あいつは…まだここにいるって聞いたんですが…」

「ああ。取り調べ中だ」

「一体…何がどうなってるんですか？　あいつが新留さんを…、そんなことって…」

「俺だっていまだに理解できないんだよ」

「状況を…持田さんがわかっているだけでいいので、教えてもらえませんか」

持田は二宮をちらりと見て、すぐに視線を外して溜め息をついた。二宮が適当にごまかせる相手ではなく、諦めないのもわかっていた。周囲を見回してから、渋々、口を開く。

「…タレコミがあって、あいつは主任と張り込んでたんだ。うちが入ってた帳場は…」

「確か、東光《とうこう》学院大学の女子学生が殺害された事件ですよね？」

「ああ。現場はガイシャの下宿先だった中野区のアパートで、被疑者の目星がつかずに行き詰まりかけていたところへ、暴行でマエのある奴が関わってるってタレコミがあった。そいつの立ち回り先が何カ所かあって、中岡は主任と原宿の関係先を担当することになった。…俺が代わればよかったんだが…主任が希望したんで…」

「どういう意味ですか？」

持田が悔いるような表情で零した内容が気になり、二宮は怪訝そうに尋ねる。持田はっとし、なんでもないと首を振った。

「…とにかく、関係先の向かいにあるマンションの一室で、張り込みを続けていたんだが…。今朝《けさ》早く、そのマンションの駐車場で人が倒れているという一報が入った。後頭部を強打していて、その場で死亡が確認されたんだが…」

「それが…」

新留だったのかと声なく確認する二宮に、持田は厳しい顔つきで頷く。

「通報したのは駐車場にいたマンションの住人だ。上から人が落ちてきたのを目撃し、慌てて駆けつけ、上を見たところ、中岡が顔を出してたらしい」

「じゃ、中岡が突き落としたところを見たわけじゃないんですね?」

「ああ。本人も犯行を否認している」

だったら、なぜ、逮捕に至ったのか。眉を顰《ひそ》める二宮に、持田は続きがあるのだと苦々しげに告げる。

「俺は池袋にいたんだが、連絡を受けてすぐにこっちへ来た。中岡から状況を聞いて…最初はあいつも一緒に捜査してたところ、別の目撃証言が出た。…張り込みしていた部屋と同じフロアの住人が、中岡が突き落としたのを見たと…中岡本人を見て、断言した」

「……」

それが逮捕に至った理由なのか。だとしても、本人は否認していて、動機だってないのに…と逮捕は尚早だったんじゃないかと指摘する二宮を、持田は渋面で見返す。その表情はわけがあるように感じられるもので、二宮は不安を覚えた。

先ほども意味ありげな物言いをしていた。それと関係があるのかと考える二宮に、持田は重い口を開く。

「…どうせお前の耳には入るだろうから教えるが…、動機らしきものはあるんだ。中岡は主任と揉《も》めてたんだ」

「揉めてたって…何があったんですか？　二人の仲が悪いという話は聞いたことがなかったんですが…」

「詳しい経緯は俺たちも知らないんだ。ただ、このところ、険悪な感じだったのは確かだ。それが一昨日《おととい》、とうとう摑み合いの喧嘩《けんか》になってな。俺たちが間に入ってなんとか収めたんだが…。理由を聞いても二人とも話さなくて困ってたんだ」

「けど、新留主任はあいつとの張り込みを自ら希望したって、さっき言ってませんでしたか？」

「ああ。主任があいつと話したいからって言うんで、任せたんだが…」

その判断が悪かったと言う持田の口振りは、すっかり中岡を犯人としているようなもので、二宮はぞっとした。動機があり、目撃証言もある。その目撃証言がどれほど信頼性があるものなのか検証もされなかったとしたら…。

このまま、中岡は新留を殺害した被疑者として起訴されてしまうのではないか。

「その目撃証言というのは確かなんですか？　本当に中岡だったのかどうか、確認するべきです。あいつはどんな理由があっても、人を殺すような奴じゃありません」

「俺だってそう思いたい…いや、思ってるよ」

慌てて言い直し、持田は深く息を吐く。それから、はっとしたような表情に変わって、二宮に確認した。

「そういや、お前。あいつの嫁さんと知り合いなんだよな？」

「はい」

「しばらく大変だと思うから、様子を見てやってくれないか。俺も訪ねてみようとは思ってるが、捜査の方もあって……いや、そっちはどうなるかわからないんだが…」

「さっき行って顔を見てきたところです。家族の方は俺が気をつけてますから…持田さんはあいつのことを頼みます。本人が否認している限り、見間違いの可能性は否定できません。絶対、目撃証言の検証が必要です」

「わかってる…」

強く要求する二宮に持田は眉間に皺を刻んだまま返し、本人の様子がわかりそうだったら連絡すると続けた。中岡の取り調べは内部監察を担当する警務部の人事課が行っており、間もなく、本庁へ移送されるようだと言う。

「だから、俺たちも中岡には会えてなくてな。少しでも話ができたらと思って、隙を窺ってるんだが…」

「……」

二宮が神宮署まで足を運んだのは、なんとかして中岡に会えないかと考えたからだ。しかし、同じ班である持田でさえ会えていないのであれば、自分にチャンスが巡ってくることはないだろうと思われた。

それに人事課の人間が複数来ているという神宮署内部へ入れば、別の捜査本部を抜けてきている自分に対し、余計な疑念を抱かれかねない。二宮は中岡と会うのを諦め、持田に後を頼んだ。

その場で挨拶し、署へ戻っていく持田を見送る。二宮はそのまま駅へ向かおうとしたが、すでに終電が出てしまっているのに気づき、タクシーを拾った。

行き先を告げ、後部座席にもたれて息を吐く。携帯を取り出して開くと、曾我部の番号に電話をかけた。

間もなくして「おう」という嗄《しわが》れた声が聞こえ、二宮は「今から戻ります」と伝える。

『会えたのか？』

「嫁の方には」

『本人は？』

「まだ神宮署ですが、これから本庁へ移送されるようです。新留班の持田さんに会えたので話を聞きました。人事が取り調べを担当していて、持田さんたちも会えていないということです」

『クロなのか』

「……」

違うと思います…と答えかけて、二宮は口を閉じる。それは自分の主観であり、現実は限りなく中岡の犯行を示唆している。

二人は事前に揉めており、突き落とした現場を見たという目撃者もいる。本人が犯行を否定しようが、動機と目撃証言があるのだから、逮捕に至ったのは自然な流れと言える。

客観的に見れば、中岡の犯行に疑いを挟む余地はない…。

しかし…。

「…俺には信じられません」

低い声で返すと、曾我部が咳払《せきばら》いをする音が聞こえる。とにかく戻ってこいという指示に、わかりましたと返して二宮は携帯を畳んだ。


二宮が曾我部と共に臨場した桜台の事件は、行方《ゆくえ》がわからなかった息子が発見され、任意同行を求めて事情を聞いたところ、犯行を自供した。状況が一段落したのを見て、二宮は曾我部の協力を仰いで現場を抜け出し、咲月の元を訪れた。その後、神宮署へ寄ってから、取り調べの行われている所轄署へ戻った時には、取り調べもほぼ終わっていた。

二宮と中岡が同期で、親しい間柄であるのは曾我部以外の同僚も知っており、皆が抜け出したことを黙認してくれた。しかし、どうだったかと聞かれて、不本意な事実しか伝えられない現実は、二宮には辛いものだった。

中岡は翌朝までに本庁へ移送されたようだったが、持田からは連絡がなく、一課の人間は誰も会えない状況が続いているという話が、曾我部の知り合いから流れてきた。スピード解決に至った桜台の事件は、所轄署に事後処理を任せることになり、二宮たちは翌日のうちに引き上げた。

本庁に戻った後、二宮は中岡の一報を伝えてきた同期の反町に連絡を取って庁内で会った。反町には持田から経緯を聞いた後に一度連絡していたが、直接顔を合わせて話をしたいと思っていた。

動機もあり、目撃者もいる。それでもなお、中岡が人を殺したとは思えないと結んだ二宮に対し、反町は困惑を浮かべる。

「確かに…あいつが殺人なんて、俺も信じがたいよ。だが、その気はなくても結果的にそうなってしまった…という可能性はあるんじゃないか」

「事故だと？」

「言い合いになったりして…場所が悪かったというか…」

持田は摑み合いの喧嘩になった二人を止めたと話していた。原因はわかっていないが、それが動機と見られている。新留が中岡と張り込むことを決めたのは、話をするためだったらしい。

しかし、話し合いはうまくいかず、再び揉めた結果、中岡は新留を弾みで突き落としてしまったのか…？

「…だが、そもそもあいつは自ら手を出すような男じゃない。しかも相手は直近の上司だ。何か…あると思うんだが」

「中岡に会って話を聞けないのか？」

「人事が取り調べを牛耳ってるんだ。同じ班の人間も会えていない」

「となると…検察送致後、勾留が決まってからか」

逮捕された被疑者は、四十八時間以内に検察へ送致され、そこで二十四時間以内に検察が勾留請求をし、認められれば勾留が決定される。それまでは弁護士しか接見できないが、勾留後は制限はあるものの、一般の面会が可能になる。

だが。

「否認してるっていうから、接見禁止がつく可能性が高い」

「そうか…。弁護士は？」

「相談してみようと思ってる」

「その方がいい。何かわかったら教えてくれ。それと…奥さんと子供は…」

「昨日、会いに行った。取り敢えず、今日も顔を出してくる」

「そうか…。まだ…小さいだろう…」

何歳だっけ？　と聞いてくる反町に、二宮は「二歳になったはずだ」と答えた。

昨夜は寝ていたし、このところ中岡も自分もお互いが忙しくしていたので、写真でしか見ていない。二宮が実際に知っている娘は、腕にすっぽり収まる程度の「生き物」だった。

「これから大変だな。奥さん、実家はどこだっけ？」

「…両親を亡くしてるから、実家はないんだ」

「そうなのか」

子供を連れて実家を頼れば…と言いたかったらしい反町は、二宮の返答を聞いて力なく頷く。中岡の方も頼りにできるような実家ではないとつけ加えるのはやめ、腕時計を見る。そろそろ行くと告げた二宮に、反町は頷き、まだ仕事が残っているからと言って職場へ戻っていった。

時刻はすでに十時を過ぎている。自分と同じく多忙な反町に同情しつつ、二宮は地下鉄の駅へ向かった。昨夜も訪れた千駄木のマンションに着いたのは、十一時近くなった頃で、また遅くなってしまったと思いつつ、インターフォンを押した。

スピーカー越しの返事はなく、耳を澄ませていると、中から微かな物音が聞こえる。ドアスコープから外を確認していたらしい咲月が鍵を解除すると、二宮は自らドアノブを引いて中へ入った。

照明を点《とも》していない玄関先は暗かったが、奥の居間から漏れてくる明かりで、咲月の表情は窺えた。昨夜よりも動揺は収まっているようだったが、その代わりに張り詰めた空気が彼女の周囲に漂っていた。

「…大丈夫か？」

「はい」

「子供は？」

「大丈夫です。…今は寝ています」

奥の方をちらりと窺い、返事する咲月に、二宮は「そうか」と短く返した後、言葉に詰まった。

昨夜訪ねた際、根拠のない気休めを口にしてしまったことが悔やまれる。何かの間違いだからすぐに帰ってくるなんて。素人染《しろうとじ》みた発言だった。一旦、逮捕されればたとえ無実であったとしても、当分戻れないのは誰よりもわかっているというのに。

「…あれから、あいつと同じ班の持田さんに会ったんだが…、人事の関係者が取り調べに当たってて、誰もあいつと会えていないらしい。だから、当時どういう状況だったのかも詳しくはわかっていない。勾留決定が出て面会が許可されれば会えるだろうが、犯行を否認しているようだから、接見禁止がつく可能性が高いはずだ…」

「……」

当分会うことは難しいと聞いた咲月は、どうしてと聞くこともなく、沈痛な面持ちのまま頷いた。元警察官である咲月は事情をよく理解しており、無実を訴えているからこそ会えないという、矛盾をはらんだ現状に異を唱えることもないのだろうとは思ったが、その顔にどちらかと言えば安堵《あんど》しているような表情を見つけて、二宮は訝《いぶか》しむ。

しかし、咲月が中岡に会いたいと思っていないわけがない。理屈として飲み込めない不安を懸命に処理しようとしているせいで、表情が複雑なものになっているのか。過酷な現実に直面している咲月を気の毒がる気持ちが強く、二宮は自分の中に芽生えた小さな疑問を追いやった。

「今日はどうしてたんだ？」

「…ずっと…家にいました。外にマスコミらしき人がいて…」

「……。やっぱり、俺のところに…」

「大丈夫です。たぶん、その内いなくなると思うので…」

「だが、子供もいるし…」

「私たちのことよりも隆広さんのことを…お願いします。隆広さんはやってないと言ってるんですよね？　それなのに…このまま起訴されてしまったら…」

殺人罪の刑罰は死刑または無期もしくは五年以上の懲役に処するという厳しいものだ。しかも、日本の刑事訴訟では起訴されると百パーセントに近い確率で有罪判決が下る。今回のケースの場合、中岡側に殺意があったと認められれば、かなり長い有期刑が処されるだろう。それを知っている咲月は、自分の不安な気持ちを懸命に抑え込んでいるに違いない。

「…あいつが逮捕されたのは目撃者がいたからなんだが、…あいつは殺人ではなく、事故だったと考えているのかもしれない。あいつから新留さんの話を聞いてないか？」

「…話って…」

「新留さんと揉めてたらしい。それが…動機だと見られてるんだ」

新留と揉めてたと聞いた咲月は、俄《にわか》に視線を泳がせ、明らかな動揺を見せた。中岡は誰かとぶつかるタイプではない。咲月もそれをよく知っているので、上司と揉めていたという話に戸惑ったのだろうと考え、二宮は小さなことでもいいから、中岡が新留について何か話していなかったかと再度確認する。

咲月は強張った顔で首を横に振り、すうっと息を吸い上げてから、微かな声で知りませんと答えた。

「家では…職場の話をしませんでしたから。特にちひろが生まれてからは、帰ってくるとあの子のことばかりで…」

「…そうか」

家庭に仕事を持ち込まないと決めている同僚は多い。万が一にでも、捜査情報が家族の口から外部に漏れてしまったら、家庭崩壊に繋がりかねない。関係者以外には何も話さないとするのが、捜査員の定石だ。

咲月と娘を大切にしていた中岡が、巻き込むような真似をするはずがないと、二宮は諦めて「とにかく」と今後について相談する。

「そういう状況だから、勾留決定となっても接見禁止がついて俺たちは会えない可能性が高い。弁護士を通して話が聞けないかと思うんだが…」

「二宮さんにお願いします」

接見禁止となっても、弁護人は制限なく面会ができる。手紙や差し入れも託すことができるので、咲月も助かるだろうし、中岡の話を間接的にでも聞くことができるだろう。

それに、起訴が避けられないならば、せめて量刑が軽くなる道を探るべきだ。それには弁護士が必要となる。犯行を否認しているという中岡は望まないかもしれないが、故意ではなかったにしろ、新留は亡くなり、中岡自身が関与した事実が示されてしまっている。

殺人ではなく、過失致死であったと主張し、それが認められたとしても、無罪判決は下らない。ならば、できるだけ刑罰が重くならないように努力するしかない…というのが、中岡側に立つ者としての考えだった。

しかし。

「……」

亡くなった新留側の家族は、より重い量刑を望むはずだ。殺人事件では被害者の家族だけでなく、加害者の家族もまた、長きにわたって苦しみを味わわなくてはならなくなる。これから大変だな。反町が呟いた言葉を思い出すと同時に、俯いている咲月を見て、小さな疑問を抱く。

咲月は昨日も今日も、一度も新留の家族について触れていない。一言くらい、どんな様子なのかと気にかけるような言葉が聞かれてもおかしくはなかった。中岡が人を殺すはずがないと強く信じていて、実感に乏しいからだろうか。そこまで気が回らないのか。取り乱すことはなく、落ち着いて振る舞えているようでもあるが、実はぎりぎりのところにいるのかもしれない。咲月が頼れそうな相手は自分以外に思いつかず、細かく気を配らなくてはいけないと、二宮は改めて気を引き締めた。

中岡の勾留が決定したという報《しら》せが届いたその日、新留の通夜が営まれた。新留とは顔見知りであったし、同じ捜査一課の捜査員として出席したい気持ちはあったが、家族の心情を考え見合わせた。中岡の友人であるのは関係者間で知られており、それが家族に知れたら負担をかけかねない。

しかし、通夜に出席した曾我部から、意外な話を聞いた。

「…離婚?」

「ああ。知ってたか?」

「いえ。知りませんでした」

新留は結婚しており、子供もいると伝え聞いていたので、家族の悲しみは深いだろうと想像していた。しかし、曾我部によれば、新留は離婚しており、妻と子供は通夜にも出席しなかったという。

「あいつは二十代に結婚してたから、子供も中学生くらいになってるはずだと思ってたんだが。喪主は弟がやってたよ」

「いつ離婚したんですか?」

「子供がまだ小さい時だったらしい。うちでも一部の人間しか知らなかったみたいで…俺と同じで驚いてるのが多かった」

一度事件が起これば家にも帰れない日が続くような激務であるから、捜査員の離婚率は高い。結婚相手が同じ警官であればまだましだが、家庭を持っても子育てにはほとんど参加できない…できなかったという捜査員が大半だ。

新留も結婚生活を破綻させていたのかと、二宮は初めて知った事実に驚きながら、元妻はともかく実の子供まで葬儀に出席しないというのは、それ相応の確執があったのだろうと想像した。

新留は有能で、多少強引なところはあったが、捜査においては頼れる男だった。仕事はできても家庭とのバランスは取れなかったということか。

「やっぱり忙しくて愛想尽かされた感じですか？」

「さあな。なんにせよ、俺にとっては助かったよ。カミさんと子供が泣いてるような葬儀じゃなくてな」

わざとみたいに乱暴に吐き捨て、曾我部は煙草を取り出して咥える。ライターを貸せと言われて、渋々ポケットから出したものを手渡す二宮に、「そういや」と尋ねた。

「あいつと面会は？」

「接見禁止がつくようなので、弁護士を頼んでます」

「そうか。一体、何があったんだろうなあ」

二宮のライターで火を点けた煙草を吸い、曾我部は眉間に皺を刻んで白い煙を吐き出す。

呟かれた言葉を心の中で繰り返しながら、二宮は無言で曾我部に掌《てのひら》を差し出してライターを回収した。

弁護人を通じて中岡の話を聞けば、事件の真相がわかるはずだ。そう考えていた二宮は、しかし、思いがけない壁にぶち当たった。

二宮は別の事件で知り合った弁護士の小枝《こえだ》に中岡の弁護を依頼した。刑事事件のエキスパートで、二宮と中岡よりも一回り年上の小枝は、難しい性質の事件も引き受けている、実績ある弁護士だ。二宮と会って話を聞いた小枝は、すぐに中岡が留置されている警視庁へ赴き、面会した。

その後、二宮は小枝から中岡の様子と、その話を聞いた。

「中岡さんは犯行を全面否認しています」

「事故の類《たぐ》いでもないと?」

「はい。中岡さんの話では、張り込み中、明け方に居眠りしてしまい、目覚めたら新留さんがいなかったそうなんです。その時、外から話し声が聞こえ、不審に思い玄関から出たところ、叫び声がして外廊下の手すりから身を乗り出して下を見て……駐車場の遺体を目にしたということです」

「…駐車場にいた住人が中岡を見たというのは、その時のことですね」

「そのようです」

「同じ階の住人が突き落とした現場を見たと証言しているのを、あいつはなんて?」

「中岡さんは廊下に出た時、足音を耳にし周囲を確認したらば、非常階段へ続くドアへスーツ姿の男が入っていくのを目にしたそうです。恐らく、それが犯人で、一瞬のことでどれくらいの体格だったかまでは確認できなかったけれど、印象は自分と似ていたはずだから、見間違えたのではないかと」

「確かに…中岡本人であると断定できる材料はないのかもしれませんね」

「私もそう思います。中岡さんは私を弁護人にすることに同意してくださいましたから、目撃者にはこちらで確認を取るつもりでいます」

「お願いします」

小枝は捜査の流れや、検察の出方を熟知している。目撃証言が鍵であるのは、二宮も同意するところで、小枝の調査に期待を寄せた。

「それで…新留さんと揉めてた理由については？」

「その件は話せないとのことでした」

「……しかし…」

「私からもそれを動機だと見られているのですから、疑いを晴らすためにも話して欲しいと頼みましたが、今は話せないとのことです」

「……」

中岡自身、動機を崩しておくことが重要だとわかっているはずだ。なのに、どうしてという思いと、「今は」というのはどういう意味なのかという疑問が生まれる。

怪訝そうに顔を顰める二宮に、小枝は早速仕事に取りかかると告げた。

「ひとまず、目撃者に接触して、証言を崩せないか検討してみます。中岡さんが見たという、非常階段へ逃げた男についても調べてみます」

「…お願いします」

「しかし。疑問なのは、中岡さんのこうした訴えをどうしてお仲間が取り合わないかということです。本来、そちらがやるべき捜査だと思うのですが」

「……」

小枝の言う通りで、二宮の胸中も穏やかではなかった。検察へ送致するまでの間、結局、新留班の人間は中岡に直接接触できなかったし、他の一課関係者も意図的なのではないかと疑いたくなるほど、遠ざけられていた。ただ、部下が上司を現場で殺害するという、課内での「不祥事」だけに、内部監察を牛耳る人事の対応も理解できるという声もあり、非難までは起こっていないのだが…。

このままでは、本人が犯行を否認していても、動機と目撃証言があるというだけで、起訴されかねない。事故でもなく、第三者の犯行だと伝える中岡の証言が敢えて無視されているのだとしたら…。

「中岡さんを犯人にしたい理由でもあるのでしょうかね」

「……」

「なんて。妄想はさておき、中岡さんから二宮さんに伝言です。奥さまとお子さんのことを、くれぐれも頼むとのことでした」

小枝の呟きにどきりとしていた二宮は、中岡からの伝言を聞いて息を吐く。深々と頷きながら、一番大切な咲月と娘に会えないでいる中岡の心中を察し、悪い方向へ進んでいるような予感を必死で頭の中から追いやろうとしていた。

その後、小枝とその事務所関係者によって、目撃者の証言が検証された。目撃者は張り込みをしていた部屋と外廊下を挟んで斜向《はすむ》かいの位置にある住人で、証言に曖昧な部分はあったものの、見間違いであると断定できる材料は見つからなかった。

ならばと、中岡が見たというスーツ姿の男を探したが、空振りに終わった。

現場のマンションにはエントランス付近に防犯カメラが設置されていたものの、カメラのない出入り口が複数箇所に存在しており、そちらの確認は困難だった。

二宮は同じ新留班だった持田たちにも中岡の証言を伝え、協力を仰いで調べてみたが、小枝と同じ結果しか得られなかった。中岡に有利な情報はどこからも見つからず、形勢を逆転できないまま、延長された勾留期間も過ぎ、中岡は殺人罪で起訴される運びとなった。

また終電近い時間になってしまったと嘆息し、駅の改札を出たところで一度立ち止まった。同じ電車から降りてきた仕事帰りのサラリーマンが、邪魔そうに避けていく。舌打ちを堪《こら》えているような表情を目にし、うんざりしながら煙草を取り出した。

咥え煙草で歩いていられるのも、あとわずかなようですよ。都内では路上喫煙禁止区域が設けられ始めており、喫煙者にはますます厳しい目が向けられるようになっている。そんな台詞で曾我部のマナーを説教したのは、まだ最近のことなのに、自分が歩き煙草とは。

歩行者のまばらな夜だから…というのは言い訳にならないなと思いつつも、煙草を咥えたまま、見慣れ始めている街を歩く。短くなった煙草を吸い殻ケースに捨てる頃には、千駄木のマンションに着いていた。

マンションの前で立ち止まり、大きく深呼吸してから階段へ向かった。中岡も咲月も煙草を吸わないから、自分にもいつも禁煙を勧めてきた。百害あって一利なしって言うじゃないか。警察学校を卒業し、別の所轄へ配属になってから煙草を吸うようになった自分に、中岡はいつも渋い表情で注意したものだが、結婚してからは咲月もそれに加勢するようになって、閉口した。

煙草も吸わず、酒もほどほどにしか嗜《たしな》まず、家族を大切にして真摯に職務に向き合ってきた男が、どうして。

毎日思い浮かべている答えの出ない問いかけを胸に、インターフォンを押す。自分が訪ねてくるのがわかっていたのだろう。いつもよりも早く鍵が外された。二宮はドアを開けて中へ入り、玄関マットの上に立っている咲月に確認する。

「はい。小枝先生から連絡を貰《もら》いました…」

二宮の問いかけに咲月は疲れた顔で答えた。中岡が逮捕されてからこれまでの間、不起訴処分となることを願ってきた。中岡の証言が真実なのであれば、殺人罪で裁かれようとしていること自体、間違っている。

しかし。

「あいつの証言を裏づけるような材料が見つからないんだ。俺はあいつを信じてるし…持田さんたちも、色々と手は尽くしてくれたんだが…」

「……検察の求刑は…どれくらいになるのか、小枝先生に聞いたら…二十年はかたいと…言われました。それに近い年数の判決が下されるだろうとも…おっしゃってました」

「……」

「二十年も…隆広さんが帰ってこないなんて…」

「咲月…」

それまでずっと咲月の表情は硬かったが、取り乱すことはなかった。初めて、声を震わせた咲月は、そのまま崩れ落ちる。しゃがみ込んで嗚咽《おえつ》する咲月の前に屈《かが》み、二宮はまだ自分は諦めていないと伝えた。

「第三者の犯行である可能性を捜査機関がどうして無視しているのか、疑問があるし…、あいつは話そうとしないが、新留さんと揉めていた理由がわかれば。小枝先生もそれを気にしていて…」

「……」

中岡に話すよう説得していると続けかけた二宮は、俯いていた咲月がゆっくりと顔を上げるのを目にして、途中でやめた。辛そうな表情の中に怯《おび》えを感じ、二宮は違和感を抱く。咲月の不安は理解できる。自分一人だけならまだしも、咲月には子供がいる。まだ幼い我が子を、頼れる先もなく、一人で育てていくのだと考えただけで途方に暮れるに違いない。

しかし、咲月の顔には、これからの暮らしに対する心配だけではない感情が見られた。咲月は何を恐れているのか。漠然とした疑問が頭に浮かび、二宮が問いかけようとしたところ、咲月はさっとその表情を消した。

「…すみません。私が…しっかりしなきゃいけないのに」

「……」

先ほど耳にした震える声とは違う、静かな中にも強い意志の感じられる口調で詫《わ》びた咲月は、肩で息をついて立ち上がる。二宮はしゃがんだまま咲月を見上げ、探るようにその様子を窺った。

咲月の反応にどうしても違和感を覚える。だが、何が原因しているのかはわからない。何か…重大なことを隠しているのではないか。

追及したい気持ちはあったが、咲月が窮地に立たされているのは事実で、追い詰めるような真似はすべきじゃないという知り合いならではの情が働いた。相手は容疑をかけている対象者ではない。自分がしなくてはいけないのは、長年の友人である中岡や咲月にとって最善の道を探ることだ。

そういった考えで自分を納得させ、二宮はゆっくり立ち上がる。

「…また来る。いつも夜中で悪いな」

「いえ。二宮さん、忙しいのに心配かけてすみません」

「子供は？　元気か？」

「はい。…二宮さんが来てくれる時はいつも寝てますよね」

「悪いな、こんな時間しか来られなくて」

「とんでもないです。忙しいのに…気にかけてくださって感謝してます」

ありがとうございますと礼を言う咲月は二宮がよく知る彼女に見えた。今度は明るい時に来る。そう言った後に、「できれば」とつけ加え、二宮は玄関を出た。

階段を下り始めると背後で、鍵をかける音がする。中岡がここへ帰ってこられるのはいつなのか。

そんな日は来るのか。希望は見えず、二宮は深い溜め息をついて、重く感じられる足を機械的に動かして階段を下りた。

日本では刑事事件で起訴された場合の有罪率は非常に高く、起訴されたが最後、無罪判決が下されるケースはほぼない。それをわかっていながら、二宮は小枝と協力して、少しでも中岡に有利な証拠を求めて走り回った。

しかし、その間にも違う事件が起き、そちらの捜査もおざなりにするわけにはいかなかった。曾我部ができる限り協力してくれていたものの、思うようには動けず、これといった突破口も見つからないまま、月日だけが過ぎていき、いつしか秋になっていた。

刑事事件はケースバイケースではあるが、早いものだと、起訴後一ヶ月半ほどで初公判が開かれる。中岡の事件は本人が否認したままであったから、公判は長引くことが予想されていた。初公判の期日が決まったと報されてから数日後、二宮は至急会って話したいという連絡を小枝から受け取った。

二宮が指定した喫茶店に到着すると、小枝はすでに来ており、奥まった席から手を上げて知らせてきた。二宮は空席の目立つ店内を足早に抜け、小枝の向かいに腰を下ろす。

「すみません。先生もお忙しいのにわざわざ来てもらって」

「いえ。私の方が自由がききますから。大丈夫ですか？」

「同僚もあいつと知り合いなんで、大目に見てくれてます」

苦笑して答え、注文を取りに来たウエイトレスにホットコーヒーを頼む。小枝の前にはすでに白いカップが置かれており、待たせたかと二宮は聞いた。

「大した時間ではありません。二宮さんは恐らく、新宿の方にいるのだろうと思いまして、移動してから連絡したものですから」

すぐに店へ来られたのだと答える小枝に、二宮は恐縮する。新宿で起きた強盗殺人事件の捜査に加わっていることは、先日、電話で伝えてあった。カラオケ店の店員が客に殴り殺され、店から現金が奪われるという事件は、大きく報道されてもいる。防犯カメラ映像などから被疑者はほぼ特定できているのだが、居場所がまだつかめていない。捜査の進展を聞く小枝に、二宮は苦笑して肩を竦めた。

「まあ、ぼちぼち。目星もついてますんで時間の問題かと」

「よかったです。早期解決できるよう、願っております」

小枝が微かに笑みを浮かべてそう言った時、先ほどのウエイトレスが二宮の注文したコーヒーを運んできた。「ごゆっくり」と掠れた声で言い残し、紙の勘定書きを置いていく。彼女が去ったのを確認し、二宮は「で」と切り出した。

「話というのは」

「……」

至急と連絡してきた割に、小枝がすぐに話を始めないのを、不審に思っていた。小枝はしばし二宮を見つめた後、冷静に聞いて欲しいと前置きした。

二宮は普段から感情的になるタイプではなく、小枝もそれを知っている。なのに、わざわざそう断りを入れるのは…。厭《いや》な予感を覚えながら、無言で頷く。

小枝は潜めた声で、検察側から情報を得たことを二宮に伝えた。

「中岡さんが被害者を殺害した動機について…です」

「……」

接見が禁止されたままの中岡に二宮は会えていないが、弁護人である小枝に対し、中岡は新留と揉めていた理由をどうしても話さないとは聞いていた。動機に繋がるそれは、裁判においても重要な争点になるのは間違いない。頑《かたく》なに口を閉ざしている中岡に、小枝が困っているのは二宮も承知していた。

それが…検察側から漏れてきたというのか。冷静にと言われた意味が恐ろしく思えてきて、二宮は無言で小枝を見つめた。

小枝は二宮を真っ直《まっす》ぐ見返し、口を開く。

「被害者の新留さんと…中岡さんの奥さんである咲月さんは、かつて不倫関係にあったようなんです」

「……」

「検察はそれが動機だと、公判で明らかにするつもりです」

耳に届いた内容が理解できず、二宮は瞬《まばた》きもできなかった。ひどい話なら聞き慣れているし、驚くような現実も見慣れている。

なのに、脳が理解を拒否してフリーズしてしまったかのように、頭の中が真っ白だった。それくらい、二宮にはまったく考えられない出来事だった。

咲月が不倫。相手は新留…？

「咲月さんが二十一歳当時の話です。新留さんと同じ台東署に勤務していて、当時結婚していた新留さんと不倫関係にあったと。検察は証拠も証人も用意しているようなので、デマの類いではないと思われます」

「……」

「二宮さんは…咲月さんと以前からのお知り合いだと話していましたが、いつからなんですか？」

小枝に尋ねられても、二宮はすぐに答えられなかった。衝撃を受けている様子の二宮に、
小枝は重ねて尋ねることはせず、口を閉じてコーヒーを飲む。

二宮は小枝がカップを置いた時にスプーンが立てた音にはっとし、ようやく我に返った。しかし、小枝の問いには答えられず、先に違う質問を向ける。

「あいつは…、中岡は知ってるんですか？」

絞り出された声に、小枝は少し首を傾けた。

「まだ中岡さん本人には確認していないので、わかりません。…ただ、だから、話してもらえなかったのかと…納得はしました」

「二宮さんはご存じなかったんですね？」

確認された二宮は、返事の代わりに大きく息を吐き出す。咲月が不倫なんて、想像したこともないし、そうだと聞かされても信じられないままだ。

「……」

考えが及ばないと首を緩く振り、二宮は小枝に煙草を吸ってもいいかと聞いた。普段は、非喫煙者である小枝の前では吸わないようにしているが、とても耐えられそうになかった。

小枝は快く頷き、煙草を取り出す二宮に、検察から流れてきた情報をさらに伝える。

「中岡さんがなんらかのきっかけで、上司である新留さんと咲月さんが不倫関係にあったのを知ったことが殺害した動機だと、検察は裁判で指摘するつもりのようです。中岡さんに話す前に二宮さんに相談したのは、…咲月さんが証人として召喚されると思われるからです」

「……」

「咲月さんにとっては厳しい状況になるのは間違いありませんので、私もできるだけフォローしますが、二宮さんにも支えになっていただきたく…」

小枝の声は聞こえていたが、言葉が頭に入ってこなかった。咥えた煙草に火を点ける。吸い込んだ煙を吐き出す。眉間の辺りがずきずき痛んで、目を閉じる。

出会った当時の咲月が脳裏に蘇《よみがえ》る。屈託のない笑みを浮かべ、明るく、どんな相手にも上手に合わせることのできる咲月は、署内でも人気が高かった。小柄で、警官としての資質に恵まれているとは言えなかったので、男性警官との結婚を勧める上司も多かったが、乗り気ではないようだった。

目を開くと、小枝が困惑と同情を湛《たた》えた目で見ていた。二宮は咥えていた煙草を指先に取り、答えていなかった質問に返事をする。

「……あいつに咲月を紹介したのは…俺なんです。咲月は…俺のいた所轄に異動してきて…知り合いました。俺はその後、本庁の一課に異動になって、中岡も同じく異動してきて…。それから少しして、何かの飲み会にあいつと一緒に参加した時、咲月に会ったんです。あいつは咲月を気に入って…紹介して欲しいと言われ…。その後、とんとん拍子で結婚して、子供も生まれました。……あの咲月が…不倫なんて…。そんなの、全然似合わない奴なんで……正直、信じられないし、何かの間違いじゃないかという思いの方が強いです」

「……。失礼ですが…二宮さんは咲月さんと…おつき合いとか、そういう過去は…？」

「ありません」

力なく首を横に振って答え、昔を思い出す。咲月が異動してきた時、上司からつき合いを勧められた。模範的行動を社会から強く求められる警察官の場合、面倒を嫌って、独身の警官同士を結婚させてしまおうという風潮が根強くある。

二宮にも「早く嫁を貰え、できれば身内で」というプレッシャーが常々かけられていたが、古い考えだと取り合おうとしなかった。しかし、明るく気立てのよい咲月は結婚相手としては理想的で、咲月なら…という考えが頭を過《よ》ぎったりもした。

しかし、基本的に口べたで無愛想な二宮はうまく機会を生かせず、先輩後輩の関係を発展させることはできなかった。ぼんやりとした想《おも》いを仄《ほの》かに残したまま異動になり、中岡からストレートに紹介して欲しいと頼まれた。

戸惑いを抱かなかったわけじゃない。それでも、中岡なら…きっと自分よりも咲月に相応《ふさわ》しいし、お互いがしあわせになれるのが容易に想像できたから、喜んで紹介した。中岡と咲月なら、いい家庭を築けるに違いないと、思ったから。

それが…よもや…。

「…あいつが…不倫なんて…。そんな真似をする奴とは……思ってませんでした」

「…男女の仲というのはわからないものです」

「……」

しみじみと言う小枝に相槌の一つも打てればよかったが、その余裕はなく、二宮は短くなった煙草を灰皿で消した。頭痛は続いていて、ごまかそうとしてコーヒーを飲む。苦みの中に残る酸味が、後味悪く感じられた。

「なんにせよ、検察は咲月さんと新留さんが不倫関係にあったことを動機として、中岡さんの殺意を立証してくるでしょうから、中岡さんには不利になるかと思います。…中岡さんと新留さんが揉めていた理由というのが、これ以外の原因だとしても…インパクトはかなりありますから。私は弁護人として、中岡さんの希望が叶《かな》うよう努力はしますが…このままだと求刑に近い判決が出るかと思われます。…咲月さんにとっても、苦しい公判になるかと思いますので…」

咲月を助けてやって欲しいと、再度頼む小枝に、二宮は何も言えなかった。

もしも、新留殺害は中岡の犯行で、その原因が咲月との過去にあるとしたら？　自分の責任を問う声が頭の中で響いていた。

どんな経緯や事情があったにせよ、咲月が不倫していた事実に変わりはない。新留の葬儀に出席した曾我部から、離婚していたとの話を聞いたが、咲月との不倫が原因だったのではないか。元妻や実の子供が葬儀に出席しなかったのも、そういった背景があったからなのかもしれない。

小枝と別れた後も、信じられない思いが強くて呆然《ぼうぜん》とした気持ちが抜けなかった。曾我部にどうしたのかと訝しがられたものの、到底話せる内容ではない。しかし、公判が始まればすべて明るみに出てしまう…。

小枝の言う通り、咲月が厳しい立場に置かれるのは間違いなく、フォローを頼む理由も納得できた。しかし…。二宮はどうしても納得がいかず、もやもやとした気持ちを抱えたまま、千駄木の中岡宅を訪ねた。

夏の終わりから通い続けた千駄木のマンション近くに着いたのは、またしても午後十一時近くなった頃だった。十一月に入り、季節が急に進んで、昼間でも日が陰ると寒さを感じるような日が続いている。気温が下がってきているのを感じながら、マンションの前で一度立ち止まった。

「……」

咲月にどう言えばいいのか、ずっと考えていたものの、言葉が見つからないままでいた。溜め息をつき、マンション内へ入り、一歩ずつ踏みしめるようにして三階までの階段を上がる。三階の廊下に出ると、中岡宅の前で深呼吸してからインターフォンを押した。

感情的になるべきじゃない。咲月を責めるべきじゃない。小枝から話を聞いてからずっと、二宮は自分に言い聞かせていた。事実を告げ、今後の対応を話し合う。仕事でする時と同じように。

カチャリと鍵が外される音がする。二宮は息を吐き出し、ドアノブに手をかけた。

「……」

薄暗い玄関に、咲月はいつもと同じように立っていた。その顔は中岡が逮捕された直後に訪ねた時よりも強張って見えた。小枝から連絡を受けたのだとわかり、二宮は「大丈夫か？」と聞こうとしたのだが、声が出なかった。

咲月と初めて会ったのは、彼女が二十二歳の時だった。咲月は二宮や中岡と同じく高校を卒業した後、警察学校へ入り、警察官になった。二宮が本庁へ異動になるまでの二年ほどの間、課は違っても同じ署内の若手同士として親しくしていた。

同じ警察官の中でも取っつきにくい強面《こわもて》として敬遠されがちだった二宮に、咲月はちっとも怯《ひる》まず、学生時代の後輩のように懐いていた。二宮さん、お菓子食べます？　外から戻ってそんなふうに声をかけられると、気が抜けてリラックスできたものだ。

あの頃見ていた咲月は、別人だったのではないかと、目の前の彼女を見て思う。どうして。そんな思いが口を突いて出た。

「どうして…、……」

不倫なんて。そう続けることはできず、二宮は溜め息をつく。俯いていた咲月は顔を上げ、二宮を見てその表情をさらに硬くし、眉間に皺を刻んだ。

何か言いたくても言えないという、ひどく辛そうな顔つきは可哀想《かわいそう》に思えたが、自業自得なのだという考えが頭から離れなかった。新留は卑怯《ひきょう》な男ではなかった。よって、弱みを握られて強引に関係を結ばされたとは思えなかった。

それでも…。そういう事情があったのならば、まだ理解できる。二宮は拳を握り、息を吸う。

「…無理強いされてたのか？」

「……」

低い声での問いを聞いた咲月は、二宮を見ないまま、小さく身体《からだ》を震わせた。そして、ゆっくり頭を横に振る。

言葉はなかったが、咲月が否定したことで、二宮は自分の心の底から嫌悪感が湧き出してくるのをじわじわと感じていた。拳を握り締める力を強め、「なぜ」と零れかけた言葉を飲み込んだ。

中岡が逮捕された時、咲月に、新留との間に揉め事があったという話を聞いてないかと確認した。思い返せば、知らないと答えた咲月は、想定以上の動揺を見せていた。

相手が捜査対象者であればすぐに怪しいと判断し、追及していたはずだった。そもそも、中岡が逮捕されたという一報を受けてすぐに、咲月が自分に連絡してこなかった時点で、何か理由があると考えて行動するべきだった。

咲月が自分に相談できなかった理由は一つしか考えられない。中岡が殺害したとされるのが、かつての不倫していた新留だったからだ。

男女の仲というのはわからないものです。そう言った小枝の意見に、二宮も同意できる。不倫や三角関係のもつれでの殺人というのも、ままある。自分には理解できないが、そういうこともあるのだろうと、仕事なら思える。

しかし…。

「…ごめんなさい…。話そうと……思ったんですが…」

ごめんなさい…と謝り、咲月は深く頭を下げた。その肩は震えていて、声からも泣いているのがわかった。

自分の葛藤を乗り越え、とにかく、今は公判を乗り越えることを考えよう…と咲月に言おうとするのに、声が出せなかった。

他者に正論を突きつけられるような大層な人間じゃない。ましてや、男女関係に口を挟むなど、自分にはまったく向いていない。だから、冷静に…と思ってから、小枝にそう言われたのを思い出す。

小枝は自分が不倫や浮気といった、相手の信頼を裏切るような行為を嫌悪すると見抜いていたのだろう。二宮は頭を下げたままの咲月を見つめ、息を吸った。

「…出直す」

どうしても自分をコントロールできず、そのままいたら、憔悴《しょうすい》している咲月を傷つけるようなことを言ってしまいそうだった。二宮は短く告げ、咲月の顔を見ないまま、玄関を出た。ドアを閉め、なってない自分を忌々しく思いながら階段を駆け下りる。

本当に辛いのは俺じゃない。そうわかっているのに、どうにもできない自分がもどかしかった。


咲月に対し、そうした行動を取ったことは、その後の二宮の人生を決定づけた。あの時…もしも、自分が冷静で客観的な態度を示せていれば…。咲月の過去にこだわらず、これからのことを考えようと、言えていれば。

中岡に頼まれたように、本当の意味で、咲月の力になることができていれば。

きっと違っていたはずだと、二宮は長い間ずっと繰り返し悔やみ続けた。

翌日、二宮は新宿の強盗殺人事件の捜査に当たりながらも、再び夜に咲月の元を訪ねようと考え、そのためにも自分の意識を変える努力をしていた。咲月に落ち度があったとしても、過去の話だ。これから公判が始まり、新留との関係が明らかにされれば、咲月は世間からの非難を浴びる。自分が中岡に代わって、助けてやらなくてはならない。

やはり子供と一緒にどこかへ引っ越させた方がいいと考えていた二宮は、夜になって衝撃的な報せを受けた。


早期解決すると思われていた強盗殺人事件は、被疑者の確保に手こずり、当初の予想よりも捜査が長引いていた。新宿近辺での目撃情報を元に、ローラー作戦を展開しながらも、めぼしい成果は挙がっていなかった。

二宮も曾我部と共に食事の時間も惜しんで捜し回っている内に、いつしか夜になっていた。またしても空振りに終わった捜索先の雑居ビルから出た曾我部は、忌々しげな顔つきで煙草を取り出す。

「またガセかよ。いい加減にしやがれ」

「そろそろ諦めて出てきてくれると助かるんですがね」

「そんなタマじゃねえな。あの野郎…どこに隠れてやがんだ」

舌打ちする曾我部に肩を竦め、二宮は腕時計で時間を確認する。時刻は九時を過ぎた。あと一件当たったら、少し抜けさせてもらおう。そんな考えを読んだ曾我部が、火を点けた煙草を口に咥えたまま、「今晩も行くのか?」と聞いた。

「…すみません。迷惑かけます」

「迷惑ってわけじゃねえよ。…そろそろ裁判、始まるんだろ?」

「……」

夏以降、現場に出ている時も、出ていない時も、都合がつく限り、咲月の元を訪ねてきた。その分、相棒である曾我部に負担をかけている。相手が曾我部でなかったら、ここまで長く目を瞑《つぶ》ってくれることは叶わなかっただろう。

曾我部には感謝していて、だからこそ、先に話しておくべきだという考えが浮かんだ。間もなく公判が始まれば、曾我部の耳にも「動機」についての醜聞が入るに違いない。同時に、曾我部ならどう考えるのだろうという興味もあった。自分の正論を打ち砕いてくれるかもしれないという期待も浮かんで、二宮は「曾我部さん」と呼びかける。

「…どうした?」

その声に改まった響きを感じた曾我部は、二宮を見て眉を顰める。その時、二宮の携帯が鳴り始める。

タイミングの悪さに苛《いら》つきながら、二宮は携帯を取り出す。しかし、通話相手として表示されている名前を見て、微かに息を呑んだ。

「……」

電話をかけてきていたのは持田で、たった今、中岡についての話をしようとしていただけに、どきりとする。もしや、咲月と新留についての情報が、持田の耳にも入ったのではないか。

厭な予感を抱きながら、携帯のボタンを押した二宮は、緊張した持田の声を聞いた。

「はい…」

『…持田だ。今、どこにいる？』

「新宿ですが……」

『谷中《やなか》署まで来られないか？　至急だ』

谷中署…と言われ、二宮はすぐに返事ができなかった。理由を聞く前から、背筋がぞっとしたのは、千駄木のマンションが谷中署の管轄であるという情報が、なぜだか頭の中に真っ先に浮かんだからだった。

どうしてですか。理由を尋ねる声は出てこず、代わりに持田の硬い声が耳に届く。

『中岡の嫁さんが首を吊《つ》った』

「……」

一瞬で蒼白《そうはく》になった二宮を傍《そば》で見ていた曾我部は、その異変に気づき、彼の手から携帯を取り上げた。電話の向こうに名乗り、事情を聞く。曾我部は持田に二宮をすぐに連れていくと返事して通話を切り、通りを走ってきたタクシーを停《と》めた。

「おい、早く乗れ！」

「……」

「二宮！」

「……そ…がべさん……、…」

「とにかく乗れ！」

二宮を強引に後部座席に押し込んだ曾我部は、運転手に行き先を告げる。急いでくれとつけ加えてから、呆然としている二宮を低い声で叱責した。

「しっかりしろ。…お前はできる限りのことをやってた。それは俺が一番よく知ってる。不可抗力だ」

「…違う…、違うんです…」

「違わない。今は何も考えるな」

厳しい声で命じる曾我部に何も言えず、二宮は俯いて顔を覆った。昨夜、咲月に「どうして」と聞いた自分の声が耳の底から這《は》い上《あ》がってくる。

どうして。どうして、俺は咲月の話を聞いてやらなかったんだろう。どうして、責めるような真似をしてしまったんだろう。

どうして。

所轄署の遺体安置所で咲月の遺体と対面した後のことを、二宮はほとんど覚えていない。遠いところに意識が飛んでしまい、目の前の現実に対応しながらも、夢現《ゆめうつつ》のような状態だった。

咲月は亡くなった当日の午後三時過ぎ、同じマンションに住む顔見知りのところへ、所用があるから夕方まで娘を預かってくれないかと頼みに訪れた。その家にも子供がいて、中岡の事件があるまでは、親しいつき合いをしていたこともあって、咲月の頼みに応じた。しかし、五時には迎えに来ると言っていた咲月が六時になっても現れず、電話も繋がらないのを不審に思った女性が警察官である夫に連絡。夫から報せを受けた地域交番の巡査が中岡宅を訪ねたところ、玄関は施錠されておらず、室内で首を吊っている咲月を発見した。現場で死亡が確認され、咲月の遺体は谷中署へ運ばれた。

中岡の同僚として連絡を受けた持田は二宮に報せ、二宮は持田たち新留班の面々と共に、葬儀を取り仕切ることになった。勾留中であっても葬儀に出席することは可能だが、中岡は自身の希望で、咲月の葬儀に参列しなかった。

自分のせいだという罪の意識を強く感じていた二宮は、小枝を通じて中岡に詫びを伝えていたが、間もなくしてそれも叶わなくなった。

咲月が茶毘《だび》に付された翌日。二宮は小枝から連絡を受け、信濃町《しなのまち》にある彼の事務所へ出向いた。小枝には咲月の遺体と対面した後に連絡し、通夜と本葬の両方で顔を合わせていたが、お互い大きなショックを受けており、十分に話すことはできなかった。関係者だらけの場で、話せる内容でなかったせいもある。

以前にも一度訪ねたことのある小枝の事務所に着くと、小枝よりも年上の男性事務員に応接室へ通された。お茶を入れてくると言って出ていこうとした事務員と入れ替わりに、小枝が入ってくる。

「すみません、二宮さん。わざわざ来ていただいて」

「いえ…」

座っていた二宮は立ち上がり、「すみませんでした」と詫びて深く頭を下げる。小枝は咲月を心配し、自分に頼んだのだというのに、最悪の結果を招いてしまった。その後悔は大きく、頭を下げたまま動けない二宮に、小枝は困ったように声をかける。

「やめてください。二宮さんが謝ることじゃありません。誰が悪いことでもないんです」

とにかく座ってくださいと頼まれ、二宮は厳しい表情のままソファに座り直す。小枝はその向かいに腰掛け、二宮を真っ直ぐに見て、小さく息を吐いた。

「二宮さん。落ち着いて聞いてください」

「……」

「今朝方、私は中岡さんから解任されました。中岡さんは新留さんを殺害したことを認め、罪を争わない方向で行くそうです」

「…‼ なんで……だって、あいつは…」

「私も理由を聞きましたが、答えてはもらえませんでした。…咲月さんの件が影響を及ぼしているのは間違いないと思い、自棄《やけ》になるべきではないと説得したんですが、考えを変えてはいただけませんでした」

そんな…と口元を手で覆い、二宮は眉間に深い皺を刻んで小枝を見つめる。苦悶《くもん》に満ちた二宮の顔を目にした小枝は、同じように沈痛な面持ちで、自分の力不足を詫びた。

「私の対応がまずかったのだと思います。二宮さんにも負担をかけることになってしまい、本当に申し訳ありません」

「…先生…、先生じゃない、俺のせいなんです。俺が咲月に……、責めるようなことを言ったから…」

「だとしたら、それは私の判断ミスです。もっと違う形でのアプローチを考えるべきでした。…ただ、そうしていたとしても、咲月さんと新留さんの過去が表沙汰になるのは避けられなかったでしょうから、違う結果が得られていたかはわかりません」

「……」

「せめて…中岡さんの無罪を証明できていたらと思うのですが…」

残念ですと口惜《くや》しそうに小枝が呟いたところで、事務員がお茶を運んできた。ソファの間に置かれたローテーブルの上に、茶托《ちゃたく》に載せた湯飲みを二つ置いて、素っ気なく出ていく。

小枝は小さく息を吐いて、「どうぞ」と勧めてから、今後の話をした。

「咲月さんのことで初公判の期日は変更になりましたが、中岡さんが罪を認めれば検察側の求刑よりも軽い判決が出る可能性が高いです」

「…だとしても…、あいつは殺してないと…」

「私も中岡さんはやってないと思います。ですが、本人が罪を認めたならば…判事は求刑に基づいた判決を出すでしょう」

早ければ月内に判決が下されると聞き、二宮は絶望的な気分になった。咲月が亡くなり、中岡は収監される。数ヶ月前には想像もしなかった事態に呆然とし、言葉が出ない二宮に、小枝は続ける。

「中岡さんのお嬢さんは咲月さんのお兄さんに預かっていただけることになりました。弁護人としては解任されましたが、そちらの手続きはお願いしたいと頼まれましたので」

「……」

小枝の話を聞いて、そこでようやく、まだ物心もついていない幼子の存在を思い出す。中岡が逮捕されて以来、頻繁に千駄木を訪ねていたものの、いつも夜更け過ぎで子供は寝ていた。結局、一度も玄関から上がることはなく、目にすることはなかった娘の姿を、葬儀の席で久しぶりに見かけた。

二宮の記憶にあったのは、咲月の腕に抱かれた赤子だったが、葬儀会場で見た娘は淡い桃色のワンピースを着て立っていた。立って、歩けるほどに大きくなっていたのかと驚くと共に、中岡が見せてきた携帯の画像を思い出した。

ニノ、見ろよ。ちひろが立ったんだ！　遠くから自分を見つけて駆け寄ってきた中岡が、嬉しそうに携帯を見せてそう話したのは、確か桜が咲いていた頃のことだ。

「……」

ああ…と漏れそうになった声を掌に染み込ませ、二宮は俯いて目を閉じる。無言で湧き上がってくる感情を抑え込み、聞けていなかった問いを小枝に向けた。

「…先生。今更な話かもしれませんが、あいつは…咲月と新留さんとの関係を知っていたんですか？」

「検察が咲月さんを証人として召喚するという話をした際、確認しましたが、中岡さんは無言でした。ただ、反応を見る限り、知っていたのではないかと。私見ですが」

「……」

だとしたら、やはり中岡と新留が揉めていたのは、その件が原因だったのだろうか。黙っていたのは、咲月を巻き込みたくなかったからだと理解できるが、小枝に対しても認めなかった理由は？

それに…。

「…先生はあいつが犯行を認めた理由をどう考えますか？」

「わかりません。咲月さんのことで自棄になったとしても、殺人です。罪状を争うよりも、認めてしまって刑期を軽くするという考えもありますが、本当にやっていないことを認める罪としては重すぎると思います。それに…私の目からは、中岡さんが自暴自棄になっているようには見えませんでした。…それよりも…、何か別の考えがあるような雰囲気だった気がします」

「考えというと……」

「わかりません」

力なく首を振った小枝は、厳しい表情で「すみません」と頭を下げる。二宮は小枝に頭を上げてくれるように頼みながら、中岡の考えというのを想像してみたが、見当もつかなかった。

どうして中岡はやっていない罪を認めようと考えたのか。やはり本人に会って話を聞きたい。

「…そうだ。犯行を認めたのであれば、接見禁止も解けたんじゃないですか？　だったら、弁護人以外でも…」

「いえ。残念ながら接見禁止はついたままです。中岡さんと会って話が聞けるのは、収監後になるかと」

「……」

できれば、判決が出る前に…殺人罪で懲役刑を科される前に中岡に会って本心を聞きたかったが、それは叶わないと知り、愕然とする。残された道は、新留を殺害した真犯人を捜すことだが、これまでもめぼしい結果は出ておらず、日程的にも不可能に思われた。

二宮は諦めるしかない現実を苦しく思いながら、初公判の日を待つことしかできなかった。

中岡の初公判は十一月中旬に行われ、二宮は小枝と共に傍聴席に座った。数ヶ月ぶりに見る中岡は厳しい顔つきで、痩《や》せたというよりひどくやつれていた。二宮は中岡から一時も目を離さなかったし、向こうも存在には気づいているようだったのに、一度も視線は合わなかった。

検察が読み上げた起訴状の内容は、職務上のトラブルから感情的になり、揉み合っている内に突き落として殺害したという内容のものだった。動機として咲月と新留の関係が公の場で指摘されることはなかった。咲月が自死したことも一部の人間しか知らないままだったので、報道されたりもしなかった。

検察から懲役十七年が求刑され、小枝に代わって選任された弁護人と被告人である中岡は起訴内容を全面的に認めたのでスピード結審となった。次に開かれた第二回公判で、裁判官から懲役十五年の判決が下された中岡は、それに控訴せず、そのまま収監されることとなった。

中岡に会えたらとにかく、詫びようと考えていた。誰がどう弁護してくれようとも、自分の対応は間違っていた。あの時、自分が咲月に対して理解を示せていたら。最悪の結果を招いたりしなかったかもしれないという後悔に、二宮は延々苦しめられた。

許してもらえないとしても、会って詫びることから始めなくては。それから、事件の真相を明らかにする手伝いをしよう。そう考え、中岡の収監先である千葉の刑務所を訪れた二宮は、面会を断られ絶望した。

だが、自分の顔など見たくないと思う中岡の気持ちは理解できて、手紙を書いた。けれど、長い手紙は受け取りを拒否されて戻ってきた。二宮は悲嘆に暮れながらも、中岡は自分よりもずっと深い闇にいるのだと思い、謝罪を受けてもらえる日が来るまで、諦めずに中岡の人生に寄り添うことを決めた。

それから二宮は定期的に手紙を送り、年に一度、咲月の命日に刑務所を訪ねた。翌年も、その翌年も、中岡が二宮との面会に応じることはなく、満期出所を目前にした晩秋。中岡が仮出所しているという報せが届いたのだった。

二 再会

今年こそ、結婚に繋げられるような出会いがあると思っていたのに。カウンターに突っ伏すようにして姿勢を崩し嘆く洞口《ほらぐち》を、二宮は洗い物をしながら冷めた目で見る。まだ三週間あるじゃないか。ちらりと横目でカレンダーを見て言うと、洞口は目線だけを動かして唇を尖《とが》らせた。

「あと三週間で何ができるっていうんですか。今年ももう終わりですよ」

「お前の好きな合コンがまだあるんだろう。クリスマスだなんだって、都合のいい口実もあるじゃないか」

「クリスマスっていうのは勝ち組のためのものでしょ。負け犬同士の合コンなんて…」

「行くんだな?」

ぼやきながらも参加はするのかと、呆れ気味に確認する二宮に、洞口は頬杖をついて上半身を起こし、「取り敢えず」と認める。

常連の洞口は結婚したいと常々口にしており、積極的に婚活もしているのになかなか出会いに恵まれない。今年も駄目だったと溜め息をつく姿は、外見だけなら悪くないし、収入などの条件も揃っている。

なのにどうして…と理由を問えば、理想が自分の母親だというところに帰着する。その辺りを改善しない限り、春は訪れないというのは洞口自身もわかってはいるようだ。

「このままじゃあっという間に四十になっちゃいそうです。知ってます？　四十になると結婚できる確率がぐんと下がるんですよ」

「へー」

「相手に希望できる内容も減るし」

「ほー」

「そうなると理想の相手と巡り会えるかどうか…」

「はー」

「聞いてませんよね？」

「聞こえてる」

店が混み合った状態であれば、さっさと帰れと追い出すところだが、生憎、客は洞口を含めて三人しかいなかった。残りの二人はカウンターではなく長机の方で飲んでいるから、迷惑にもなっていないので、追い出す口実が見つからない。

店を開けてすぐに満員御礼の状態になったかと思うと、引けが早く、その後が続かない日というのはたまにある。今日は早めに店じまいしよう。そんなことを考えながら片づけをする二宮には余裕が見て取れて、だからこそ、洞口はいつも以上に絡んでいた。

「旦那って一度も結婚したことないんですか？」

「……」

「奥さんとか、子供がいたらいいなって思ったことありませんか？」

「……」

「…まさか、俺に隠してるだけでバツイチとか…」

先走った憶測を口にする洞口を二宮はじろりと睨《にら》み、目線だけで黙らせる。これ以上、詮索すれば「帰れ」と言われると察した洞口は、慌てて口をつぐんでビールを飲んだ。

しかし、一口飲んだだけで、再び独り言を漏らす。

「俺、奥さんもですけど、マジで子供欲しいんですよね。無条件で尽くせる相手って、モチベーションに繋がるじゃないですか」

「……モチベーション？」

洞口の相手をするつもりはなかったが、どういう意味で言ってるのか測りかね、つい、聞き返してしまった。洞口は反応してもらえて嬉しいとばかりに、意気揚々と説明する。

「ただ働いてるだけって、意味あるのかなって思えてくるんですよ。でも、奥さんとか子供のために働くってなると、モチベーション上がるでしょ」

「…働くのにそんなものが必要か？」

「必要ですよ。じゃ、旦那はなんのために働いてるんですか？」

「食うため」

それ以外に理由なんかない。自分の口を養って、日々の暮らしを営んでいくには金が必要で、だから働いている。二宮のシンプルな説明に、洞口は肩を竦めた。

「それだけじゃ虚《むな》しいって言ってるんですよ。旦那、本当に、一度も結婚したいって思ったことないんですか？　結婚して家庭持った友達を見て、うらやましいとか、思ったりしなかったんですか？」

「……」

洞口に聞かれて反射的に浮かんできた光景を意識の向こうへ追いやり、二宮は水を止めて手を拭くと、煙草に手を伸ばした。自分の答えを待っているらしい洞口に、無言を返して、咥えた煙草に火を点ける。

「占いにでも行こうかな…」

余程行き詰まっているのか、そんな台詞を口にした洞口に、二宮が忠告しようとした時だ。店の引き戸が開き、若い男が入ってくる。

客かと思い、慌てて煙草の火を消そうとした二宮は、それが明星《あかほし》だと気づいて動きを止めた。

「……」

明星は二宮に軽く会釈してから冷蔵庫へ向かい、チューハイを一本と、ゆで玉子を三つ取って、洞口とは距離を置いたカウンターの端へ立つ。二宮は煙草を咥えたまま、小皿と塩を用意し、明星の前に置いた。

伸ばしたウエーブヘアに、スリムなデニム、派手なロゴTシャツといった格好の、自分よりも若い赤星を、洞口は興味なさげにちらりと見た。自分とは価値観が違いそうな相手の前で、愚痴を零し続ける気になれなかったのか、残っていたビールを飲み干し、「ごちそうさまでした」と挨拶する。

カウンターを離れた洞口が店を出ていくのを見届けてから、二宮は短くなった煙草を灰皿に押しつけた。明星は仏頂面の二宮に「あの」と切り出す。

「お金って…」

「お前が言ったんだろ。調査料の代わりに飲み代をフリーにしろって」

「けど、あんまお客さん、入ってなさそうだし…」

悪いなと思って…と困惑した顔になる明星に、二宮は鼻先からふんと息を吐いた。お前に心配される筋合いはないと、わざと冷たく言い放ってから、先日の礼を告げた。

「色々悪かったな。助かった」

遙香《はるか》をへこませるような結末が訪れた昨日。二宮は店を終えてから明星に連絡を入れ、その後の経緯を話して世話をかけた詫びを伝えた。同時に調べた内容は廃棄するよう頼む二宮に、明星はまた店に顔を出しますと返していた。

「いえ。大したことはしてないんで…。結局、元サヤなんですよね？」

「みたいだ。本人の希望でな」

「旦那の方は何も知らないままってのは気の毒な気もしますけど」

呆れるような浮気調査ばかりだと嘆息していた明星は軽く肩を竦め、缶チューハイのプルトップを開ける。一口飲んでから、結婚なんて恐ろしくて絶対できないと言い放った明星を、二宮はついまじまじと見てしまった。

「なんすか？」

「いや…」

つい先ほどまで、今年も結婚できなかったと嘆く洞口の愚痴を聞かされていたのだ。洞口と明星は五歳ほどしか違わないはずだが、こうも違うものか。

「さっき帰った男。早く結婚したくて婚活とやらを頑張ってるんだが、うまくいかないって愚痴られてたんでな」

「マジすか。…あれ。でも、結構イケメンだなと思って見てたんですけど」

「稼ぎもいいらしいぞ」

「なのに？」

どうしてと不思議そうな明星に苦笑を返し、色々あるんだとつけ加える。明星はフリーの調査員なんて怪しげな仕事で、収入は不安定だし、顔立ちもイケメンには遠い個性的なものである。

それでも、年齢の上下を問わず女性にもてるから、本人さえその気になれば、結婚も簡単にできるのだろう。洞口は条件はよくとも、もてる方だとは思えない。

「ああいう恵まれてる人って、逆に自由が欲しくて、結婚したくないとか思うんじゃないんですか」

「さあな。働くのにモチベーションが必要だから結婚したいとか」

「働くのにモチベーションがいるんですか？　働かないと、飯食えないじゃないすか」

外見だけを見れば、洞口の方がまともそうに見えるが、まっとうなのは明星だ。二宮は「だよな」と相槌を打ち、洗い終えていたグラスを拭き上げるためにクロスを取り出す。

その時、引き戸が開き、新たな客が現れる。スーツ姿の男は小野塚《おのづか》で、二宮はすっと表情を引き締めた。

「……」

同時に、カウンターを挟んだ向かい側に立っている明星が緊張するのを感じた。明星は鼻がきく。小野塚が警察関係者だと見抜いたに違いなく、小声で「知り合いだ」と伝えて、明星の警戒を解いた。

真っ直ぐ歩いてきた小野塚は、明星を一瞥《いちべつ》し、彼がいるのとは反対側の端へ立った。二宮が「いつものでいいか？」と聞くと、無言で頷く。

徳利《とっくり》に酒を入れて湯を張ってある鍋で温め、お猪口《ちょこ》と箸を用意する。その横で、玉子焼き用のフライパンを温めながら、ボウルに卵を割り入れ、出汁《だし》を加えて手早く混ぜた。

先にでき上がった熱燗《あつかん》の徳利とお猪口を小野塚の前に置いてから、手際よく玉子焼きを作っていく。湯気の立つできたての玉子焼きを出すと、小野塚は「ありがとうございます」と礼を言い、代金を支払ってから、足下に置いた鞄《かばん》から取り出した茶封筒をカウンターの上に置いた。

「これを」

「……」

多忙な小野塚を二晩続けて訪ねさせてしまったのを申し訳なく思う。無理を強いたに違いなく、二宮は「すまん」と詫びてから茶封筒を受け取った。明星が自分と小野塚のやりとりを観察しているのに気づいていたので、その場では開けずに、棚の上へ載せた。

「栃木にいるようです」

小野塚も明星を気遣っており、いつもよりもさらに潜めた声で二宮に告げる。栃木…と二宮は心中で繰り返し、縁もゆかりもないはずの土地にどうしているのかと、理由を考えた。

そんな二宮に、小野塚は手酌で注《つ》いだ熱燗を飲んでから、事情を伝える。

「報告書にもありますが、ボランティア活動で来ていた那須塩原《なすしおばら》の福祉施設関係者と知り合い、親しくしていたようです。その伝《つて》を頼って、あちらへ」

「…そうか」

昨夜、顔を出した小野塚から、中岡が仮出所しているという情報を聞いた二宮は、所在地を調べてくれるように頼んだ。小野塚はすぐに動いてくれるだろうと思ってはいたが、電話かメールの類いが来ると考えていた。

「わざわざすまん。電話でよかったんだが…」

「いえ。…会いに行かれるつもりですか？」

小野塚の確認に、二宮は無言で頷く。その表情は厳しいもので、小野塚は開きかけた口を閉じる。そのまま、一言も話さずに黙々と玉子焼きを食べ、徳利の酒を飲んだ。

その間に長机の方で飲んでいた二人連れの客が帰っていった。二宮は台拭きを持って片づけに向かう。食器をまとめて机を拭き上げ、調理場に戻って洗い物をする。それが終わると、小野塚が「ごちそうさまでした」と言うのが聞こえた。

鞄を持ち上げ、店を出ていく小野塚を、二宮は追いかける。外へ出ると、「助かった」と声をかけた。

「いえ。これくらいのことは…。…あれは？」

店の中を窺うように見て、小野塚は明星について尋ねる。やはり気づいていたかと苦笑し、昔面倒を見てやった男だと説明する。

「近くに住んでてな。たまたま、出会《でくわ》して…顔を出すようになったんだ」

「そうですか」

敢えて、明星が情報屋の類いだとは伝えなかったが、小野塚は薄々勘づいているようだった。ただ、それよりも気になることがあるらしく、低い声で二宮に確認する。

「…ちひろちゃんには？」

「……。あいつに会って話をしてから考えようと思ってる」

「そうですか」

中岡の対応次第で、ちひろの生活にも大きな影響が及ぶ。そもそも、ちひろは自分の本当の父親が誰であって、どうしているのかも知らない。そのちひろが、父親の存在を知らされたら…。

以前からちひろの将来を案じていた小野塚は、二宮を見て真剣な口調で告げる。

「どんな形であっても、ちひろちゃんが望む、最善の結果に落ち着くよう願っています」

「……」

どんな形であっても…と言う小野塚が、どんな予想をしているのか。二宮には想像がついたが、敢えて確認はせずに、静かに頷く。また報告すると返した二宮に、小野塚はまだも何か言いたげであったが、言葉を飲み込み、頭を下げてから背を向けた。

小野塚の姿が暗闇に消えると、二宮は暖簾《のれん》を外して店の中へ戻った。一人残っていた明星が驚いた顔で、もう店じまいなのかと聞く。

「客の入りも悪いし、今日はもう閉める。お前も飲んだら帰れよ」

暖簾を壁際に立てかけ、ぶっきらぼうに言って、二宮は調理場へ戻り、残っていた洗い物を片づけた。明星は黙々と働く二宮を物言いたげな顔で見ていたが、水の音が止まったのをきっかけにして、小野塚について尋ねる。

「…警察の人ですよね？」

「ああ」

「あの人も捜一の？」

「いや。もっとお偉いさんだ」

小野塚の醸し出す雰囲気は二宮が口にした「お偉いさん」という言葉に似合うもので、明星は感心したように「はあ」と頷いた。三個持ってきたはずのゆで玉子はなくなっており、「全部食ったのか?」と呆れる二宮に、明星は頷いて「うまかったです」と手を合わせる。

「やっぱ二宮さんの作るゆで玉子、最高です」

「時間さえ許ればお前にだって作れるさ」

「いやいや」

笑って首を振り、明星は「また来ます」と言って店を出ていく。二宮はその後を追っていき、明星を見送ってから施錠した。

カウンターを拭き上げ、明星が使った皿を洗ってごみを始末してから、小野塚が持ってきた封筒を開いた。中には栃木県那須塩原市にある更生保護施設と、中岡の身元引受人になった施設代表についての資料が入っていた。

仮出所の場合、身元引受人を立てなくてはならず、そうした相手を持たない場合に頼りになるのが、更生保護施設だ。更生保護施設は仮出所者を一定期間居住させ、就職の斡旋《あっせん》なども行う。頼れる身内のいない中岡は、栃木のこの施設に審査を申し込んで受け入れられたのだろう。

「栃木か…」

日帰りで行ける場所ではあるが、この十四年間、面会を拒否し続けてきた中岡が、すぐに会って話してくれるとは考えにくい。時間をかけるべきで、よって、店はしばらく休もうと決めた。

そうなると、問題はちひろだ。本当のことはまだ話せない。咥えた煙草に火を点け、資料を眺めながら、長い一服を終えた。


店の明かりを消して奥へ戻ると、茶の間で勉強していたちひろが、驚いた顔を上げた。

「…どうしたんですか？　早くないですか？」

いつもは日付を回ってからでないと、二宮は店から戻ってこない。まだ十一時にもなってないのにとびっくりするちひろに、二宮は用意した嘘をつく。

「知り合いが亡くなったって連絡があったんだ。明日、栃木に行ってくる」

「知り合いって？」

「昔、ある事件で世話になった関係者が栃木へ移り住んでたんだが、…奥さん一人で高齢だし、大変そうだから手伝ってくる。借りがあってな」

「そうなんですか。栃木だと…」

「泊まりになるから、ここで一人が厭だったら遠藤《えんどう》のところにでも…」

「大丈夫です。一泊とかですよね？」

一晩の留守番くらい平気だと答えるちひろに適当に相槌を打ち、二宮は遙香に連絡を入れておくので、何かあったら頼るように言った。ちひろは神妙に頷き、食事を食べるか聞いてくる。

「ああ。先に風呂入ってもいいか？」

「もちろんです。あ、二宮さん。出かけるならひげ剃《そ》った方がいいです」

ちひろのアドバイスに頷き、二宮は風呂に向かう。ちひろが怪しんでいる様子がないのにほっとしつつ、風呂に入って食事を済ませ、早々に床に就いた。

翌朝、二宮はちひろと共に起き、一緒に食卓を囲んだ。納豆に味噌汁《みそしる》、ご飯とぬか漬けというシンプルな朝食を、二宮は瞬く間に食べ終えたが、ちひろは相変わらずしつこく納豆を混ぜていた。

「そんなに混ぜちゃ、ねとねとになってうまくないだろう」

「違います。納豆ってこうした方が美味《おい》しいんですよ。二宮さんみたいな食べ方じゃ、お豆のままです」

「納豆は豆だろうよ」

「この粘りが……そうだ。二宮さんって、子供の頃から納豆食べてました？」

唐突な質問を不思議に思いつつ、二宮は頷く。どうしてそんなことをと聞かれたちひろは、君島《きみじま》が納豆を食べたことがないと言っていて、驚いたのだと話した。

「まあ、そういう家もあるだろうな」

「美味しいのかって聞かれて、どう答えたらいいかわからなくて」

「美味しいとか、美味しくないとか、そういうもんじゃないよな」

「ですよね？」

頬杖をついて同意する二宮に、ちひろは嬉しそうな顔を見せる。わかってくれる人がいてよかった。そんな反応を横目に見て、二宮はそれよりも早く食べろと急《せ》かした。

満足いくまで混ぜた納豆をご飯の上に載せ、ちひろは一口ずつ嚙《か》み締《し》めて食べる。二宮は見ているのが疲れそうな光景から視線を外し、テレビをつけた。早く一服したいのを我慢しながら、お茶を飲んでニュースを見る。

番組の間に流れるCMは、すでにケーキからおせちへと主軸が変わっている。おせちなんて、最後に口にしたのはいつだろうとぼんやり考えていると、ちひろが「栃木って」と切り出した。

「新幹線で行くんですか？」

「…ああ」

「どれくらいかかるんですか？」

「東京から一時間ちょっとだ」

「へえ…」

それが遠いのか近いのか、ちひろには判断がつかなかったらしい。曖昧な感じで相槌を打ち、再び納豆ご飯を口に運ぶ。もぐもぐと咀嚼《そしやく》してから、今度は栃木のどこへ行くのかと聞いた。

「宇都宮《うつのみや》ですか？」

「いや。那須塩原だ。それより、時間いいのか？」

「……。よくないです」

テレビ画面の時刻表示を指して聞く二宮に首を振り、ちひろは納豆ご飯を食べるスピードを上げる。黙々食べ、味噌汁も飲んで、「ごちそうさまでした」と手を合わせたちひろに、二宮は片づけは自分がやるから用意してこいと言った。

「でも…」

「いいから」

遠慮しようとするちひろを制し、二宮はさっさと食器を台所へ運ぶ。ガス給湯器を点け、お湯が出るのを待ってから洗い物にかかる。二人分の食器を洗い終えたところで、ちひろがお弁当を取りに現れた。

「すみません、二宮さん」

「ほら、弁当。…何かあったら遠藤を呼べよ。すぐ来てくれるはずだ。火の元には気をつけて。施錠も」

「はい」

「表に貼《は》り紙《がみ》はしておくが、急な休みだからじいさんたちや他の客も来るだろうけど、今回は勝手に店を開けたりするなよ。俺は本当に帰ってこないからな」

「わかりました」

この前の臨時休業とは違うのだと言い含める二宮に、ちひろは真面目な顔で頷く。受け取った弁当を持って勝手口へ向かうちひろの後を追いかけ、二宮は廊下から見送った。

「気をつけて」

「行ってきます…、あ、二宮さん」

「なんだ？」

「十五日って…」

そう言いかけ、ちひろはすぐに口を閉じた。怪訝そうに「なんだ？」と聞く二宮に、なんでもないと首を振り、もう一度「行ってきます」と言う。

「頼んだぞ」

「はい。二宮さんも気をつけて」

ちひろは笑顔でそう言い、勝手口のドアの向こうへ消えた。冷えた廊下に素足で立ったまま、二宮は小さな罪悪感と共に溜め息を零す。明日には帰ると信じている様子のちひろに、いつになるかわからないと言えなかった自分を少し後悔した。


足立区北千住《きたせんじゅ》。荒川と隅田川《すみだがわ》に挟まれた下町の、所狭しと住宅が軒を並べる一角に、十年ほど前に建て替えられた、まだ新しい三階建て住宅がある。曾我部という表札を一瞥した二宮は、その隣にあるインターフォンを押した。

カメラつきのそれで、自分が訪ねてきたことがわかったのだろう。スピーカー越しの返事が聞こえる前に、玄関ドアが開き、久しぶりに見る顔が現れる。

「あらやだ。珍しい。入って、入って」

嬉しそうな表情を浮かべて誘ってくれる相手に会釈し、二宮は門扉を開けて数段の階段を上り、玄関へ入る。三和土のところで立ち止まり、突然の訪問を詫びた。

「すみません。朝早くから連絡もせずに訪ねてしまって」

「何言ってんのよ。いつでも来てくれるだけで嬉しいんだから」

恐縮する二宮に明るく言い、スリッパを出して上がるように勧める。玄関から真っ直ぐ続く廊下を進み、右手にある居間へ入ると、迎えに出てくれた曾我部の妻である陽子《ようこ》は、テレビの横に置かれた写真立てに向かって手を合わせていた。

「二宮くんが来てくれたよ。よかったねえ」

陽子が話しかけるのは、憮然《ぶぜん》とした曾我部の写真だ。葬儀でも飾られたその写真を見て、もう少しマシなものはなかったのかと聞いた二宮に、陽子が「一番らしいと思って」と答えてから、もう八年が経《た》つ。

十年前、定年退職した曾我部は、暮らしの足しにするためにと言って、上階を賃貸として貸し出せるように自宅を建て替えた。しかし、三階建ての住宅が完成して間もなく、癌《がん》が見つかった。

すでに治療の余地がないほど進行していた癌は、わずか三ヶ月で曾我部をこの世から連れ去った。陽子から報せを受けた二宮が病院を訪ねた時には、曾我部は満足に話もできない状態になっていた。

「心配かけたくないってさ。強がっちゃって。見つかってすぐに呼んでたら、ビールの一杯も飲めたのにねえ」

「俺が行くのを手ぐすね引いて待ってると思いますよ」

「何言ってんの。二宮くんがあっちに行く頃には忘れてるわよ。お茶、入れるわね」

座ってと言い残し、陽子は台所へ向かう。曾我部と陽子には子供はおらず、夫婦二人暮らしだった。今は上階に住む店子《たなこ》の世話をするのが、収入面だけでなく、精神面でも陽子の支えになっている。

ソファに座った二宮は、台所の陽子に近況を尋ねた。

「最近どうですか？　新しく入居した奴は？」

「あちこち痛いけど、ぼちぼちやってるわよ。新しいって、前田《まえだ》くんのことよね。忙しいみたいだけど、ゴミ捨てもちゃんとしてるし、しっかりしてるわよ」

先日、訪ねた際に話していた新しい入居者について、陽子は台所から答える。二階、三階の入居者は不動産会社を通じて募集しているが、曾我部の警察時代の知り合いが独身寮を出ることになった警察官を紹介してくる場合もある。

新顔も所轄の刑事課に勤めていると聞いた。刑事の仕事が不規則で、多忙なものであるのを陽子は重々承知しているから、余計な説明なしに理解を得られるのはありがたいに違いない。

急須と湯飲みを載せたお盆を持って戻ってきた陽子は、そこでようやく二宮がボストンバッグを持っているのに気がついた。

「やけに大きな荷物ね。どっか行くの？」

「ちょっと…野暮用で。その前に預かっていただいてたものを貰いに来たんです」

「……」

二宮が突然訪ねてきた理由を、陽子は察していたようだった。「だと思った」と言い、お盆をテーブルに置いて、奥の和室へと入っていく。北側の押し入れを開け、その場にしゃがんで下段の物入れから、分厚い茶封筒を取り出してきた。

「はい」

「ありがとうございます。世話かけてすみませんでした」

「世話なんて。あそこに入れておいただけだからね」

何もしてないと言い、陽子は二宮とテーブルを挟んだ向かい側に腰を下ろす。正座して急須から湯飲みにお茶を注ぎ、二宮の前に置いた。

「で、二宮くんの方はどうなの？　お店はうまくいってる？」

「まあ…それなりですね」

「ならいいんだけど。二宮くんがお店なんてねえ。うちの人が生きてたら驚いただろうけど、立ち飲み屋なんて聞いたら喜んで通ってたわよ」

「曾我部さんのお陰ですから」

所轄署から本庁の捜査一課へ異動になった二宮は、同じ班となった曾我部とコンビを組み、様々なことを学んだ。曾我部は息子同然に歳《とし》の離れた二宮を可愛《かわい》がり、自宅にも頻繁に招いた。

「ビールの注ぎ方だって、熱燗の入れ方だって、全部曾我部さんに習ったんですから。なんとか店がやれてるのは曾我部さんのお陰です」

「二宮くん、あの酔っ払いに辛抱強くつき合っててくれたからねえ」

懐かしむような笑みを見せ、陽子はお茶を飲む。こよなく酒を愛した曾我部の遺影の前には、缶ビールとワンカップがいつも供えられている。曾我部と最後に飲んだのは、新築祝いに訪ねたのが最後で、同じ時期に主任に昇進したこともあって、忙しくて顔を出せないでいる内に、曾我部は病に倒れてしまった。

もっとここに来られたらよかったという後悔は口にせず、二宮はお茶を飲み干して暇《いとま》を告げた。陽子は引き留めることなく、玄関へ向かう二宮を見送りに出る。

「二宮くん、まだ煙草吸ってるの？」

「はあ」

「そろそろやめた方がいいわよ。お酒もほどほどにね。でないと、うちの人みたいにようやくゆっくりできるって時に死んじゃうわよ」

「考えておきます」

口酸っぱく忠告する陽子に、二宮は苦笑を返して靴を履く。上《あ》がり框《かまち》に置いていたボストンバッグを持ち上げると、陽子が物言いたげな顔でいるのに気づいた。

茶封筒の中身と行き先を気にしているのだろうが、何を聞いても答えが得られないのを、刑事の妻であった陽子は経験的にわかっているに違いない。心配をかけているのを申し訳なく思い、頭を下げる。

「……また来ます」

「そうして」

短い言葉だけで見送ってくれる陽子の厚意に感謝しながら、二宮は曾我部宅を後にする。

曾我部が生きていたら、俺も一緒に行くと言って聞かなかっただろうなと想像し、懐かしい濁声《だみごえ》を思い出した。


北千住から常磐《じょうばん》線で上野《うえの》へ出て、東北新幹線のチケットを買った。上野から那須塩原まで、やまびこで一時間ほど。ホームで十分ほど待って乗り込んだ新幹線で席に着くと、陽子に預けていたのと、家から持って出た厚みの違う二つの茶封筒を抜いて、ボストンバッグを荷物棚に上げた。

陽子にそれを預けたのは、年が明けて間もなくの頃だ。ちひろと同居することになり、中岡の名前が入った資料を万が一にでも見られてはならないと考え、陽子を頼った。陽子なら理由を聞かずに預かってくれるし、勝手に中を見たりするような真似は絶対にしないという確信があった。

間もなくして新幹線が動きだし、隣に誰も座らないのを確認すると、二宮はテーブルを下ろして茶封筒を置いた。年季を感じさせる封筒から、中身を取り出す。久しぶりに目にするそれは十四年前に起きた新留が殺害された事件に関する捜査資料のコピーと、その後、二宮が独自に調べた内容を纏《まと》めたものだ。

内容をほとんど記憶している資料を捲《めく》りながら、とにかく中岡に会って話を聞いてからにしろと繰り返し言っていた曾我部の顔を思い出していた。このままじゃ、お前のためにならない。飲み屋で珍しくビールに手をつけることなく、自分を諭した曾我部は真剣で、逆らうことはできなかった。

仕事には支障を来《きた》さないよう、密《ひそ》かに動いているつもりだったが、冤罪《えんざい》を疑う二宮の動きは警察上層部にとって好ましくないもので、それとなくやめるよう苦言を呈された。それでもやめずに調べ続けていたところ、遠回しに捜一から外す可能性があると告げられた。

中岡のためならばそれもやむを得ないと考えた二宮を説得したのが曾我部だった。真相に辿《たど》り着くためには中央に近い位置にいなくてはならない。離れれば離れるほど、真相からも遠くなるという曾我部の言葉は納得のいくもので、二宮は考えを変えた。

それは自分のやり方に限界を感じていたせいもある。やはり中岡と直接話をしたいと考え、戻ってくるのがわかっていても手紙を書き、咲月の命日には毎年刑務所を訪ねた。八年前、病室を訪れた二宮に曾我部は、真相がわからないのが心残りだと、残念そうな顔でぽそりと零した。

　中岡に会って、話が聞けたら、曾我部の墓前に報告することもできるのだろうか。そんな結末が来るのかどうかもわからず、二宮は息を吐いて煙草を取り出そうとする。しかし、喫煙スペースまで行かないと吸えないのを思い出し、諦めた。

　捜査資料を眺めている間に、一時間はあっという間に経ち、新幹線は那須塩原駅に到着した。那須塩原駅は東北新幹線が開通し、新幹線停車駅となったことで開けたが、元々栄えていた両隣の黒磯《くろいそ》駅や西那須野《にしなすの》駅周辺の方が人口は多い。今でも、観光地でもある那須高原へ向かう人々にとっての玄関口というイメージが強い。

　西口から駅を出た二宮は、一番近くにあるレンタカーショップに入り、車を借りた。取り敢えず、翌日までの契約を結び、小型車に乗り込んで駅を離れる。黒磯方面へ向かい、市街地を抜けた東北道の那須ＩＣ《インターチエンジ》の手前の、那珂川《なかがわ》近くに目的地はあった。

　市街地を少し離れただけで、田畑や林が広がる地域だ。自然豊かな風景は、見る者によってはほっとするものかもしれないが、都会育ちの二宮にとっては落ち着かないものだった。見慣れない風景が続いていることに戸惑いを覚えているのか、これから先のことに不安を覚えているのか、判断がつかないままナビを頼りに車を走らせて間もなく、「功徳寺《こうとくじ》」と書かれた看板を見つけた。

通りからは木々に隠れて建物は見えないが、看板が立てられている角を曲がって細道に入る。雑木林に挟まれた道をゆっくり進んでいくと、間もなく視界が開け、十台ほどの車が停められそうな空き地が現れた。その向こうに寺らしき建物が見える。

空き地には軽自動車と普通乗用車が二台、停まっていた。二宮はその横に駐車し、車を降りる。那須塩原の駅を出た時にも東京とは違った寒さに震えたが、小一時間ほど車を走らせただけなのに、さらに気温が低いように感じられた。

標高が高いせいもあるのだろう。二宮は後部座席に載せていたステンコートを引っ張り出して着込むと、背中を丸めて寺の方へ向かった。

地域の檀家に支えられているような寺だからか、一般の参詣者に向けた寺務所などの類いは見当たらない。どこを訪ねたらいいものかわからないまま、本堂の周囲を歩いていると声をかけられた。

「何かご用ですか？」

はっとして振り返れば、紺色の作務衣《さむえ》を着た住職らしき人物が立っていた。禿頭《とくとう》で初老の男性は、年齢的にも自分が訪ねようとしている相手かもしれないと思いつつ、確認する。

「突然すみません。こちらに…時任憲伸《ときとうけんしん》さんという方が…」

「時任は私です」

「失礼しました。自分は…二宮と言いまして、時任さんが身元引受人となられた中岡隆広に会いたくて来ました」

中岡の名前を聞いた時任は、小さく目を見開き、「こちらへ」と二宮を促した。本堂の正面へ向かい、草履を脱いで階段を上がっていく時任に倣い、二宮も靴を脱いだ。時任は本堂の引き戸を開け、中へ入り、「どうぞ」と二宮に声をかけた。

本堂の中は畳敷きになっており、中央に阿弥陀如来像が祀《まつ》られていた。二宮は一礼してから中へ入り、その場で奥へ向かった時任を待つ。時任は間もなくして座布団を手に戻ってきた。

「お茶でも入れて差し上げたいんだが、うちのが留守のようで」

「お気遣いなく」

恐縮する時任に答え、彼が勧める座布団を畳の上に敷いて座った。正座しようとしたところ、楽にしてくださいと言われ、助かった気分であぐらをかく。時任は二宮の向かい側に座布団なしで正座し、「どちらから？」と聞いた。

「東京です」

「見たところ…元同僚の方ですか？」

身元引受人である時任が中岡の素性を知っていて、そう予想したのは不思議ではなかった。二宮は頷き、中岡とは警察学校の同期なのだと話す。

「警察学校を出た後、別の所轄に配属になって…その後、本庁の捜査一課で再び一緒になりました。同じ班ではなかったのですが…親しくしていました」

なのに、どうして中岡と直接連絡が取れないでいるのか…と問われる覚悟をして、敢えてそう説明した。時任は痛い指摘はせず、「そうですか」と相槌を打つ。

「色々あって…収監中も面会を拒否されていたんですが、どうしても…会いたいんです。会って…話がしたいんです」

もしかすると、時任は中岡から居所を言わないように頼まれているかもしれないという考えがあった。特に、自分の名前を出して、二宮という男が訪ねてきても教えないで欲しいと言われていてもおかしくない。

それを承知で、二宮は時任に訴えかける。時任は二宮が口にした「面会を拒否されていた」という言葉を聞き、微かに顔を顰めた。しばし考え込むような素振りを見せた後、「私が…」と切り出した。

「中岡さんの身元引受人になったのは、彼が収監されていた刑務所にボランティアで説法をしに行ったことがきっかけです。慰問を行うと、少なからず受刑者の方から手紙を貰います。私が更生保護施設を運営しているのを知って、仮出所や、出所後の身の振り方を相談されることが多いのですが、中岡さんも私を頼りたいと申し出られました。中岡さんは元々東京の出だし、こちらには縁もない。東京には複数の施設がありますし、こんな田舎《いなか》よりもそちらの方が再出発しやすいのではないかとお話ししたんですが、東京にはいい思い出がないからと言われました。中岡さんの事情を考えるとそれも納得できましたので、お引き受けしたんです」

「……」

「つまり、中岡さんは過去を捨てて新しくやり直したいと願っておられるわけですが…それでも会いたいと望まれますか」

中岡のためを思うならば、控えた方がいいのではないか。遠回しにそう忠告されているのはわかっていたが、二宮は諦めるつもりはなかった。無言で、けれど、力強く頷く二宮を見て、時任は鼻先から息を吐く。

「…中岡さんは黒磯の駅の方にある、うちが運営している『功徳会』という福祉法人が持っているアパートに、他の元受刑者と一緒に住んでいます。今は仕事に出ていると思いますが…」

「働いてるんですか?」

「出てきたのが先週で、一昨日から仕事を始めたと聞いてます。こちらには観光施設がいくつかありまして、駐車場などで誘導したりする警備員の仕事を紹介しておるんです」

時任は「ちょっと待ってください」と言って立ち上がり、本堂の奥へ向かう。外廊下で繋がっている別棟に行き、中岡の居場所を確認して戻ってきた。

「今日は一日、『那須お菓子ファクトリー』にいるようです。場所は…」

「大丈夫です。ナビがありますから」

施設名さえわかれば、検索できる。二宮は「ありがとうございます」と礼を言い、正座に姿勢を直して深く頭を下げた。それから立ったままの時任を見上げて、疑問に感じたことを口にする。

　時任は中岡のためにも会わない方がいいのではないかと言ったものの、居場所を教えることを渋りはしなかった。もしも時任から聞けなかったら、独自に調べるつもりでいた二宮は、いささか拍子抜けのような気分がしていた。

「中岡は時任さんに口止めのようなことは…」

「してません。…さっき言ったのも、あくまで私の推測です。昔の悪い仲間が来たんだとしたら、私もさっさと追い返します。そういうことはままありますから。けど、中岡さんも…二宮さんでしたか…あなたも、抱えている事情が違うでしょう」

「……」

「それに…実を言えば、中岡さんとは何度も話をしていますが、本当のことを話してくれていない気がするんですよ。…上司を殺した、奥さんを自殺で亡くした、東京にはいたくない…って、事実なんだが、何か引っかかっていてね」

　時任が零した本音に、二宮は「ああ」と溜め息のような相槌を打った。何かが引っかかる。自分もこの十四年、ずっと同じような引っかかりが取れないでいる。

　二宮は深く息を吸い、勢いをつけて立ち上がる。「ありがとうございました」と再度礼を言い、本堂を後にする。時任は二宮と一緒に駐車場まで出て見送った。

「お気をつけて」

「お世話になりました」

「話ができるよう、願ってます」

真摯に言ってくれる時任に頭を下げ、二宮は車に乗り込む。エンジンをかけてナビに目的地を入力して案内を開始させる。機械の音声に導かれて向かう先に、中岡がいるというのが信じられない気持ちがした。

時任から教えられた「那須お菓子ファクトリー」は地元で有名なお菓子メーカーが観光客向けに作ったレジャー施設で、隣に建つ洋菓子の製造工場を見学できる他、安く買えるアウトレット品や土産《みやげ》品を販売するショップ、レストランなどが併設されていた。

ナビに促されるまま国道を那須高原の方へ向けて走らせていくと、「那須お菓子ファクトリー」と書かれた大きな看板が見えてきた。時任が言っていた警備員というのは駐車場へ入ろうとしてすぐにわかった。

国道から出入りする車を案内するために、警備員の制服を着た男性が、誘導灯をゆっくり振っている。もしやと思って目をこらしたが、生憎中岡ではなかった。

駐車場は広く、観光バス用のものも合わせて、三分の二ほどが埋まっていた。平日でこれなのだから、土日などは警備員が必須だろう。駐車場内にも配置されているのかもしれないと考え、車でぐるりと回ってみたが、特に見当たらなかった。

仕方なく、二宮は車を停め、駐車場の入り口へ向かった。車の中から見えた警備員に声をかけ、中岡について聞いてみる。

「すみません。今日、こちらに中岡という警備員がいると聞いてきたんですが」

「中岡さんなら、休憩に入ったところですよ」

「今、どこに？」

「さあ。どっかで昼飯を食ってるはずなんですけどね」

七十近いと思われる実直そうな男は施設全体を誘導灯でぐるりと指して答える。二宮は礼を言い、駐車場を横切って建物の方へ向かった。

すでに一時を過ぎているが、遅い昼休憩なのだとしたら、レストランにいるかもしれない。そう考えて足を向けたレストランは、観光客用のもので、警備員の制服を着た男が入れるような雰囲気でも値段でもなかった。もちろん、二宮にも縁遠く、早々にここにはいないと判断し、外へ出る。

「……」

自分が人目を避けて昼を取るとしたら、どこにするか。辺りを見回して考え、レストランを離れてショップへ向かい、そこも通り過ぎて歩いていくと、工場の裏手に出た。人気《ひとけ》の少ない方を目指したことが幸いし、二宮は従業員用らしき別の駐車場の隅に座り込んでいる、警備員の制服を着た男を見つけた。

道路と敷地を隔てる壁に沿って等間隔に植えられた木の根元に芝が敷かれており、そこに腰を下ろしているのは、遠目にも中岡だとわかった。

先ほどの男性と同じ警備員の制服に、襟元にボアのついたジャンパーを羽織っている。屋外は決して快適な気温ではないが、背後の壁が風よけになり、かつ、芝に日が当たっているから比較的暖かいのだろう。

二宮は自分に気づいていない中岡を見つめたまま立ち尽くし、どうしようかと迷った。

「……」

ずっと中岡に会って話がしたいと思い続けてきた。何度返されても手紙を送り、会ってもらえないとわかっていても、面会に訪れた。こうして強引に訪ねてきた自分を中岡が歓迎するはずがなく、手ひどい拒絶を受けることは明白のように思われる。

だから、それが怖いというのではなくて、何を言えばいいのか、どう声をかけたらいいのかがわからなかった。聞きたいことはある。山ほど、ある。

なのに、一言目がわからない。

「……」

元気か？　心配してたぞ。突然、すまない。お前が会いたくないのはわかるんだが。出られてよかったな。

どれもこれも相応しくなく思えて、ぴんとこない。二宮は深く息を吐き、何も決められないまま足を踏み出した。中岡が自分に気づいて逃げ出したら？　追いかけるのか？　捕まえて、強引に話を聞かせるのか？

様々なパターンを思い浮かべながら近づいていくと、半ばほどまで歩いたところで、中岡が気がついた。おにぎりを食べていた手を止め、二宮を見る。

目が合った瞬間、中岡が立ち上がって逃げ出すのではないかと恐れていた二宮は、彼が驚いている様子ではあるものの、動くつもりはないようなのを見て、ひとまずほっとした。そのまま歩き続け、少し距離を置いて同じ芝の上に並んで腰を下ろす。

「……」

中岡と最後に会ったのはいつだったか、事件の後思い出してみたが、はっきりとした記憶は出てこなかった。とにかくお互い忙しかったし、望めばいつでも会えるという油断があった。たぶん、本庁内の廊下で擦れ違ったのが最後のはずだと、記憶の検証作業を繰り返す内に、そう決めていた。

ニノ！　いつもの呼び方で声をかけてきた中岡に、「おう」と返した。当時、担当していた事件の捜査が難航しているのを知っていた中岡に「どうだ?」と聞かれ、「最悪だ」と愚痴を零した。三十秒にも満たない、廊下での短い立ち話。

頑張れよと言う中岡に、お前もと返した。今度会えるのは年末かもなと言い合って、互いの多忙さを嘆いて別れた。

あれから…。

「ニノ」

「……」

黙り込んでいた二宮は、隣から聞こえてきた声にどきりとして顔を上げる。横を見ると、中岡は食べ終えたおにぎりの包みをビニル袋に捨てていた。その目は二宮に向けられておらず、久しぶりに間近で観察することのできた中岡は、重ねた年齢が如実に表れ、明らかに年老いていた。

皺が浮かび、白髪も見える。この十四年。自分も苦労が多かったが、中岡の苦労は種類の違うものだったに違いない。

「心配かけて悪かった」

中岡から向けられた言葉は、まったく想定していなかったもので、二宮はひどく戸惑った。一方的に会いに来た自分に怒り、口をきいてもらえない可能性は高いと踏んでいた。十四年もの間、拒絶されてきたのだ。簡単に許してくれるはずのない間違いも犯している。なのに、「心配かけて悪かった」と言う中岡の心情が読めず、二宮は微かに顔を顰める。

詫びるべきは自分なのに、中岡はどうして「悪かった」などと言うのか。

判断ができないでいる二宮の前で、中岡はごみを入れたビニル袋を探り、中からもう一つおにぎりを取り出す。手作りらしいおにぎりは、ラップに巻かれていて、それを捲って食べ始める。

中岡は二宮に詫びた後、言葉を続けなかった。無言で食べ続ける中岡のおにぎりがなくなりそうになった時、二宮はようやく口を開くことができた。

「…詫びなきゃいけないのは俺の方だ。…本当に…すまなかった…」

「……」

「咲月が…あんなことになったのは、俺のせいだ」

すまない。そう繰り返して、二宮は頭を下げる。土下座するべきかという迷いはあったが、そういうパフォーマンスを中岡は好まないとわかっていたので、ただ、頭を下げた。

中岡は何も言わず、二宮の方を見ることもなく、おにぎりを食べ続けていた。おにぎりがなくなると手元に残ったラップをビニル袋に戻して、空気を抜いてその口を縛る。小さくなったビニル袋を掌に握り、二宮に問いかけた。

「ここまでどうやってきたんだ？　レンタカーか？」

「……。ああ…」

詫びに対する中岡の反応に戸惑いながら、二宮は顔を上げて頷く。二宮を見ないまま、中岡は仕事が五時までなので、それまで待ってくれないかと言った。

「新幹線の時間とか、決めてるのか？」

「…いや」

会ってすぐに話ができるとは思っていなかったから、長期戦を覚悟してきていた。今夜は泊まるつもりだという二宮の返事を聞き、中岡は「じゃ、いいな」と言って横にあった水筒を手にした。

「また後で」

長いブランクなどなかったかのような気軽さで言い、中岡は立ち上がる。仕事に戻っていく中岡の背中を見つめながら、二宮はなんとも言えないざわざわとした感覚に襲われていた。

何がおかしいとすぐには具体的に言えなかったが、強い違和感を覚えながら、その場で呆然としていた二宮は、中岡の姿が見えなくなってしばらくした後、ようやく立ち上がった。いつの間にか雲が太陽を隠していて、日の当たらなくなった芝の上は冷たくなっていた。身体がすっかり冷え切っているのを感じ、駐車場へ戻る途中にあった自販機で温かい缶コーヒーを買った。

それで指先を温めながら、警備員の立つ駐車場の出入り口が見える場所まで移動する。ちょうど、土産物屋の前に設《しつら》えられたウッドデッキから眺めることができたので、柵に寄りかかるようにして立ち、缶コーヒーを飲んだ。

先ほど、中岡について尋ねた男性警備員の姿はなく、中岡は一人で車を誘導していた。時任の話からすると、警備員として働き始めてまだ数日のはずだが、ぎこちなさはない。まだ若い上に、元々のスペックが違う。中岡に相応しい仕事とは到底思えなかった。

ちゃんとした就職口が見つかるまでのステップなのだろうが、前科のある者にとってはその就職も難しいと聞く。特に中岡の罪は重いもので、ハードルが高いだろうなと考えながら煙草を取り出して咥えると、店の中からスタッフが出てきた。

「すみません。こちらは禁煙ですので、向こうの喫煙所でお願いします」

若い女性スタッフが申し訳なさそうに言うのに、二宮は「すみません」と詫びて煙草をしまう。ちひろがいたら、それみたことかと呆れた目で見るだろうなと、何気なく浮かんだ考えにはっとさせられ、二宮は顰めっ面で駐車場に停めた車に戻った。

運転席に座ると再び煙草を咥えて火を点けた。喫煙のできる車両を借りられてよかったと安堵しながら、エンジンをかけ窓を開けて煙を吐き出す。思えば、朝、家を出てからずっと吸っていなかった。一心地つくと、自分がもやもやしている理由を客観的に捉《とら》えることができた。

中岡に会えたとしても話はしてもらえないかもしれないと考えていたのは、彼が自分に腹を立てているという確信があったからだ。咲月を頼むと言われながら、自死を招いてしまったことは、悔やんでも悔やみきれないし、中岡が自分を許さないのも当然だと思っている。

だからこそ、中岡は十四年間面会を拒否し、手紙も受け取ってくれなかった。自分の一方的な思いで無理に会ったところで、拒絶されるだけだ。そうわかっていながらも、会わなくは…会って、謝らなくては始まらないと腹をくくり、那須までやってきた。

それなのに。まさか、開口一番「心配かけて悪かった」などと言われるとは、想像もしていなかった。中岡は怒っていないのだろうか？　だとしたら、なぜ、今まで手紙も面会も拒絶していたのか。

それに、もう一つ。

「……」

自分からの手紙は受け取ってもらえなかったが、中岡はちひろと一緒に住んでいることを知っているはずだった。ちひろと同居することになった時、自分の知り合いで唯一、中岡と交流できていた、弁護士の小枝に報せてくれるように頼んだ。

手紙での報告には返事はなかったと聞いたが、読んだに違いない。なのに、なぜ。

中岡はちひろについて一切触れなかったのか。

「…なんで……」

咲月がいない今、中岡にとって血を分けた我が子であるちひろはこの世で一番と言ってもいいくらい、大切な存在に違いない。戸籍上での親子関係を解消したからといって、中岡がちひろを我が子と見なさなくなったとは思いがたいのに…。

どれほど自分に腹を立てていたとしても、ちひろのことだけは気になっていて、真っ先にちひろの様子を聞くというのなら理解できた。しかし、中岡はちひろの名前すら、一度も口にしなかった。

よしんば、ゆっくり話が聞きたいからちひろの話を後回しにしたのだとしても、かつての中岡を思うと違和感が残る。中岡にとってちひろは初めての子供で、今となっては咲月との忘れ形見でもある。

「あんなに……」

事件前、中岡は会うたびにちひろの写真を見せてきた。まだガラケーが出始めたばかりの頃で、今に比べたら解像度の低い不鮮明な写真を小さな液晶画面に表示して、こんなに大きく可愛くなったのだと、相好を崩して自慢した。

あの頃の中岡なら、開口一番ちひろは元気かと聞いたはずだ。母を亡くし、父も不在で、養子に出されて苦労してきたちひろのことを、心配していないはずがないのに。

解せないと首を振り、二宮は短くなった煙草を灰皿に捨てて、窓を全開にする。頬に当たる冷たい空気は東京のものとは質の違う鋭さが感じられる。溜め息をつき、後部座席に置いた封筒を摑むと、中身の資料を取り出した。

「……」

中岡から事件の真相が語られれば、謎の多い行動の真意もわかるだろうか。中岡が新留殺害を認めて刑に服したのは、ただ自暴自棄になったからだったのか。もしくは…中岡は本当に新留を殺害したのか。

肌が強張っていくような冷気に晒《さら》されているのに、資料を読んでいると、あの日の暑さが蘇ってくるようだった。あっちいなあと濁声で愚痴った曾我部に適当な相槌を打った自分は、その後、こんな人生を歩むとは想像もしていなかったなとぼんやり思い、曇った空に目を向けた。

車内で捜査資料に目を通した後、煙草を吸いながら時間が経つのを待った。四時半が過ぎたら車を出て様子を見に行こうと考えていたが、思いがけずに中岡の方から車を探してやってきた。

コンコンと窓ガラスを叩く音にはっとし、助手席の窓から外を覗《のぞ》けば中岡がいる。慌てて窓を開けると、「乗ってもいいか？」と聞かれた。二宮が返事をすると、中岡はドアを開けて乗り込んでくる。

「予定より早く終わった」

「そうか」

「悪いが、送ってくれないか。着替えたいんだ」

わかったと答え、中岡に自宅までの案内を頼む。考え込んでいたから気づかないでいたが、着いた時には半分ほどが埋まっていた駐車場の車は、ほとんどいなくなっていた。夕日は山の向こうへ早々に沈んでおり、空は暗くなって、レストランや土産物店には明かりが点っている。

「ここは何時までなんだ？」

「営業は一応、六時までらしい。警備は五時まで頼んでいるようだが、冬場の平日なんて三時を過ぎたら誰も来ないいさ」

「でも、いいのか？」

「ここの責任者に帰ってもいいって言われたんだ。昨日もそうだった」

心配する二宮に中岡は苦笑して返し、駐車場から出ようとする車を左折させるように言う。そのまま黒磯方面へ真っ直ぐ頼む…という指示に頷き、仕事先まではどうやってきたのか聞いた。

「警備会社が送迎用のワゴン車を出してて、それで送ってきてもらえるんだ。何カ所かで拾って、この辺りの観光施設を回って、その日に必要な人員を落としていく。帰りも同じ感じで拾ってもらえる。ありがたいよ」

「なるほど」

中岡の説明に頷き、ちらりと助手席を見る。中岡はドアについているスウィッチを押し、窓を開けていた。煙草の臭いを気にしてのことだとわかり、「すまん」と詫びる。元々、中岡は煙草を吸わないし、長年、縁遠い環境にいたから苦手になるのも当然だろう。

「大分慣れたんだがな。寒いか？」

「いや。…寒くないことはないが、我慢できる。こっちは空気が冷たいな」

「山が近いからな。夏ならいいんだろうが」

「…どうしてここに？」

東京にいい思い出がないからだと、中岡は説明していたと、時任は言っていた。しかし、時任は疑問を抱いているようだったし、二宮ももちろん、納得できなかった。

栃木へ来た理由を尋ねた二宮に、中岡は時任へ向けたのと同じ内容を口にする。

「東京は…色々あったからな。心機一転、知らないところでやり直してみたかったんだ」

「ちひろは？」

「俺のところにいるって、知ってるんだろう?」

確認する二宮に対し、中岡は返事をしなかった。だが、驚いた様子もなく、彼が知っているのは間違いなかった。

だから、余計にどうしてという思いが強くなり、問い詰めたいような気持ちになったが、自分にそんな資格はないと戒め、二宮は衝動を飲み込む。

知らない土地でやり直すというなら、娘を引き取って一緒に…と考えなかったのだろうか。ちひろはしあわせな家庭で恵まれた暮らしを送っているわけじゃない。養子先から早々に追い出され、山間の不自由な環境で育てられた挙げ句、行き場をなくして赤の他人のところに居候しているというのが現状だ。

それをわかっていても、なお、中岡がちひろについて言及しない理由は、いくら考えても出てこなかった。つい無言になってしまい、沈黙を乗せたまま車は市街地へ入っていく。

中岡の誘導で辿り着いたアパートは、黒磯駅北西にある大きな公園近くにあった。裏手には地元にある大手タイヤメーカーの下請け工場があり、二棟が並び建つアパートの住人の半数は、工場で働いているとのことだった。

アパート前の空き地が駐車場となっており、どこでも停めて構わないようだと聞き、二宮は空いている場所に車を乗り入れた。車を降りると、ほぼ真っ暗な中を歩いてアパートへ向かう。

「……」

中岡の部屋は右側に建つ棟の一階にあった。単身者用の部屋が五つ並んでおり、手前から三つ目の部屋の前で立ち止まる。

ポケットから取り出した鍵には、キーホルダーの一つもついていなかった。なくしやしないかと心配になるのと同時に、そんな小さなことでさえも、中岡が「出てきた」ばかりなのを思い出させられ心がざわつく。

そして、それは中岡の部屋に入ると一層強くなった。

「…ちょっと待ってくれ」

靴を脱いだ中岡は、二宮に部屋へ上がるよう勧めなかった。その理由はすぐに理解できた。玄関からでも部屋の全容が見て取れる、ワンルームのシンプルな部屋には、見事に何もなかった。

部屋の壁際に布団がきちんと畳まれて置かれており、それ以外には何もなく、掃き出し窓のカーテンレールに洗濯物が引っかけられている。中岡はクロゼットを開けて服を着替えていたが、その中もほとんど空なのだろうと思われた。

玄関脇のキッチンには、小さな炊飯器と、最低限の食器があるだけだ。備えつけの冷蔵庫は二リットルのペットボトルが入るかどうかも怪しいくらいに小さい。

もしかすると、刑務所の方が豊かかもしれないなと思ってしまい、二宮は密かに嘆息する。出所したばかりの人間など、皆、似たり寄ったりだ。そんなふうに容易に考えることはできず、苦い思いを味わう二宮に、中岡は着替えながら声をかける。

「そこの…前の道を駅の方へ行ったところに、小さいけど、旅館があるんだ。お前、泊まるつもりならそこはどうだ？」

「…ああ」

「泊まれそうならその近くに焼き鳥屋があるから、ついでに飯でも」

中岡の勧めに頷き、二宮は着替えを終えた彼と部屋を出る。警備員の制服を脱いで、チェックのシャツを羽織ってデニムを穿《は》いた中岡からは、少しだけ昔の面影が見て取れた。

車に戻ると中岡の案内で旅館に向かい、宿泊を頼んだ。四角い三階建てのビルに「つるや旅館」という看板を掲げた、小さな規模の宿泊施設には、冬場の平日のせいか他に宿泊客はいなかった。どの部屋でもいいと言われて、二階の出入り口に一番近い部屋を選んだ。先に精算を済ませ、車を預けてから、中岡と共に歩いて焼き鳥屋へ向かった。

やきとりとひらがなで書かれた暖簾を潜り、店に入るとまだ時間が早いせいもあるのか、客はいなかった。横並びのカウンター席と四人がけのテーブル席が二つの、こぢんまりとした個人経営の店だ。話を聞かれたくなかったのでテーブル席に座りたかったが、カウンターへどうぞと言われて断れなくなる。

仕方なく座り、ごく自然にビールを頼もうとした二宮ははっとして隣を見た。

「お前を送っていかなきゃいけないいな」

「俺は歩いて帰るから大丈夫だ。十五分もかからない」

気にせずに飲めよと言い、中岡は二宮に代わって生ビールを二つ頼んだ。先週、こちらへ来たばかりのはずの中岡に初めて入る店なのかと聞くと、首を横に振る。

「いや。あそこに越した時に連れてきてもらった」

誰と来たのかまでは言わなかったが、時任であるのはわかり、二宮は「そうか」と相槌を打つ。年季を感じさせる古い店は、七十近い店主とその妻らしき女性の二人で営んでいるようだった。突き出しとビールを運んできた女性から何にするか注文を聞かれて、定番のねぎまやつくねを何本か注文する。

それからジョッキを持ち、「お疲れ」と言って乾杯しようとしたものの、そんな何気ないことができず、二宮は戸惑った。以前はお互いの都合がつくと、行きつけの居酒屋で待ち合わせて「お疲れ」と労《ねぎら》い合った。

どちらかが遅れるパターンが多く、「すまん」と詫びながら隣に座って、ビールを頼んでジョッキをぶつけた。「お疲れ」と言って飲むビールは本当に美味しくて、一瞬だけでも自分は世界で一番しあわせだという錯覚を抱けた。

けれど、今は。「お疲れ」なんて軽く口にできない。躊躇う二宮の横で、中岡は何も言わずに先にビールを一口飲むと、突き出しを食べるために割り箸を手にする。

「…飲み屋をやってるんだってな」

中岡が知っているとは思っておらず、どきりとしてビールを飲もうとした動きを止める。中岡との接点は小枝しかおらず、ちひろの件を伝えるついでに報せたのだろうと想像し、二宮は「ああ」と頷いた。

「飲み屋って言ってもいわゆる角打ちだ。叔母《おば》が遺産を遺《のこ》してくれてな」

「お前が客商売か」

感心した顔つきで言われ、二宮は肩を竦める。警察時代の自分を知る人間からは大抵同じ台詞を向けられる。

「なんとかやってる」

「客に怖がられてるんじゃないのか」

「これでも慕われてるんだぞ」

たぶん、とつけ加え、二宮はビールを一口飲んで箸を取った。突き出しとして出された茹《ゆ》でた鶏皮《とりかわ》をポン酢と大根おろしであえた一品は、とても美味しくて、こんなものがすっと出せたらなと羨ましく思う。

飲み屋をやってるのかと確認した中岡は、続けて警察を辞めた理由について聞いてくるかと思ったが、何も言わなかった。触れない方がいいと判断したのか、すでに聞き及んでいるからか。

どちらともつかなかったが、今は自分のことよりも新留の事件について尋ねなくてはいけない。ちひろの件も。どちらを優先すべきか迷ったが、耳目を集めるような場所で事件の話はできないと考え、ちひろについて先に触れた。

「…小枝先生から聞いたかもしれないが、春に高校に入ったんだ。俺は今新宿にいて、うちから一番近い、緋桜《ひざくら》高校ってところだ。知ってるか?」

「……」

「有名な進学校らしくて……ああ、そうだ」

そういえば、あの時、遙香が撮って送ってくれた写真がある。二宮はポケットから携帯を取り出し、保存してある写真を探した。携帯で写真を撮ることなど滅多にないので、「入学式」と書かれた看板の前で、ちひろと並んで撮った写真はすぐに出てきた。

「…これが入学式の時のやつだ」

「……」

携帯を中岡に差し出し、写真を見せる。中岡は隣からじっと画面を見つめていたが、自分の手に取ろうとはしなかった。無言で見つめる中岡の顔には、十四年ぶりに娘の姿を目にする喜びみたいな表情は浮かんでいなかった。

それに気づいた二宮は戸惑いを深めつつ、自分でもらしくないと思う雄弁さで続ける。

「去年の今頃…うちに来た時は…、こんなに大きくなってるから、最初誰だかわからなかった。真面目でしっかりしてて…まあ、頑固なところもあるが、いい子だ」

頭の回転が速く知りたがりで、口が達者でもあるので、閉口させられることも多い。お前と咲月のどっちに似たのかと、呆れる時もある。本当はそんな本音も口にしたかったが、中岡の反応が気になって一辺倒な褒め方しかできなかった。

中岡は相槌すら打たず、写真を凝視したままでいたが、その内、携帯が自動的にオフになり画面が真っ黒になる。二宮が再度映し出そうとすると、「いい」と短く断った。

それからビールを飲み、二宮に低い声で尋ねる。

「…俺のことは?」

「……。話してない」

咲月が自死した後、中岡は小枝を解任したが、ちひろの処遇についての対応は一任した。中岡の希望と小枝の働きにより、母を亡くし、父を失ったちひろは、伯父《おじ》である咲月の兄の養子となることが決まった。

それも特別養子縁組という方法を使い、ちひろが戸籍を辿っても自分や咲月に辿り着けないようにした。犯罪者として服役している自分との関わりを断った方が、ちひろのためになるという中岡の考えに、小枝も二宮も安易な反論はできなかった。

しかし、兄は早々にちひろを祖母である内藤《ないとう》ハツに預け、それから十三年余り、ちひろは山間で障害を抱えた曾祖母《そうそぼ》に、決して恵まれているとは言えない環境下で育てられた。

ちひろに関して、二宮は関わるつもりはなかった。幼子の母親を追い込んだ自分は、関わる資格はないと考えていた。しかし、ちひろを児童養護施設から自分の手元へ取り戻すための手伝いをして欲しいという、内藤ハツの手紙が中岡に届けられ、そこから小枝を通じて二宮の元へ連絡が入った。

二宮は小枝と共に尽力し、内藤ハツの希望を叶えた。その際、ちひろの状況を知って、居たたまれない気持ちになってクリスマスプレゼントを贈るようになった。悩みながらも、せめてという思いでした行動は、後にちひろが二宮を訪ねる道しるべとなった。

自分の正体を教えないで欲しいという頼みを内藤ハツは守り、二宮もまた、中岡の頼みを守ってきた。

　それに。

「…何も聞かないんだ。あいつは」

「……」

　自分が不用意な一言を漏らした時も、ちひろはそれを逆手に取って深く追及したりはしなかった。普段は知りたがりだというのに、自分の親について尋ねようとしないのは、本能的に不安を覚えているからなのかもしれない。

　ちひろのことを考えていると、カウンターの向こうから「お待たせ」という声と共に皿が差し出される。二宮は主人に礼を言って、やきとりが何本か並んだ皿を受け取り、中岡との間に置く。

　丁寧に串《くし》にさされたももやつくね、砂肝などはどれも小ぶりだったが、滋味深い味わいがした。互いが無言で二本ほどを食べた頃、新しい客が入ってきた。常連らしき仕事帰りの三人組で、その後にも続けて二人連れが入ってきたので、小さな店は一気に忙しくなった。

　追加注文の頃合いを見計らわなくてはいけない賑《にぎ》やかさは、二宮にとっては都合のいいものでもあった。店主も後からの客も自分たちのことを気にしていないようなのを確認して、ビールを飲んでいる中岡に、本題を向ける。

「俺は…お前が出てきたら、あの事件のことを調べ直したいと思って、待ってたんだ」

声を潜めて伝え、二宮は隣を見る。中岡は二宮の方は見ずに、ジョッキを置き、残っていたねぎまを食べ終えた。

「どうして…あの時、供述を変えたんだ？　本当は…」

お前は新留さんを殺してないんだろう？　ずっと直接確認したかったことを口にしようとした二宮を、中岡は「ニノ」と呼ぶことで遮った。ずっと黙っていた中岡の声を聞き、どきりとした二宮は反射的に口を閉じる。

「ちひろを頼む」

「……」

「これからも俺や咲月のことは伏せておいてくれ。こんな親がいるって知らない方がきっとあの子のためだ」

頼む。そう繰り返して頭を下げる中岡に、二宮は何も言えなくなる。真実はどうであれ、世間では中岡は殺人という罪を犯した犯罪者だ。仮出所の身であるから、正確にはまだ刑期も終えていない。

しかし、中岡が殺していないのだとしたら…冤罪であるのなら、ちひろに自分の存在を隠す必要はない。当初自分はやっていないと証言していた中岡が、咲月が自死した後、急に殺したことを認めたのも、やはりどう考えてもおかしい。

それなのに、こんなふうに頼む中岡は…。本当は新留を殺したのだろうか。最初に殺していないと証言したのが…嘘だったのか。

本人と会いさえすれば真実がわかると思っていた自信めいたものが揺らぐように感じ、二宮は長い間言葉を失ったままでいた。


ビール一杯とやきとりを数本食べただけで腹が膨れたわけではなかったが、追加で注文する気も起きず、会計を済ませて店を出た。狭い店はやきとりを焼く熱のせいもあって、とても暖かだったが、対照的に外は身震いがするような冷え込みだった。

東京とは違う、山に近い地域ならではの刺すように冷たい空気を頬に感じながら、二宮は羽織ったコートの前を片手で摑む。

「…寒いな」

「そんな薄いコートじゃあな」

苦笑する中岡はダウンジャケットを持ってアパートを出ていた。流行《はや》りの量販店で扱っているダウンジャケットは、手頃な値段で機能性にも優れていると評判だ。

「こっちは冷えるからこういうのが必要だって言われて買ったんだが、重宝してるぞ」

「…らしいな」

以前、知り合いから買うように勧められた時のことを思い出しながら、二宮はポケットから取り出した煙草を咥えた。東京じゃないから、路上で喫煙したところで咎められはしない。そもそも人がいない。右を見ても左を見ても人影はなく、寒風の吹く町は街灯の明かりさえも弱いように感じられた。

「中岡…」

ライターで火を点けて煙を吸い込み、隣の中岡に呼びかける。話がしたいから宿泊先の旅館に寄っていかないかと誘おうとした二宮に、中岡は先に今夜はもう帰ると切り出した。

「久しぶりに飲んだら酔った。ビール一杯しか飲んでないのにな」

「…飲んでなかったのか？」

一度来ているという話を聞いたので、出所祝いの酒を飲んだのだと思っていた。中岡は首を横に振り、事件以来、飲酒したのは初めてだと告白する。

「昔は三杯飲んでから日本酒とかやってたのにな。情けない」

「……」

「話は明日でもいいか？」

すまなさそうに頼んでくる中岡に厭だとは言えず、二宮は頷いた。一人で帰れるかと聞く二宮に、大丈夫だと返事する。

「明日も同じところで仕事なんだ。適当な時間でいいから、あっちへ来てくれるか。昼の休憩を多く取らせてもらうことにする」

「…わかった。…あ、そうだ。お前、携帯は？」

「悪い。まだ買ってないんだ」

先週、出所してきたばかりだ。これから生活を整えていくところなのだろうと理解し、二宮は「そうか」と頷いた。中岡は微かに口元を歪めて笑うと、手を上げる。人差し指と中指を立てて挨拶するやり方は、中岡がいつもやっていたもので、二宮は唐突に湧き上がってきたこれは現実なのだという実感に戸惑った。

現実に決まってる。中岡は目の前にいる。手を伸ばせば捕まえられる距離に。

「……」

あまりにも長い間会えず、しかも接触を拒否され続けていたから、昔のようにやりとりできていることが夢みたいに思えていた。背を向けて歩き始めた中岡の姿をぼんやり眺めていると、突然立ち止まった彼が振り返る。

「……」

どうしたのだろうと思い、二宮は咥えていた煙草を指先に取って目を眇める。街灯のない夜道に立つ中岡の表情はよく見えない。

「ニノ」

「…どうした?」

「…咲月が……死んだのはお前のせいじゃない」

「……」

「お前のせいじゃないからな」

中岡は繰り返し言い、再び背を向けた。思ってもいなかった言葉を耳にした二宮が呆然としている内に、その姿は暗闇に紛れて見えなくなる。

短くなった煙草がちりちりと燻《くすぶ》り始める。指先に熱を感じ、二宮はようやくはっと我に返ってフィルターだけになった煙草を握り潰した。自分が息を止めていたのに気づき、浅く深呼吸すると、立ち眩みのようなふらつきを感じた。

お前のせいじゃない。自分のために言ってくれたに違いない中岡の気持ちが重くのしかかってくるように思え、自分の弱さを悔やみながら宿を取った旅館に向けて歩き始めた。


旅館に着いてフロントで声をかけると、奥から初老の主人が姿を見せて部屋の鍵を渡してくれた。宿泊客は二宮以外いないので、もう出かけないなら玄関の施錠をすると言われ、了承する。ロビイにあった自販機で缶ビールを買い、階段を上がって二階へ向かった。

部屋番号が書かれた長方体のキーホルダーがついた古い鍵で、一番手前の部屋のドアを開けて入る。電気を点けて靴を脱ぎ、すぐの襖《ふすま》を開けると、布団が敷かれていた。糊《のり》のきいた真っ白なシーツは清潔そうで、建物は古くとも、安い値段で泊まれるのはありがたい。壁際に寄せてあった座卓に買ってきたビールを置き、コートを脱いで物入れの中にあったハンガーにかけた。

宿泊の手続きをした際に置いておいたバッグから茶封筒を出し、畳に腰を下ろす。灰皿をたぐり寄せ、茶封筒の中から取り出した資料を座卓に並べた。

「……」

何度も見返し内容を暗記している資料を、今更見たところで何も出ないとわかっている。それでも揺らいでいる自分を立て直したいという思いで、字面を追った。

十四年前の八月。中岡が上司だった新留をマンションの外廊下から突き落として殺害したとされる事件は、中岡の犯行だとするには曖昧な点がいくつか見受けられた。

まず、中岡が被疑者だと主張するに当たって、警察が証拠として提出した目撃証言は、目撃者である女性が見た人物が本当に中岡だったのかどうか、断定できる材料はなかった。そもそも、中岡は当初、スーツ姿の男が逃げていくのを見たと証言している。それと見間違えたのではないかと疑い、小枝が目撃者に確認していたが、判断はつけられないでいた。

中岡が自供に転じていなかったら、法定で真偽が争われたはずの目撃証言について、二宮はずっと気にかかっていて、有罪の判決が下った後、独自に目撃者に接触して詳しく話を聞いた。すると、警察から中岡の写真を見せられ、この人でしたかと確認されたので、そうだと答えただけだという話が聞けた。

さらに…。疑いを決定的にした出来事を思い出しながら、二宮はビールのプルトップを開ける。

「……」

中岡は嘘をついている。やはりそう結論づけるのが正解だと信じながら、十四年を過ごしてきた。本人に会って話を聞けば、無実が確信できるとも信じていたのに。

実際に会ってみると、犯行を否定しない中岡に迷わされてしまった。中岡に会って、もしやという思いが生まれるなどと考えてもいなかった。中岡がちひろに会おうとしないのは…やはり…。

「……」

中岡は何を考えているのだろう。小さく息を吐き、ビールを飲んだ二宮は、ポケットに入れたままだった携帯が振動しているのに気づき、缶を置いた。

「……」

腰を浮かせて携帯を取り出してみると、ちひろの名前が表示されている。何かトラブルでもあったのだろうかと心配し、すぐに携帯を開き、「どうした?」と聞いた。

『…あ……ごめんなさい。…あの』

電話越しにも困っている様子が伝わってきて、急用の類いではないのがわかる。様子見で電話をかけてきたのだろう。二宮はほっとしつつも困ったものだという気分で、用を聞く。

「なんだ?」

『用はないんです。…忙しい時にごめんなさい。…社長と教授が来たので、事情を話して帰ってもらいました。明日も帰りは何時になるかわからないので、お店は開けられないと思うって話しておきました』

ちひろは詫びた後、言い訳のように社長たちの話を続ける。二宮は「助かる」と返し、夕食は食べたのかと聞いた。

『はい。…二宮さんは…お通夜…ですか？　終わりましたか？』

ああ…と曖昧な返事をして、寝る前に戸締まりと火の元を再度確認するように伝えた。ちひろは「わかりました」と返事をした後、帰りは何時頃になるのかと聞いた。中岡は明日の昼に話をすると言ったが、すぐに済むとは思えない。できれば、中岡にちひろと会うように説得もしたい。まだわからないと答え、遅くなるとつけ加えた。

「新幹線の時間がわかったら連絡を入れる」

『お願いします。…二宮さん』

「ん？」

『……。…お休みなさい』

何かを言いかけてやめたらしいちひろは、そう言い残して通話を切った。お休みと返す前に切れた携帯を見つめ、二宮は嘆息して閉じたそれを書類の上へ置く。

「……」

本当ならば…ちひろが気遣う相手は自分ではなく、中岡のはずだった。中岡がちひろと離れたのは二歳の時で、娘から「お休みなさい」と言われたことは、一度もないだろう。多忙だった中岡は、ちひろに「お休み」と告げたことだって、ほとんどないのではないか。そんなことを思うと、長年蓄積されてきたやりきれない思いが雪崩《なだ》れを起こし、埋まってしまうような錯覚に襲われ、眉間に深い皺を刻んでビールを呷《あお》るように飲んだ。

店を開いてから深酒をしたことは一度もない。仕事が終わった後に缶ビールを一本。そう決めてやってきた。しかし、知らない土地の人気のない古い旅館に一人でいると、飲まないとやってられない気分になり、自販機で次々缶ビールを買い求めた。

直面している現実にらしくない恐怖を密かに感じていたせいもある。何がどちらへ転んでも、すべてが変わる予感がしていた。だから、酒の力を借りて自我を遠くへ飛ばしてしまいたかった。

結果、酔い潰れて寝込んだ二宮は、翌朝、旅館の主人に起こされる羽目になった。

「チェックアウトは十時にお願いしたいって言ったんですがね」

部屋を訪ねてきた主人から困り顔で言われ、十時半を過ぎているのに初めて気づいて慌てて詫びる。すぐに出ると告げ、急いで荷物を纏めて部屋を出た。空き缶を大量に残してしまったのを詫びながら鍵を返し、旅館を出て車に乗った。

酔いは覚めていたが、酒臭いような気がして、コンビニに寄ってコーヒーを買った。ついでに煙草とガムも仕入れ、車に戻る。ガムを嚙みながら煙草を吸い、コーヒーを飲むという、刑事時代によくやった荒技を使いつつ、中岡に会うために車を走らせた。

窓から見える空はどんより曇っていて、白い雲の合間に青空が見えていた昨日とは違って、世界全体が灰色に見えた。休日ならともかく、こんな冬の平日に出かける人間は少ないだろう。駐車場への誘導を行う中岡の仕事も暇なのではないか。

そんなことを考えている内に「那須お菓子ファクトリー」という看板が見えてくる。車を減速し、駐車場へ入るためにウインカーを出した二宮は、出入り口で誘導に当たっている警備員が一人で、中岡の姿がないのに気づき、不思議に思った。

客の車を案内しているのは昨日も会った初老の警備員だった。もしかして、中岡はもう休憩に入っているのだろうか。まだ昼になっていないが、自分との約束があるからと休憩を早めに貰ったのかもしれない。

寝坊したことを悔やみつつ、駐車場の出入り口近くに車を停める。駐車スペースは昨日の半分も埋まっておらず、どこでも停め放題だった。すぐに車を降り、中岡の居場所を聞きに向かう。昨日の警備員は二宮のことを覚えており、微かに顔を曇らせて言った。

「中岡さんかい？」

「ええ。休憩ですか？」

「いや。今日は休みだよ。急に体調が悪くなったとかでね」

想像もしなかった答えを返された二宮は驚き、警備員に礼を言ってすぐさま車に戻った。シートベルトをするのももどかしい気分で駐車場を出ると、来たばかりの道を引き返す。ハンドルを握りながらも、胸騒ぎが強まっていくのを感じていた。

携帯を持っていない中岡が、自分に連絡できなかったのは仕方がないと考えるべきか。だが、中岡は宿泊先を知っている。体調が優れずに出勤できなくなった時点で、旅館に電話することはできたのではないか。

電話そのものがなかったから？　それとも、連絡できないくらいに体調が悪化している？

それとも…。

「……」

厭な予感を募らせつつ中岡のアパートへ着いた二宮は、車から飛び降りて彼の部屋を訪ねたが、チャイムを押してもドアを叩いても返事はなかった。掃き出し窓の方へ回って中を覗こうにも、カーテンが閉められていて何も見えない。

最悪の事態を想定し、二宮は時任に連絡を入れて事情を話した。中岡と仕事先で会う約束をしていたが、体調を崩して休んでおり、アパートまで来てみたところ応答がない。そんな説明を聞いた時任は、すぐに行くと言ってくれて二宮はその場で彼の到着を待った。

三十分ほどが過ぎた頃、時任はアパートの部屋の合い鍵を持って現れた。駐車場に入ってきた車へ駆けつけた二宮は、申し訳ないと頭を下げる。

「すみません。ご迷惑おかけして」

「いや。…昨日は会えなかったんですか？」

「いえ。会ったんですが、話がまだ残っていて、今日仕事先で会う約束をしたので行ってみたら、体調不良で休んだというのでこちらへ」

車を降りた時任は二宮の説明を聞きながら、中岡の部屋へ向かう。二宮はその後を追いかけ、時任が合い鍵で部屋を開けるのを見守った。

「中岡さん？　大丈夫ですか？」

玄関のドアを開けながら声をかけ、時任は靴を脱いで部屋へ上がっていく。玄関先に立ったまま、室内を見回した二宮は、昨日と同じくきちんと畳まれている布団を見て眉を顰めた。体調が悪くて仕事を休んだはずの中岡が寝ていないのは…。

「いないようです。着替えもなくなっていて、クロゼットの中に…これが」

室内を確認していた時任は、真剣な顔つきで白い封筒を手にして玄関へ戻ってきた。封筒の表面には「時任様」という宛名が記されており、二宮は眉間の皺を深くする。

中岡は恐らく…自分の意思で姿を消したのだ。酔ったからと言ったのは嘘で、あの後すぐにここを離れたに違いない…。

愕然とする二宮の前で封筒を開けた時任は、便箋《びんせん》に書かれた手紙を読んでから二宮に差し出す。

「……」

こんな形で迷惑をかけてすみません。時任さんにはよくしていただいて感謝しています。ありがとうございました。

短い文章は落ち着いた文字で書かれており、迷いが見られない。中岡はあらかじめ、時任への手紙を用意していたのではないか。

自分が現れたら…逃げるために。

「中岡さんと一体何を話したんですか？」

「……」

厳しい表情で尋ねる時任にすぐに答えが返せず、二宮はきつく目を閉じる。ちひろを頼むと言った中岡の声が、心の奥底へ沈んでいくように感じられた。

三 告白

中岡と何を話したのかと時任に問われた二宮は、彼の娘のことを少し話しただけだと答えた。事件の真相については結局聞けていないし、時任に話せる内容ではない。久しぶりに飲んだビールで酔ったからという言い訳を残して、中岡は姿を消した。

裏切られたような気持ちになり、ショックを受けながらも、二宮はかえって自分が冷静になっているのを感じていた。中岡を前にしていると様々な情が絡み、判断が鈍るが、逃げた被疑者を追うのだと考えれば…と思考を切り替える。

中岡が最初から自分が現れたら姿を消すつもりだったとしたら、考えられる要因は一つ。過去の事件について確かめられるに違いないとわかっていたからだ。それはどうして供述を変えたのかと聞いた際、唐突にちひろのことを持ち出したことからも推測できる。ちひろの名を出せば、自分が戸惑うのをわかっていて、あんなふうに言ったに違いない。

さらには別れ際の一言でとどめを刺した。咲月が死んだのはお前のせいじゃない。そんなふうに言われたら、自分が困惑し、正常な判断ができなくなるのをわかっていて…。

「……」

相手の弱みを突くような真似をしてまでも、中岡にはあの事件に触れられたくない事情がある。だから、姿も消した。

どういう結果に繋がるか、わかっていても。

「どこへ行ったか、見当はつきますか？」

厳しい表情で尋ねる時任に、二宮は無言で首を横に振る。時任が難しげな顔でいる理由は二宮にもよくわかっていた。

仮出所の身の上である中岡は、刑期満了までの間、定期的に保護司と面会しなくてはならない。居住地を移したり、旅行をしたりする際にも保護観察所への連絡が必要だ。姿を眩ますような真似をすれば、刑務所へ再び収監される可能性が出てくる。

それを中岡は重々承知していたはずで、それでもいなくなった理由を、二宮は調べなくてはならないと思った。それはきっと、事件の真相に繋がるはずだ。

だが、その前に。

「時任さん。中岡の保護司をご存じですか？　会いたいんですが…」

中岡の立場がまずくならないよう、なんとか策を講じなくてはならない。保護司に相談して理解を求めようと考える二宮に、時任は厳しい顔つきのまま、どうするつもりかと聞く。

「事情を話して…自分が責任を持ってあいつを見つけるので、しばらく猶予を貰えないか頼んでみます」

「……。それは得策ではないでしょう。そう聞けば保護司は保護観察所に報告しなければならなくなります。それよりも、保護司は私の知り合いなので、次の面接日をできる限り延ばしますから、それまでに中岡さんを見つけてください」

「時任さん…」

「二宮さんと中岡さんを信頼してのことです。普通はこんな真似はしません」

時任の気遣いに感謝し、二宮は「ありがとうございます」と言って深く頭を下げる。二宮の連絡先を聞くためにスマホを取り出した時任は、「そうだ」と言って電話をかけ始めた。

「…繋がらないと思うが…、一度かけてみましょう」

「あいつ…携帯を持ってるんですか？」

「ええ。こっちへ来てすぐに生活に必要なものを揃えましたから。今は携帯がないと暮らせんでしょう。ガラケーというやつですが」

自分にまだ携帯を買っていないと言ったのは、逃げるつもりだったからか。二宮は口惜しい気分を味わいながら、電話をかけている時任を見る。スマホを耳につけていた時任はすぐに首を横に振った。

「…やはり電源を切っておるようです」

「そうですか…。一応、その番号を教えてもらえますか」

いつか使えるかもしれないと、時任から中岡の携帯番号とついでに彼の番号も聞く。自分の番号を教え、互いに電話し合って確認を取ると、二宮は迷惑をかけるのを重ねて詫びた。

「早く見つけて、連絡できるようにします」

「お願いします。私もできれば保護観察所に報告しなくてはならないようなことになって欲しくありません。…二宮さん。先ほど行き先に心当たりはないとおっしゃいましたが、いなくなった理由についてはどうなんですか？」

「……」

恐らく、過去の事件が絡んでいるに違いなかったが、時任にどこまで話してもいいのかは悩むところだった。言い淀む二宮を見て、時任は自分には言えない内容なのだと察したようだった。

「…わかりました。難しい事情があるんですな」

「すみません…」

「昨日も言いましたが、中岡さんが何かを隠しているのは私も気づいておりましたから。二宮さんが力になってやってくれるのを願ってます」

「ありがとうございます。…時任さん、一つ聞きたいんですが、あいつは先週出てきて、働き始めたのは一昨日からだと言ってましたが、その間は何をしてたんですか？」

アパートでただぼんやり過ごしていただけとは思えなかった。二宮は中岡が栃木に来たのはなんらかの理由があると考えていた。それも本人に聞こうと思っていたのだが聞けず、せめて行動から推測できないかと思い尋ねる二宮に、時任は意外な話をする。

「こちらへ来た翌日は私と一緒に買い物に出かけたりしておったんですが、この辺りのことを色々知りたいと言って、数日レンタカーを借りてあちこちへ出かけておったようです」

「あちこちというと？」

「観光してきたとか言っておりましたんで、那須高原の方へ行っておったんじゃないでしょうか。美術館やら遊園地もありますし温泉もありますから」

時任は疑問もなく話しているようだったが、二宮には中岡が観光地巡りをしていたというのは信じがたかった。それよりも何か目的があってどこかへ行っていたのではないか。

時任は具体的な行き先は聞いておらず、自分で調べるしかなさそうだった。

「どこでレンタカーを借りたかはわかりますか？」

「たぶん黒磯の駅前にある会社だと思います。観光客用にやってる店がありますんで」

駅の方へ行けばすぐわかると聞き、二宮は礼を言って、後を時任に任せて中岡の部屋を出た。駐車場で車に乗り込み、時任から聞いたレンタカー店を探すため、黒磯方面へ向かう。

話に聞いた店はすぐに見つかったが、警察官としての身分を持たない二宮には、聞き出せる内容に限界がある。中岡がレンタカーをその店で借りたことを確かめるのが精一杯で、何日間借り、走行距離はどれくらいだったかまではさすがに教えてはもらえなかった。

仕方なく店を出て、近くのコンビニへ移動した二宮は、駐車場へ車を停めて電話をかけた。那須での行動も調べなくてはならなかったが、中岡の行き先も確認する必要がある。時刻は午後一時近くになっており、ちょうど昼休憩時に当たったようで、すぐに通話状態になった。

『…はい』

「今、いいか？」

確認する二宮に、小野塚は昼を食べていたところだから大丈夫だと答える。邪魔するのを短く詫び、口早に用件を伝えた。

「昨夜の…八時以降になるんだが、那須塩原駅から東北新幹線に中岡が乗車したかどうか、調べられないか。那須塩原は本数が少ないから、宇都宮まで出たっていうのもあり得る」

『……。二宮さんは今、栃木に？』

「ああ。那須塩原近郊の黒磯って駅の近くにいる。昨夜、中岡に会って、今日も会う約束をしてたんだが、姿を消した。俺と別れた後、こっちを出たんだと思う」

中岡と店の前で別れたのは午後八時を過ぎた頃だった。あの後、アパートへ戻り、荷物を纏めて那須塩原駅へ移動したとしても、終電には間に合っただろうが、やまびこやなすのだけでなくつばさなども停車する宇都宮まで在来線で出た可能性もある。どちらにせよ、中岡は東京へ向かったと二宮は考えていた。

「あいつの事件について話を聞こうとしたらはぐらかされた。あいつは自分で調べようとしているのかもしれない」

中岡はただ姿を消しただけではないと、二宮は考えていた。事件について調べるつもりなのであれば、東京に向かったに違いない。

小野塚は少し時間が欲しいと言い、二宮は了承して通話を切った。中岡が東京へ向かったことが確認できたら、自分も東京に戻って捜すつもりでレンタカーを一旦返しに行こうと考えた。

その前に腹ごしらえをするために、二宮はコンビニへ入った。車の中で食べるつもりでおにぎりとサンドウィッチ、缶コーヒーを選び、会計を済ませたところ、レジに向かおうとした別の客とぶつかりそうになった。

「すみません…」

「いえ…」

慌てて謝った相手が見覚えのある顔で、一瞬動きを止める。相手も二宮に気づき、はっとした顔になって軽く会釈した。

偶然出会したのは、先ほど、レンタカー店で中岡について尋ねた若い男性の店員だった。遅い昼を買いに来たようで、菓子パンを二つにカフェオレを持っている。二宮はそれをチャンスと捉え、先にコンビニを出ると、自動ドアの横で彼が出てくるのを待った。

間もなくレジ袋を左手にぶら下げ、右手でスマホを操作しながら出てきた男に声をかける。

「すみません」

二宮の声を聞いて顔を上げた男は、すぐに気まずそうな表情になった。レンタカー店でも教えるわけにはいかないと言われた情報を無理に聞き出している。厭な予感を抱くのは当然で、二宮は「先ほどはすみませんでした」と詫びから入った。

「お陰で助かりました。この辺りにいることがわかったので、捜す場所の目星がつけられてありがたいです。あんな手紙を残していなくなったので、心配で…」

「あんな手紙？」

人のよさそうな男だと見ていたので、わざと意味ありげな台詞を含ませた。微かに眉を顰める男に、二宮は真面目な表情で頷く。

「仕事や家族のことで心労を溜めていまして。捜さないでくれと書いてあったんですが、自殺でもしてしまったら…と思うといてもたってもいられず、昔住んでいたこの辺りにいるんじゃないかと思って、捜しに来たんです。あなたのお陰でレンタカーを借りたことがわかりましたから、こっちにいるんだと確信できました。あとはレンタカーでどこへ行ったのかがわかれば…そこへ話を聞きに行けるんですが…」

「……」

レンタカー店では家出人を捜しているので、車を借りたかどうか教えて欲しいと頼んでいた。男は必死で頼む二宮に根負けした形で調べてくれたが、上司が来たこともあって、それ以上は無理だと断られた。

残念そうに話す二宮に、男は「でも」と返す。

「お客さんがどこに行ったのかまではわかりませんよ」

「ああ、そうですよね。でも、走行距離がわかれば、行った範囲が推測できるかと思ったんです」

あてもなく捜すよりもその範囲内を捜した方が効率がいいから…と男の反応を窺いながら、二宮は独り言のように呟く。相手に無理強いするのではなく、情に訴えかける作戦は目論見通り功を奏した。

「…ちょっと待っててくれますか」

迷っている様子を浮かべながらも、男はそう言い、店へ戻っていった。二宮は鼻先から息を吐き、早足で駐車場を横切っていく男の後ろ姿を眺める。相手を誤解させるための下手な芝居は、朝倉《あさくら》に見られたら呆れられそうだ。

コンビニの軒下で、男を待つこと十五分。上司に見つかってうまくやれなかったのだろうかと諦めかけた時、男が小走りでやってきた。

「あの…これ」

そう言って、二宮に二つに折った紙を差し出す。受け取ったそれは中岡が借りたレンタカーの記録を写したものだった。

「うちではこれくらいしかわからなくて…すみません」

「とんでもない。助かります。ありがとうございました」

申し訳なさそうに詫びる男に礼を言い、二宮は頭を下げる。男は頑張ってくださいと励ましの一言を残し、去っていった。男の善良さに感謝しつつ、車に戻った二宮は、買ってきた缶コーヒーを飲みながら記録を見た。

「……」

中岡が車を借りていたのは三日間。その間の走行距離は百キロ未満で、予想よりもはるかに少なかった。本当に那須近辺を観光していたとしてもおかしくない距離数だ。

「…どこに行ってたんだ…？」

店員の言っていた通り、店側が把握できているのは走行距離数までだろう。具体的な行き先となると、大がかりな捜査が必要になってくる。そこまでは難しいなと思い、二宮は眉間に皺を浮かべて、おにぎりとサンドウィッチで腹を膨らませてからコンビニの駐車場を出た。

那須塩原駅近くのガソリンスタンドで燃料を入れてからレンタカー店へ車を戻し、駅の構内で小野塚からの連絡を待った。待合室の片隅で行き交う観光客を眺めてベンチを陣取り、中岡の行き先を考えながら過ごした。

携帯に小野塚からの着信が入ったのは間もなく午後五時になろうかという頃だった。

『お待たせしてすみませんでした。中岡は那須塩原駅から、二十一時三十六分発のやまびこに乗車しています。降車駅は確認できていませんが、チケットは東京まで購入されていました』

「そうか……」

東京へ向かったという確認が取れ、二宮は小野塚に礼を言って通話を切ろうとした。しかし、「二宮さん」と呼びかけてくる声に止められる。

『こっちへ戻ってこられるんですか？』

「ああ。今から新幹線のチケットを取る」

『戻られたら一度会えませんか？』

小野塚がそう求めてくることは予想できていて、二宮は自分よりも忙しいであろう彼の都合を聞く。小野塚は何時でも構わないと答えたので、新幹線に乗ったら東京駅に着く時間をメールで知らせると返事した。

そのままチケットを買い、発車時刻を確認して自由席の列に並んだ。夕方ということもあり、帰京する乗客も多く、座れないことも覚悟したがなんとか席を確保できた。

通路側の席に座ってから小野塚にメールを入れ、東京駅への到着時刻を知らせる。小野塚は東京駅まで来ると言うので、駅構内の人混みを避けて、丸の内《まるうち》側の駅前広場で会おうと指示した。

一時間ほど乗った新幹線が東京駅に到着すると、ボストンバッグを持って列車を降りた。中岡の対応次第ではしばらく滞在するつもりで用意して出たが、一晩で帰ってこられるならば不要だった。荷物を面倒に思いながら、丸の内北口から外へ出ると、煌《きら》びやかなイルミネーションが輝いていた。

同時に失敗したと悔やむ。駅の外なら混み合うこともないだろうと思ったのに、イルミネーションを見ようという見物客で駅前広場は構内以上に混み合っているようだった。舌打ちをしつつ、立ち止まってメールを打つ。「着いた」という短い一文を送信して間もなく、電話が鳴った。

『近くにいると思うんですが、人がすごくて…。どこですか？』

「北口の改札を出たところで…移動するか」

『では、地下のカフェで』

小野塚もイルミネーションの見物客に閉口していたらしく、話はすぐに決まり、地下へ移動した。送られてきたメールで指示されたカフェに辿り着くと、先に着いていた小野塚が席を取って待っていた。

二宮には気後れするような若者客がメインのカフェで、神妙な面持ちで小野塚の元へ向かう。小野塚はホットコーヒーを二つ買ってきていて、それでよかったかと聞く。

「ああ。悪いな」

「お疲れ様です」

労わなくてはいけないのはこっちの方だと、二宮は面倒をかけたのを詫びる。若者ばかりで億劫《おっくう》だったが、裏を返せば込み入った話をしても差し支えない環境ではある。小野塚もそれを見越して店を選んだのだろうと思われた。

カロリーの高そうなクリームが山盛りになったドリンクを飲んでいる女子大生らしき二

人連れは、自分たちの話に夢中だ。反対側の席に座る若い男はイヤホンで耳を塞ぎ、パソコンを弄《いじ》っている。

「昨日、向こうへ？」

「…ああ。昼過ぎに着いて…お前が調べてくれた身元引受人に会って、居場所を聞いた。住まいは黒磯駅に近いところにあったが、観光施設で警備員の仕事をしてて、そっちまで会いに行った」

「先週出てきたと聞きましたが、もう就職先が？」

「身元引受人の時任さんが地元の警備会社に紹介してるらしい。他にも同じような境遇の人間が働いているようだ」

「会うのは…スムーズに？」

小野塚にはずっと中岡に面会も手紙の受け取りも拒否され続けていたのだと告白している。心配そうに尋ねる小野塚に、二宮は頷いた。

「ああ。これまでのことが不思議なくらい、あっけなかった…。だが、今思えば、最初から俺が訪ねていったら逃げるつもりでいたんだろう。アパートに時任さん宛の手紙があって…詫びる内容だったんだが、それもあらかじめ用意していたようだった」

「どうして…中岡さんは二宮さんを……」

「避けるのか…って？」

疑問を口にしかけた小野塚が、言い淀むのを見て、二宮は代わって言葉を繋ぐ。小野塚は「すみません」と詫びつつ、そう続けたかったのだと認めた。

二宮は小野塚が買ってきていたコーヒーを一口飲み、その濃さに眉を顰める。「苦いな」と漏らしてから、電話でも話した内容を繰り返した。

「あいつが俺のことをどう思っているのか…本当のところはわからん。でも、あの事件に原因があるのは間違いないと思う。あいつが俺と会おうとしないのは咲月のことが原因だとずっと考えていたんだが……、なんだか違う気がしてる」

昨夜、中岡が最後に言い残していった台詞が蘇る。咲月が死んだのはお前のせいじゃないと繰り返した中岡は、思惑があったのだろうと一度は考えたが、その後、次第に疑問が大きくなってきた。

逃げるために自分を惑わせようとしただけならば、逆に責めることだってできたはずだ。咲月が死んだのはお前のせいだ、お前を信頼して頼んだのにと言われても、自分は十分に衝撃を受けたはずだし、中岡もそれをわかっていただろう。

それなのにそうしなかったのは…なぜなのか。蟠《わだかま》りが解けていたのだとしたら、接触を拒絶されていた理由に説明がつかない。ならば、咲月の死以外にその理由があったのか。

とにかく、中岡を捜さなくてはいけないし、それには小野塚の協力が必要だ。小野塚はおおよその経緯をすでに知ってはいるだろうが、彼が知り得ない事情を話しておかなくてはいけないと思い、二宮は口を開く。

「中岡の一件は…一通り資料を読んでるんだよな？」

「はい。手に入るものはすべて」

「あいつは…当初犯行を否認していたが、公判直前、咲月が自死した後に、否認を翻して犯行を認めた。公判も中岡の自供に基づいて進み、判決を受け入れて控訴もせず、服役した。逮捕後は接見禁止がついていたから、俺は弁護士を通してしかあいつとやりとりできなかったんだが、咲月の件があった後はその弁護士も解任され、まったく接触できなくなった。…咲月が自死した理由については資料にあったか？」

「いえ」

「だよな。公判でも咲月の件については一切触れられなかった。それがおかしいと思って、俺はあいつが収監された後、個人的に調べてたんだが…。…遺書などは残されていなかったから、本当のところはわからないが、咲月が自死したのには理由があるんだ」

「……。二宮さんは…自分が追い込んだからと言ってましたが…」

先日、小野塚に向けた告白は、あれ以来、誰にも言わずに胸の奥へ閉じ込めてきた思いだった。当時の関係者であり、同じ後悔を抱いていた小枝や曾我部とは話したことがあるが、第三者に打ち明けたことはない。

中岡が刑期を終え、出てくる日が近づくにつれ、再び向き合わなくてはならないのを覚悟してきた。中岡に会って彼の無実が確信できたなら、何を犠牲にしても真実を明らかにしようと決め、自分を殺して生きてきた。

「…初公判の期日が決まった頃に、咲月と新留さんが過去に不倫関係にあったという情報が入ってきたんだ」

「新留というと…」

「中岡が突き落としたとされてる相手だ」

驚いた表情を浮かべる小野塚は、本当に知らなかったのだろう。二宮が密かに入手した捜査資料にも、咲月と新留の関係について触れた記述は一切なかった。小枝がガセネタを摑まされたのではないかと疑いたくなるほどに。

しかし、ガセであったならば、咲月は認めなかっただろうし、あんな結果にもなっていない。二宮は脳裏に浮かんできそうになる咲月の顔を意識的に追いやりながら、当時の経緯を話す。

「検察が新留さんを殺害した動機として、不倫の件を持ち出し、証人として咲月を召喚する予定だという話を弁護士が聞きつけてきて…俺は咲月のフォローを頼まれた。過去の話とはいえ、咲月の立場がまずくなるのは間違いなかったからな。…俺が事実なのかと確かめると、咲月は認めて…翌日、自死した」

「……」

「その後、あいつは否認を翻し、人間関係のもつれから発作的に突き落としたことが殺害に繫がったと証言した。公判では咲月と新留の関係が取り沙汰されることはなく、あいつの自供に基づいて判決が下された。…だから、俺は、あいつは本当はやっていないのに咲月の件を隠したくて取引したんじゃないのかっていう疑いを抱いたんだ」

一緒に裁判を傍聴した小枝も同じ意見を持っていた。中岡は繰り返し犯行を否認していたし、目撃証言も確たるものではなかった。判決後、二宮は担当する捜査の合間を縫って、事件について詳細に調べ始めた。

だから…と続け、足下に置いたボストンバッグを持ち上げる。ファスナーを開け、中に入れてあった茶封筒を取り出すと、小野塚に差し出した。

「今じゃなくていい。一度、読んでみてくれ。当時の捜査資料と、俺が独自で調べた資料が入ってる」

頷いて茶封筒を受け取った小野塚は、二宮の考えについて確認する。

「では…二宮さんは中岡の犯行ではないと、考えてるんですね？」

「ああ。あいつは人を殺すような奴じゃないからっていう、人情論だけじゃない。あまりにも捜査が杜撰《ずさん》だったんだ。当時、中岡が目撃したスーツ姿の男や、目撃証言の曖昧性についても、ほとんど捜査されないままだった。あいつが逮捕されたのは、その前に新留さんと揉めていたからっていう理由だけで…その理由をあいつが明かそうとしなかったせいもあるんだが、それにしたって一方的すぎる。訝しく思っていたところへ、咲月と新留さんにわけアリの過去があると聞いて、それが中岡が話そうとしない理由なんじゃないかと思った。ただ、弁護士が確認したところ、中岡は認めはしなかったが、以前から咲月と新留さんの過去について知っていたらしかった。だから、時期的に考えると、中岡と新留さんが揉めたのは、あいつが咲月との関係を知ったからってわけじゃないはずなんだ」

「…当時、捜査はどの係が…」

「主導権を握っていたのは捜一じゃなく、人事一課だった」

「人事ですか…」

殺害されたのも、殺害したとされるのも、捜査一課の人間であったから、内部監察を担当する人事一課が関与するのは当然であった。難しい顔つきで腕組みをする小野塚を真っ直ぐに見つめ、二宮は疑いを抱いた理由が他にもあるのだと告げる。

「判決が出た後、俺は目撃者に接触して話を聞いた。そしたら誘導みたいな真似をして証言を取っていて、証拠としてはどう考えても無理があると思えた。やはり中岡の犯行ではないと考え、真犯人を捜すために仕事の暇を見つけては動いていたら…上司からやめなければ捜一を出されるぞという忠告を受けた。当時組んでいた同僚からも説得され、諦めたんだが…。その後、圧力をかけてきたのは人事一課だったと聞いてやはり何かあるんじゃないかという疑いを抱いた」

「…何かというと…」

「中岡の犯行にしておきたい、何か…だ。それをあいつはわかってて、だから、新留さんと揉めた理由について頑なに話さなかったんじゃないか。それさえわかれば…と思って、なんとか話を聞こうとしたんだが、ずっと会ってもらえず、ようやく出てきたあいつには逃げられた」

「では、中岡が逃げたのは…」

「事件に触れて欲しくないから…だと思う。あいつは何かを隠してて…こっちへ戻ってきたってことは、何か調べようとしてるんじゃないか…」

自分の行動がリスクのあるものだと、中岡がわかっていないはずがない。それでもなお、後を顧みない行動を取ったのは、覚悟があってのことだろう。どんな目的があるのかは不明だが…。

小さく息を吐いた二宮は、自分に言い聞かせるように呟く。

「とにかく中岡を捜し出して、話を聞かなきゃいけないんだ」

「…俺の方でも調べてみます。こちらはいつお返しすれば？」

「いつでもいい。俺はほとんど覚えてるんだ。迷惑かけて悪いな」

「いえ。二宮さんへの協力は惜しまないと決めてますから。…それに本音を言えば、ようやく理由がわかって、ほっとしています」

「……」

小野塚がつけ加えた言葉はどきりとするもので、二宮は真剣な表情で彼を見る。向かい側に座る小野塚は、いつも店で徳利を傾けている時のような、どちらかと言えば穏やかな顔つきだった。

微かな怯えを滲ませる二宮に、冷静に自分の考えを伝える。

「あの時、二宮さんが俺を庇《かば》ったのは、俺が使えると判断したからなんでしょう」

「小野塚…」

「いいんです。腹を立てるとか…そういう気持ちは一切ありません。それよりも理由があってよかったと思っていますので」

あっさり「よかった」と口にする小野塚の表情に含みは見られず、二宮は脚の上でぐっと拳を握り締める。

小野塚にはいつか、自分の計算を見抜かれると考えていた。小野塚が彼の妻子を事故で死に追いやった男に銃口を向けた時、二宮は咄嗟《とっさ》の判断で彼を庇い、責任を肩代わりした。それ以前…小野塚と知り合った時から、いずれ役に立つのではという考えを抱いており、大きな貸しを作ることを躊躇わなかった。

「すまん…」

結果として、自分の勝手な思惑につき合わせることになった小野塚に、申し訳ないという気持ちはもちろんある。それでも…真相に辿り着きたいという欲求は消せなかった。指摘を認めて詫び、下げた頭を上げられないでいる二宮に、小野塚は冷静な口調で頼んだ。

「謝らないでください。俺自身が選んだことでもあるんです。二宮さんが退職した時、本当は俺も辞めようとしたんです。ですが、二宮さんの行動には何か理由があるのではという思いが消えず、仕事を続けてきたんですが…、それが役に立つなら本望です」

二宮がゆっくり面を上げると、小野塚はいつもの無表情に見える顔に戻っており、「それよりも」と話題を変えた。

「中岡はちひろちゃんのことは…？」

「……」

二歳の時に別れたきりの娘について、何か言っていなかったのかと尋ねる小野塚に、二宮はすぐに答えが返せなかった。中岡がちひろへの関心を失ったというわけでは決してないはずだ。携帯の写真をじっと見つめていたその目からは、様々な感情が見て取れた。

ちひろを頼むと言ったのだって…話をそらす目的があったからだけじゃない。自分や咲月のことを知らないでいた方がしあわせだなんて…、本心だとは思えない。

「…自分の存在を知られたくないようだった」

「…会いたくは…ないんですか？」

「わからない」

冤罪だと信じてはいるが、世間的には殺人罪で服役していた前科者である自分との縁など切ったままの方がいいという気持ちは、確かにあるのだとは思う。しかし、それとちひろに会いたいかという話は別だ。

中岡は無理をして、ちひろに興味がないような顔をしているのだと信じている。あんなに誕生を喜び、成長を楽しみにしていた娘なのだ。

それに…ちひろにとって中岡は、実の父親であり、唯一の肉親だ。中岡の存在を知れば、ちひろはどんな相手だとしても、会いたいと言うに違いない。そんな二宮の考えを読んだかのように、小野塚が言う。

「ちひろちゃんは会いたいと思いますが…」

「…だろうな」

「ちひろちゃんには？」

「話してない。あいつに了解を取ってからと思ってる。ぬか喜びさせるのも可哀想でな」

「そうですね…。中岡は元々、子供に興味が…？」

なかったのかと少し怪訝そうに尋ねる小野塚は、幼い娘を亡くしているだけに、もどかしい思いがあるのだろう。二宮は唇の端をわずかに歪め、苦笑いみたいな表情を浮かべて否定する。

「いや。すごく可愛がってた。会うたびに携帯の写真を見せてきて、迷惑なくらいだった」

「……」

「あいつは…親とうまくいってなくて、早く結婚して自分の家庭を持ちたいって若い頃から言ってたんだ。理想とする家庭像みたいなのがあってな。誰かの顔色を窺わなくてもいいような…、いつでも誰もが機嫌のいい家庭にしたいって…話してた。俺は親父《おやじ》が早くに死んでお袋と二人だったし、お袋も二十歳《はたち》前に死んだから、家庭とか想像できなくて…へえ、そうかって感じだったんだが…。…咲月とつき合うようになって…とんとん拍子で結婚して、ちひろが生まれてからは仕事が敵だってぼやいてたな…」

懐かしむように話しながら、頬杖をつき、煙草が吸いたいという衝動を堪える。あの頃はまだ喫煙席があったのに、今はそれさえもない窮屈な世の中になってしまった。砂糖もニコチンも悪影響を及ぼす点では同じじゃないかと、隣の席を横目に見て、心の中で毒づく。

小野塚は二宮の話に感じ入るところがあったようで、言葉を失っていた。もしかすると、小野塚も中岡と同じような理由で家庭を持ったのかもしれないと思ったが、こちらから聞くことでもない。二宮は「だから」と続ける。

「本当は会いたいはずなんだ」

会いたくないわけがない。ちひろの様子さえ聞かないのは、会いたいという自分の欲求を抑えるためなのではないか。

月日も家族も犠牲にして、中岡は…何かをしようとしている。

「…あいつを捜す」

それが自分にできる最善の策だと言う二宮に、小野塚は頷き、自分の方でも何かわかったらすぐに連絡すると告げた。お互い、一口しか口をつけていなかったコーヒーを飲み干し、席を立つ。

店の前で小野塚と別れた二宮は、中央線に乗るためにJRの改札を目指した。ホームに上がり、停車していた快速に乗り込み、ボストンバッグを網棚に上げて窓際に立つと、ポケットから携帯を取り出した。

すぐに会えないかというメールに、返信が即座に入る。新宿のバーにいるというので、そこへ自分が行くと返した。間もなくして出発した電車に揺られながら眺めた夜景は、昨夜見た光景とは百八十度違って、異国に来た気分にさせてくれる。

いや、昨日の方が異国だったのか。時折窓に映り込む自分の顔を見ると、白髪や皺が目立つようになっていた中岡の姿が思い出された。

新宿駅に着くとコインロッカーにボストンバッグを預け、以前も何度か訪れたことのあるバーへ向かった。歌舞伎町《かぶきちょう》の外れにある店は二宮が若い頃からあるもので、何年振りかの訪問だったが、ビルも店の外観もほとんど変わっていなかった。

ドアを開けると狭い店内はほとんど満席だった。照明が抑えてあるせいで薄暗いのに、視界が白く感じるくらい煙草の煙が充満している。二宮が思わずほくそ笑むと、「二宮さん」と呼ぶ声がする。

「こっちです！　席ありますから」

そう言って手を上げて知らせるのは明星で、二宮は狭い通路を抜けて奥へ向かう。カウンターの端にいた明星は、座っていた席を二宮に明け渡して、自分はその横に積まれていたビールケースに腰掛けた。

小野塚はできる限りの手段を尽くして捜してくれるだろうが、中岡は素人じゃない。特に東京はかつて捜査員として過ごした街だ。そのスキルに対抗するためには地道に足で稼ぐしかなく、自分一人では限界があると考えた。

「突然、すまん」

「いいえ、こっちこそ。あの…店は？」

「色々あってな。しばらく休む」

心配そうに尋ねる赤星に短く返し、二宮は注文を取りに来た店員に煙草を咥えながらビールを頼んだ。火を点けた煙草を吸い込むと、生き返る思いがする。口から離すのも惜しい気分で咥えたまま、コートのポケットに入れてきた写真を明星に見せた。

「…こいつを捜してるんだ。協力してくれ」

「わかりました。ええと…写真撮ってもいいですか？」

明星は事情も聞かずに頷き、二宮から預かった中岡の写真をスマホで撮影する。それから、捜すために必要な情報を尋ねた。二宮は中岡の氏名、背格好、写真は十五年ほど前のもので、現在は白髪が混じっていることなどを伝える。

「所持金はそれほどないはずだから簡易宿泊施設か…野宿してる可能性もある。山谷《さんや》辺りは俺も当たろうと思ってるが、寿　町《ことぶきちょう》の方を当たってくれないか」

「了解です。こいつが…何か？」

「知り合いなんだ」

「あ…すみません」

明星には先日浮気調査を頼んだばかりだ。また似たような依頼だと思ったらしい明星は、二宮の知り合いだと聞いて恐縮する。二宮は首を振り、店員が持ってきたビールグラスを受け取った。

「元同僚だからな。そのつもりで頼む」

「…了解です」

捜索対象が元同僚…つまり捜一の刑事であると聞いた明星は、表情を引き締める。行動は慎重にし、見つけたらすぐに連絡すると言う明星に礼を言い、二宮はビールを一息で飲み干した。灰皿に置いていた煙草を咥えると、千円札を置いて明星に会計を頼み、店を出た。

ビルを出たところで短くなっていた煙草を消し、携帯を取り出した。話ができそうな場所を探し、オフィスビルのエントランスを選んだ。出入り口は閉まっていたが、壁で遮られているから通りの喧騒《けんそう》は十分避けられる。

手にしていた携帯を開き、ちひろの番号に電話をかけると、ワンコールで声が聞こえた。

『はい』

「俺だ。…悪いが、帰れなくなった。喪主だった故人の奥さんが倒れて入院したんだ。しばらくつき添ってやらなきゃいけなくなった」

ちひろがどうしてと聞く前にでっち上げた理由を伝える。ちひろは「そうなんですか」と相槌を打ち、心配そうに倒れたという相手のことを聞いた。

『病気なんですか？』

「過労のようだが、元々持病持ちでな。一週間くらいかかるようだ。迷惑かけるが、店の案内をしばらく休むっていうものに変えておいてくれないか？」

『わかりました』

返事をするちひろが疑いを抱いている様子はなく、ほっとした気分で、「一人で大丈夫か？」と確認する。不安なら遠藤のところへ…と言いかけた二宮を、ちひろは先に制した。

『私は平気ですから気にしないでください。あ、でも、戸締まりと火の元には気をつけますね。二宮さんこそ、病人のつき添いなんて大丈夫ですか？』

「…俺は元気だ」

『そういう意味じゃなくて…役に立つのかなって』

「猫の手よりましだ」

たぶん…とつけ加えると、電話の向こうでちひろがくすりと笑う気配がする。他愛のないやりとりができるようになったのはいつからだろう。お互いが緊張していた時期が過ぎた後は、近づいたり遠くなったりを繰り返してきた。

時間を費やして学習して、少しずつ信頼を積み重ねている。本当なら、この十四年間で中岡はちひろとそうした信頼関係を築いていたはずだったのに。いや、実の親子なのだから、この距離もすぐに埋まるのだろうか。

「帰れそうになったら連絡する。お前も何かあったら電話してこいよ」

『はい。……だったら…、十五日も…栃木なんですね』

返事をした後、ちひろがしばらく間を置いて呟いた内容が気になった。十五日というのは…先日も口にしていた日付だ。

「何かあるのか？　学校の面談でも？」

『いえ…それはもう少し先ですし、私だけでも大丈夫なので…。なんでもありません。風邪ひかないように気をつけてくださいね』

理由を聞いた二宮に答えず、ちひろは労いだけ口にして通話を切った。十五日に何があるのかと、携帯を見て考えたが思い出せない。クリスマスはまだ先だし…と思ってから、プレゼントを考えていないのに気づく。

「……」

本当はそれどころじゃないのだが…。この時季になるとプレゼントを買わなきゃという気持ちになるのは、長年染みついた癖みたいなものだ。ちひろには悪いが、今はプレゼントよりもまず先に中岡を見つけなくてはいけないと、二宮は深い溜め息をついて歩き出した。

東浅草《ひがしあさくさ》の泪橋《なみだばし》近辺にはかつては日雇い労働者が多く利用した簡易宿泊施設が点在している。現在は外国人観光客や若者の利用も多く、うらぶれた街という印象は変わってきているものの、事情を抱えた人間が集まる場所であるのに変わりはない。

明星と別れた後、二宮は新宿を出て浅草へ向かった。捜一にいた頃は、ひとたび事件が起こると、その現場周辺や関係先をひたすら歩き回ったものだった。浅草の現場も複数回経験しており、街のほとんどを知り尽くしている。

ただ、今は以前のような便利な身分証明書を持っていないので、大手を振って聞き込んだりはできない。夜の間はそこかしこにたむろしている路上生活者に、中岡の写真を見せて知らないかと聞いて回る程度に留めた。

夜が明けてからは家出人を捜している家族という名目をつけて、宿泊施設を尋ね歩いたが、芳しい結果は得られなかった。一日が徒労に終わり、夜になって明星から入った報告も、空振りを知らせるものだった。

『寿町の方を回ってみたんですが、宿泊してませんでしたし、近辺のおっちゃんたちからも目撃情報は得られませんでした。二宮さんの方は？』

「こっちも駄目だ」

『明日もちょっと回ってから、川崎《かわさき》の方を当たってみます』

頼むと告げて通話を切り、二宮は再度浅草近辺を一通り探索してから、捜索場所を変えることを検討しようと決めた。その夜も、街の片隅で時間をやり過ごす路上生活者や安い酒場に出入りする客たちに聞き込みしている内に、時刻は深夜を過ぎていた。

日付が変わって間もなくした頃、携帯が鳴った。相手は小野塚で、電話に出ると「すみません」と低い声が詫びた。

『連絡が遅くなりまして…どうですか？』

「さっぱりだ。お前の方は？」

『成果なしです。申し訳ありません。ただ、一つだけ。二宮さんから預かった資料に目を通したんですが、中岡の事件を担当した検事が面識のある相手だったので、明日にでも会って当時の事情を聞いてきます』

「……！」

思いがけない朗報を聞き、二宮は自分も一緒に…と言いかけたが、すでに警察を退職している自分が同席するよりも、小野塚一人の方が話が聞きやすいだろうと考え、「頼む」と告げた。特に、検察側がどうして咲月と新留の関係について、公判で取り上げなかったのか。単なる情状的な理由だったのかを確認して欲しいという二宮に、小野塚はわかりましたと返事する。

話が聞けたらまた連絡すると結んで切れた携帯をしまい、二宮はふうと息を吐いた。中岡と会ったことで、何かが少しずつ動き出している。中岡が一人で抱え込んでいる真相にこのまま外側から辿り着けるのか。眉間に皺を刻み、最後の一本になっていた煙草を咥えて、ケースを掌で握り潰した。

翌日の午後、小野塚から連絡が入った。会って話したいというリクエストを受け、お互いの都合を考え、上野で落ち合うことになった。待ち合わせ場所に決めた上野公園に二宮が着くと、小野塚の姿はまだなかった。指定された上野の森美術館近くにある名前も知らない石碑近くに立っていると、間もなくして足早に歩いてくる小野塚の姿が見えた。

「遅れてすみません」

「いや…」

自分の方こそ迷惑をかけるのを詫び、二宮は用件を聞く。小野塚が外で会いたいと打診してきたのは、昨日話していた検事に関する報告だと思われた。真剣な顔つきで尋ねる二宮に、小野塚は歩きながら話そうと提案する。

目の前にある清水《きよみず》観音堂を抜けて、不忍池《しのばずのいけ》方面へ向かおうとする小野塚の隣を歩き、二宮は「会えたのか？」と聞いた。

「はい。オフレコでと約束しましたので、名前は伏せますが…連絡を取ろうとしたところ、現在は検事を辞め、弁護士をしていました。中岡のことは覚えていて、俺にすぐ会ってくれたのも、中岡の名前を出したからでした。…自分も気になっていたと」

「……」

ということは…。眉を顰める二宮をちらりと見て、小野塚は元検事に確認した内容を伝える。

「現職の警察官…それも本庁捜査一課の捜査員が、職務中に上司を殺害したという事件は警察に重大なダメージを与える衝撃的なものであるから速やかに処理するようにと上から強く圧力がかかったようです。警察は中岡の犯行である証拠として目撃証言を根拠に送検したようですが、中岡本人は否認しており、その目撃証言に関しても十分だと言えるかどうか検察内部では異論を唱える向きもあったようです」

検察でも異論が出ていたと聞き、二宮は眉間の皺を深くする。確かにその通りで、だからこそ、手を尽くして目撃者に接触した。証言が曖昧なものであったのは、その際確認している。しかし…。

「だが…検察は警察の捜査をそのまま認めて起訴に踏み切ったじゃないか」

「ええ。それも同じ『圧力』がかかったようです」

「……」

やはり、中岡を犯人にしようとした何者かが存在するのか。その理由は？　かつて、何度も考えた謎と再び向き合う二宮に、小野塚は続ける。

「検察は起訴したものの、中岡の弁護側が目撃証言の曖昧性を突いてくることは予想でき、さらに中岡が見たという現場にいた第三者を、弁護側が探していることも憂慮していたようです。…しかし、初公判の期日が決まる頃になって、中岡の妻と、殺害された新留が過去に不倫関係にあったというタレコミがあったそうなんです。検察では恐らく、本庁の人事課がネタ元だろうと見ていたようです。人事課は内部監察部門として、普段から職員の素行に目を光らせています。中岡の妻と新留の関係も以前から摑んでいたのではないかと」

咲月と新留の関係を人事一課が摑んでいたというのは、二宮も想定していた。しかし、二人の関係は咲月が中岡と結婚する以前のもので、すでに清算済みであった。それをリークするというのは…否認を続ける中岡の、新留殺害に関する動機を強くするためだったとしか思えない。

そういう二宮の考えは、小野塚も、そして元担当検事も同じく抱いたようだった。

「検察としては起訴したからには有罪にする方向で動くしかありません。警察の不祥事が絡んでいるような重要な案件で、起訴しながら無罪判決が出るというのは、検察の威信を損なう事態です。よって、中岡が新留を殺害した動機は妻との不倫関係に基づくものだとして裁判を進めるべく、妻を証人として召喚する案が浮かびました」

「…それを小枝先生…当時、中岡の弁護を担当していた弁護士が聞きつけたのか」

「それについては…意図的な思惑が働いていたのではないかと。…というのも、中岡咲月を証人喚問するための準備に取りかかろうとしたところ、少し待てという指示があったというんです。初公判の期日もすでに決まっていたので、どうしてと疑問に思っている内に、中岡咲月が自死し、中岡は否認を翻したそうなんです。…元検事は明言は避けましたが、検察上層部はその辺りの流れを読んでいたと考えられます」

「…わざと小枝先生にリークしたっていうのか?」

顰めっ面で確認し、二宮はあと数段を残す階段の途中で立ち止まる。先に階段を下り切っていた小野塚は、振り返って二宮を見上げ頷いた。

「そう考えるのが妥当ではないでしょうか。中岡は二人の関係を知っていたようですが、公に明るみになれば妻だけでなく、子供にも…それに新留の家族にも影響が及びます。中岡への脅しとして事前に情報を渡したと考えるのは妥当かと思われます…妻が自死までしたのは計算外だったのかもしれませんが」

　同時に、都合がよかったとも言える。咲月が亡くなっていなければ、中岡が証言を翻していた可能性は低かった。不倫を公表されることよりも、咲月の死が大きな影響を与えたことは間違いない。

　小野塚の主張は納得できるもので、二宮は大きく息を吐き、再び階段を下りた。小野塚と並んで歩き、公園内を通る二車線の道路を渡るため、横断歩道の手前で立ち止まる。信号は赤で、青に切り替わるのを待っているのは、観光客ばかりに見えた。

「咲月が死ななかったとしても…咲月が中岡に泣きつくことを想定したのか…」

　そう呟いた二宮だったが、「だが」という気持ちも心の中で抱いていた。二宮の知る咲月は、泣き言を言うようなタイプではなかった。どんなに大変なことがあっても、自分で抱え込むタイプで…だからこそ、不倫の一件もまったく知らなかった。

　咲月なら、自分の過去のせいで中岡に迷惑がかかることなどあってはならないと考えたはずだ。そう思って、はっとする。

　だからこそ…咲月は自分で責任を取ろうと…。

「二宮さん」

「…っ」

　不意に小野塚の声が大きくなった気がしてはっとすると、怪訝そうな顔で見られていた。いつの間にか信号が青に変わっており、点滅し始めている。すまんと詫び、走って横断歩道を渡る。

不忍池のすぐ手前まで近づき、立ち止まった小野塚は、当時の組織図を調べてみると言った。

「警察と検察の間では中岡を犯人とすることで意思疎通が図られていたと思われます。誰がどう関わっていたのかがわかれば、思惑も見えてくるのではないかと」

「そうだな…」

二宮が頷きかけた時、コートのポケットに入れていた携帯が鳴り始めた。明星かと思って見ると、朝倉の名前が表示されている。所用で東京を離れるのでちひろからSOSがあれば対応してくれるよう、遙香には頼んである。何かあったのだろうかと心配になり、携帯を開く。小野塚に声を出さないようジェスチャーで頼んでから、通話を受けた。

「…はい」

『朝倉です。今、いいですか?』

「どうした?」

『以前、捜一にいた…現在は二子玉川《ふたこたまがわ》署にいるようなんですが、持田さんという方を覚えてますか?』

「……」

朝倉が口にしたのはちひろではなく、古い知り合いの名前だった。しかも…どきりとするようなその名を聞き、二宮は息を呑む。持田はかつて、中岡と同じ新留班にいた同僚だ。

偶然とは思えないタイミングに緊張を覚えながら、知っていると答えた。

「持田さんがどうかしたのか？」

『主任を捜してるようで、俺に連絡先を知らないかって電話がありまして。教えてもいいものかどうか、許可を取ろうかと』

勝手に教えるのを躊躇って連絡したという朝倉に、二宮は迷惑をかけた詫びを言って、自分から電話するので持田の番号を教えて欲しいと伝える。朝倉から聞いた番号を覚え、礼を言い、ついでに遙香から話は聞いたかと確認した。

『はい。出かけてるんですよね。栃木でしたっけ？　あれ？　山梨？』

「…栃木だ。遠藤によろしく言っておいてくれ」

怪しんでいる様子のない朝倉に安堵し、「了解です」という短い返事を聞いて通話を切る。そのまま、朝倉から聞いた番号を押しながら、小野塚に短く説明した。

「…中岡と同じ新留班だった持田さんが俺を捜してるらしい」

「…！」

そう聞いただけで、小野塚は同じ考えを抱いたようだった。長い間、連絡を取っていなかった持田が突然、自分を探し始めた理由は…。

コール音が五回ほど続いた後、「はい？」と窺うような声が聞こえた。二宮が「お久しぶりです」と挨拶すると、声だけでわかったのか、「二宮か？」と確認された。

「連絡をいただいたようで…、すみません。以前の携帯を解約してしまったものですから」

『いや…。ちょっと待ってくれ…』

持田は二宮に断り、しばし待たせた後「悪い」と詫びた。場所を移動したようで、先ほどよりもはっきり声が聞こえた。

『突然、すまない。…お前くらいしか、話せる相手が思いつかなくて…、退職したのは知ってるんだが…』

「もしかして…中岡ですか？」

言いにくそうに話し出した持田に、中岡の名前を伝えると、電話越しにも息を呑んだのがわかった。持田は中岡に会ったのだと確信でき、訪ねていったのかと確認する。

『ああ。出てきてるとは知らなくて…驚いた。お前、知ってたのか？』

「…。先週、仮出所したんです。一度会ったんですが、持田さんはいつ？」

尋ねる二宮に、持田は昨日だと答えた。

『署に電話があって…会ったんだが…』

「どこで会いましたか？」

『仕事が終わった後…二子玉川駅の近くで落ち合った。元気そうでほっとしたんだが…、頼まれ事をして困ってるんだ。誰かに相談したくても、当時、同じ班だった宮下《みやした》さんは亡くなったし、近藤《こんどう》さんは退職して九州の実家へ帰ってしまっててな。…お前も退職したのは知ってたんだが…』

迷惑だと思い迷った…と言う持田に、二宮は連絡をくれてありがたいと伝える。中岡が姿を消しているのだという話は伏せた上で、持田が対応に困っている内容について聞いた。

「あいつは何を頼んできたんですか？」

『それが…あいつが逮捕された時、うちの班で調べていた事件の捜査資料を手に入れて欲しいって言うんだよ』

「…あの時に…捜査していた事件…ですか」

持田によって知らされたのは思いがけない内容で、二宮は戸惑いながら繰り返す。てっきり新留を殺害した真犯人を見つけるため、協力してくれないかと頼んだのかと思っていた。

二宮は記憶を探りながら、「確か」と続ける。

「女子大生が自宅で殺害された事件でしたよね？」

『ああ。タレコミで浮上した被疑者を当たってる最中、中岡と主任の一件が起きたんだ』

「あのヤマは…」

『別の班に引き継いだが、ホシは挙がらずじまいでお蔵入りになったたって聞いた。あの時、行方を追ってたタレコミのあった男を任意同行して調べたものの、シロだったたってのは覚えてるんだが…』

「……」

その事件を中岡が気にかける理由は？　栃木から姿を消したのには、自分が予想していたのとは違う理由があったのかもしれないと考えつつ、二宮は持田にどう返事をしたのか確認する。

『俺はあの後すぐに所轄に異動になって、本庁を離れて長いから難しいって返した。そしたら、うちからヤマを引き継いだのはどこかって聞いてきた』

「どこですか？」

『同じ五係だった長崎《ながさき》班だ。主任だった長崎さんは定年になってるが、長崎班にいた大野《おおの》がまだ捜一にいるはずだって答えておいた。大野は知ってるか？』

「ええ。知ってます」

二宮が退職した当時、大野は別の係で主任として班を率いていたが、その後、係長になったと聞いた。大野になら話を聞けるだろうから連絡を取ってみようと考えていると、持田が不安そうな声で中岡が心配だと伝えてくる。

『本当は…千葉に会いに行けたらよかったんだが、どうも行けなくてな。俺はずっとあいつがやったとは信じられなかったし、あいつが自白したのも信じられなかった。昨日…本人にそれを聞いてみたかったんだが、聞けなかった…。…あいつは…大丈夫だろうか』

持田が誰かに話したかった気持ちはよくわかり、二宮は独り言のように呟く彼に、自分が話をしてみるからと請け合った。公判前に妻が自死し、幼かった娘は養子に出したのを聞き及んでいるであろう持田が、中岡のこれからを心配するのはもっともだ。

「あいつの連絡先は聞きましたか？」

『いや。聞いたんだが、はぐらかされた』

「わかりました。俺が話を聞いてみます。また連絡します」

そう約束して、二宮は持田に礼を言ってから通話を切った。隣で様子を窺い、息を潜めていた小野塚に、事情を説明する。

「中岡は持田さんと二子玉川駅近くで会って、新留さんが殺害された時、あいつたちの班が担当していたヤマの捜査資料を手に入れて欲しいと頼んだようだ」

「先ほど、女子大生が殺害された…と言っていた事件ですか？」

「ああ。…確か、東光学院大学の女子学生が中野《なかの》の下宿先で殺害されたヤマだったと思う。タレコミで名前が挙がった被疑者の立ち寄り先を、あいつと新留さんで張ってる最中に、あの事件が起きたんだ」

その事件の捜査資料を入手できないかと小野塚に聞くと、すぐに手配しますという返事が聞かれた。次いで、中岡がどうしてその事件を気にかけているのかという小野塚の問いには、首を捻《ひね》った。

「わからん。新留さんの事件の捜査資料っていうならわかるんだが…」

「何か関係があるんでしょうか？」

厳しい表情で尋ねる小野塚に、二宮は「だろうな」と低い声で相槌を打つ。中岡が本当に新留を殺害したのであれば、罪を償って出てきたのだから、自分のこれからについて考えればいいだけだ。そうせずに姿を消したのは、やはり中岡の犯行ではなかったからなのだろうかと考えたのだが…。過去に関わった事件を調べる理由は想像がつかなかった。

中岡の意図を知るには、その事件を知るのが一番だ。二宮は小野塚と別れた後、事件をよく知るであろう大野に会うために朝倉に連絡を取った。

忙しいところをすまないと詫び、朝倉に大野の連絡先を聞いた。持田から連絡があったのは過去の事件について確認を受けたからで、その件について大野と話したいのだという二宮の説明を、朝倉はさほど疑問にも思っていない様子で聞き、大野の連絡先を調べてくれた。

メールで返ってきた大野の携帯番号に早速電話すると、突然退職した上に姿を眩ませたことに対する鬱憤をぶちまけられた。ひたすら詫び、会って話がしたいという二宮の頼みを、大野は訝しがりながらも、昔のよしみで了承した。ただ、現在の大野は係長として複数の班をまとめる立場にある。多忙な彼とようやく会えたのは、午後十時を過ぎた頃だった。

大野が指定してきたのは、六本木《ろっぽんぎ》に古くからある終夜営業の喫茶店だった。二宮が着いた時には大野の姿はまだなく、出入り口が一番よく見える席を選んで座る。頼んだホットコーヒーが半分ほどなくなった頃、大野が姿を見せた。

仏頂面で入ってきた大野は、二宮を見つけると唇の端を歪めて笑う。大野は二宮と同じ歳だが、大卒で奉職しており、捜一へ配属されたのも二宮よりも何年か後だった。それでも頭の回転が速く、捜査に対してもアグレッシブに取り組む姿勢を評価され、二宮と同時期に主任となっていた。

係は違ったが、同じ主任として親交もあった。大野は二宮の向かい側に座るなり、盛大に不平をぶちまける。

「さんざっぱら心配かけて行方不明になりやがったくせに、自分の都合のいい時だけは連絡してくるんだな。お前って奴は。朝倉から生きてるらしいとは聞いてたけど、元気なのか。元気なんだな、そうだよな。用事があるから電話してきたんだからな」

「悪かった」

電話でも詫びてはいたが、面と向かって不満をぶつけられる覚悟はしていた。正面から頭を下げる二宮に、大野は「ふん」と鼻息を吐き捨て、店員にホットコーヒーを頼む。運ばれてきたおしぼりで手を拭き、水を一口飲んでから「で」と早速話を切り出した。

「用件はなんだ？　俺は忙しいんだ。お前がよくわかんねえヤマで突っ走った挙げ句に勝手に辞めたせいで、係長なんてめんどくせえもんを押しつけられたからな」

「何言ってんだ。俺がいたところで、お前は順当に出世してただろ」

「出世なんかじゃねえ」

単なるケツ持ちだと吐き捨てる大野に苦笑を返し、忙しいのは事実だろうからと、単刀直入に答える。

「中岡を覚えてるか？」

「……」

二宮から中岡の名前を聞いた大野は、表情を引き締めて「もちろん」と返した。中岡の事件があった当時、大野は捜一に配属されたばかりで、面識がある程度だった。だから、新留班が携わっていた事件の捜査に大野が加わっていたのも、持田から聞くまで二宮は知らなかった。

返事をした後、大野は自分と中岡との接点を思い出している様子だった。窺うように見る大野に、呼び出した理由を打ち明ける。

「あいつの班が担当していたヤマを引き継いだのが長崎班で、そこにお前がいたって聞いて…話が聞きたくて連絡したんだ」

「……」

どうして今頃？　そんな疑問が大野の顔には書かれていたが、彼は口にしなかった。二宮と中岡が同期で、親しくしていたのを思い出したせいもあったのだろう。大野は仏頂面に戻って、「あれは」と口にした。

「お蔵入りになったんだ。中岡と…新留主任の事件の後、うちの班が引き継いで…タレコミのあった…脇《わき》っていう男の所在を確認して、任意同行して取り調べたんだが、アリバイがあったし、ガイシャとの接点もなく、逮捕には至らなかった。脇がシロだと判明した後、上からの指示で俺たちは早々に引き上げることになった。まあ…色々あったヤマだからな。

うちに長くは関わらせたくなかったんだろう。あとは所轄で継続捜査ってお決まりのパターンで……結局、ホシは挙がってないはずだ」

「ガイシャは自宅で殺害されたんだよな？」

「ああ。……押川美久《おしかわみく》……十九歳で、東光学院大学の二年生だった。実家は福岡で、大学進学で上京し、中野区のアパートで一人暮らししていた。自宅にあったと思われる包丁で腹部を刺されたことによる失血死……死亡推定時刻は深夜二時から四時。部屋は荒らされていたものの、窓ガラスなどを割って侵入したというような形跡はなく、玄関のドアには鍵がかかっていなかった。当初は物盗りの犯行として捜査が開始されたが、貴重品などは残っていたし、不審者の目撃証言も出なかった。室内からは本人以外の遺留物がいくつか発見されたものの、特定はできなかった」

「さすがだな」

十四年も前の事件だというのに、すらすら答えてみせる大野を、二宮は感心して褒める。大野は嬉しくなさそうな顔で、印象的な出来事があったからだと返す。印象的というのは、中岡が新留を殺害したとされている事件に違いなく、二宮は「なるほど」と相槌を打った。

「ガイシャの敷鑑はどうだったんだ？　長崎班で仕切り直したりは？」

「してない。そんな暇もなく、脇がシロだってわかった時点で引き上げさせられた。俺たちが引き継いだのは形だけみたいなもんだよ。それにガイシャは普通の大学生で、怨恨に結びつくようなトラブルも見当たらなかった。被害に遭ったのはバイト後だったから、バイト先の…居酒屋だったんだが、そっちの関係者や客なんかを重点的に調べてあったが、めぼしい情報は見当たらなかった」

「……。ニンドウで引っ張った脇ってのは…」

「強制わいせつと傷害で前科があった。ただ、遺体には性的暴行を受けた形跡や防御創は確認されなかったんだ。脇の犯行というには無理があった。新留班でもニンドウかけるかどうか迷ったようなんだが、手詰まりだったんだろう」

「タレコミってのは…どういう筋から？」

「本部に電話があったらしい。ガイシャのアパートへ脇が入っていくのを見たって…。脇を知っている人間だったようで、あいつは悪い男だから、あいつがやったに違いないってな。捜査本部でも取り上げるかどうか賛否があったようだが、一応、脇を照会してみたら前科があったし、実際、その近辺にいたウラも取れたから取り敢えず…って感じだったんだろう。脇は住所不定だったから、関係先で張り込みを始めたところ……あれだ」

中岡と新留の一件を挙げ、大野が肩を竦めたところへ店員がホットコーヒーを運んできた。大野はそれを一口飲み、向かい側で考え込んでいる二宮に「で」と尋ねる。

「なんで、今頃になってそんなことを聞くために俺を呼び出した？」

「……」

答えなかったら承知しないという顔つきの大野を見て、二宮は苦笑する。自分でもまだどう繋がるのかわかっていない。すべてを答えるわけにはいかないが、多忙な中を会ってくれた大野に対し、説明する義務はある。

「実は…中岡が出てきたんだ」

「仮出所か」

中岡の刑期を覚えていたらしい大野が即座に答えるのに、二宮は頷く。会ったのかと確認され、再度頷いた。

「それで…どうなったか聞かれてな。俺はよく知らなかったから、調べてみたらお前が関わってたってわかったんで連絡したんだ。忙しいのに悪かった」

「……。本当にそれだけか？」

「ああ」

大野は明らかに疑っているようだったが、二宮がきっぱり返事をすると、それ以上は聞かなかった。コーヒーを飲み、ふんと鼻先から息を吐き出す。

「話せるようになったら連絡してこい。絶対だぞ」

全部見透かしている様子の大野に二宮は「わかった」と返して、すでに冷めているコーヒーに口をつけた。熱かった時には感じなかった酸味が強くなっていて、一口でやめてカップを置く。

店内を見回し、喫煙できる様子なのを確認してから、店員に灰皿を頼んだ。煙草を咥える二宮を見て、大野は「ところで」と話題を変える。

「飲み屋をやってるって、本当なのか？」

「飲み屋って言っても角打ちだ。小さな立ち飲み屋だよ」

「お前が？」

誰も彼もに驚かれるのは、それだけ向いていないということだろうか。これでももう二年以上、店を営んでいるのだが…と内心で訝しみつつ頷き、ライターで火を点ける。一服して煙を逃した後、二宮は大野に頼み事をした。持田は中岡に大野の名前を告げている。中岡がなんらかの手段を使って大野に接触を試みる可能性は高かった。

「もしかすると、中岡がお前に連絡するかもしれないんだ。連絡があったら、会う前に俺に教えてくれないか？」

「…会ったんじゃないのか？」

「もう一度会いたいんだ」

「何言ってんだ…？」

意味がわからんとぼやきながら、大野は険相で首を傾げる。二宮が本当のことを話していないのを察していながらも、話さないのは話せる段階ではないのだろうと読んだ大野は、仏頂面で「わかった」と投げやりに了承した。

「その代わり、今度おごれよ。お前の店で」

「来る気か？」

「うちの係の奴ら、連れていってやる」

「ゆで玉子とビールしかないぞ」

十分だと言って大野はコーヒーを飲み干して立ち上がる。二宮も煙草を咥えたまま席を立ち、支払いは受け持った。店を出ると、クリスマスを間近に控えた華やかな街の明かりが目映く感じられた。

有名な交差点近辺では、忘年会帰りの酔客たちが賑やかに話しながらそこかしこでたむろっている。クリスマスにも忘年会にも縁遠い大野が、疲れた背中を丸めて去っていくのを見送り、二宮は煙草を始末してから地下鉄のホームへ続く階段を下り始めた。

その夜も明星から芳しい報告はなく、二宮も続けて中岡を捜し歩いたが、その姿を見つけることはできなかった。翌朝、小野塚から押川美久殺害事件の捜査資料が手に入ったという連絡が入り、午後から彼の出先で待ち合わせて受け取った。

落ち着ける場所を探し、行き着いたネットカフェの個室ブースで読み込んだ資料には、大野から聞いた話がおおよそそのまま書かれていた。大野の記憶力のよさを感心しつつ、詳細な情報を資料から補足しながら事件の流れを自分の頭の中で組み立てる。

中岡が新留を殺害した真犯人よりも、押川美久事件を気にかけている理由が読み取れないかと考えたが、継続事件として長年放置状態であった資料には、めぼしい情報はないように見えた。中岡はどうしてこの資料を欲しがっているのか。何が隠されているのかと頭を悩ませていたが、煙草が吸えない環境に限界を覚え、店を出た。

煙草を吸いながら考えられる場所を探し、歩き始めてすぐ、携帯が鳴った。相手は明星で、電話に出た二宮は、緊迫した声を聞く。

『中岡を目撃したという男を見つけました…！』

「どこで？」

『それが…新宿なんです。用があって、こっちへ戻ってきたんで、ついでに近くでホームレスしてる知り合いのおっちゃんに聞いてみたんです。そしたらビンゴで…』

「今、新宿にいるのか？」

新宿にいると言う明星に、すぐに合流すると言って通話を切る。灯台下暗しとはこのことだ。身を隠すのに適した場所…と考え、明星に見当外れな指示を与えたのを後悔する。押川美久事件の現場は中野区で、新宿から近い。中岡の行動が押川美久事件に基づいているのだとしたら…。様々な考えを巡らせながら地下鉄で新宿まで移動した二宮は、ホームから地上へ上がると、携帯で明星の居場所を聞いた。

新宿御苑《しんじゅくぎょえん》近くにいた明星は、話を聞いたという男性と一緒に路上に座って二宮を待っていた。路上生活者は独特の世界観を持っていたり、気難しかったりする者が多く、話を聞くのには苦労することが多いのを、二宮は経験上知っている。しかし、明星はどんな偏屈な相手の懐にもするりと入り込める不思議な特性を持っている。

二宮が近づいていくと、明星は大きく手を振って、知り合いだという男性を紹介した。

「ビンさんです。ビンさん、さっきの話してよ」

明星からビンと呼ばれた男は、二宮を胡散臭《うさんくさ》そうに見て、浅黒い肌に深い皺が刻まれた顔を顰めた。口を開こうとしないビンを促そうとする明星に、二宮は無理して直接話させなくていいと言った。

警察の臭いが抜けていない自覚はある。路上生活者の中には警察に虐げられた経験を持ち、忌み嫌っている者も多い。二宮は明星を通して、ビンはどこで中岡を見たと言っているのかと聞く。

「向かいのデパートだそうです。閉店すると、デパートの前で寝るおっちゃんたちが集まってくるんですけど、その中に一昨日辺りから新顔が混じってたって…、それが写真の人みたいです」

一昨日と言えば、中岡が持田に会った日だ。持田とは二子玉川の駅近くで会ったと聞いた。その後、新宿へ来て、ホームレスに混じって夜を明かしたのか。二宮は昨夜もいたのか、いたとしたら何時頃現れたのか、ビンに確認するよう明星に頼む。ビンはといっても、ビンは目の前にいる。明星は困惑しつつも、同じ内容を繰り返した。ビンはぼそぼそ明星に返事する。

「夜中だよ。…二時とか、三時とか。明け方に出てくよ」

「だそうです」

中岡は所持金には乏しいはずだが、一文無しではない。それなのに年末も近づいたこの寒さの中、路上生活を選んでいるのは長期戦を覚悟しているからなのかと想像しながら、二宮はビンに礼を言い、明星と共にその場を離れた。

明星と並んで新宿御苑の外周を歩き、世話をかけた礼を言う。

「色々悪かったな。あとは自分でやる」

「見つかるまで手伝いますよ。今晩、この辺りに戻ってくるとは限りませんし」

急に寝場所を変える可能性もある。それに自分がいた方が話がスムースに進むはずだと、明星が言うのはもっともで、二宮は迷いながらも頷いた。

「じゃ、今度こそ、金を取れよ」

お前だって生活があるだろう。渋い表情で心配する二宮に苦笑し、明星は取り敢えずといったふうに頷く。腕時計を見ると間もなくデパートが閉まる時刻だった。昼前に軽く食べたきりで、ネットカフェではドリンクバーのコーヒーしか飲んでいない。

空腹を覚えた二宮は明星を食事に誘った。中岡が現れるのは深夜だと言うし、まだ余裕はある。明星も夕食はまだだというので、近くにあったチェーンの定食屋に入った。

一人席の方が多いコンパクトな店内は、同じような年頃で、スーツ姿の男性客ばかりだった。空いていた二人がけの席につき、タッチパネル式のオーダーを明星に任せて、二宮は刺身定食を頼む。

「刺身定食…っと。俺は鶏南蛮《とりなんばん》にしよ。……二宮さん、お水がいいですか？　お茶？」

「水でいい」

難なく注文をこなし、明星はセルフサービスの水を取りに行く。グラスを二つ持って戻ってきた明星に礼を言い、よく来るのかと聞いた。

「いや、初めてですよ」

「……」

なのにどうしてこれほどスムーズに立ち回れるのかと問いかけようとしたが、年齢の差だと気づき、二宮は閉口した。変化の波にすっかり置いていかれているのはわかっている。どこも人手不足と人件費削減で機械化され、禁煙となり、生きにくい世の中になったと愚痴を零したくなるのがいい証拠だ。

「俺一人だったら店を出てるだろうな」

「タッチパネルですか？　店員呼ばなくていいし、便利ですけどね」

逆に人を呼んで口頭で伝えた方が便利じゃないかと反論しかけたのを飲み込み、自分の老いを痛感する。こうして世代は変わっていくのだなと、ブースのように仕切られた一人席でスマホやタブレットを見ながら食事している客たちを眺めていると、明星が神妙な面持ちで尋ねてきた。

「あの…聞いてもいいですか？」

名前も伝えず、写真だけで捜してくれと頼まれた男が何者なのか、明星が聞きたがっているのはわかっていた。二宮は煙草が吸えないのをしんどく思いながら、自ら話す。

「警察学校の同期で…俺と同じ捜一にいたんだが、ある事件に関わって…服役してたんだ」

「……どれくらい入ってたんですか？」

「十四年……刑期は十五年で、最近、仮出所で出てきたばかりだ」

十年を超える長期刑と聞き、明星は表情を引き締める。刑期の長さで罪状はおおよそわかる。殺人…もしくはそれに順当する重罪であるのを察して緊張を覚えたに違いなく、二宮は自分は無実を信じているのだとつけ加えた。

「複雑な絡みのある事件でな。…俺はあいつがやったと思えなくて…真犯人を見つけたくて…出てきたあいつに会って話を聞こうとしたんだが、逃げられた」

それで捜しているのだと言う二宮に、明星は怪訝そうに質問する。

「でも、冤罪なら、二宮さんが真犯人を見つけようとしてくれるのはありがたいんじゃないんですか？」

「……そうなんだろうが…」

自分から逃げた中岡は、本当は新留を殺害したのではないか。想定と違っていた再会に戸惑い、そんな疑いが頭を過ぎったこともあった。しかし、押川美久事件がなんらかの形で関わっているらしいとわかった今、冤罪を証明するためには自分が考えている以上のハードルを越えなくてはいけない気がしている。

それらを端的に明星に説明するのは難しく、曖昧な受け答えでごまかすと、店員がお膳を二つ運んできた。目の前に置かれた刺身定食は、値段相応のもので物足りなさをビールでごまかしたくなったが、飲む気にはなれなかった。

明星は箸を取って二宮に渡し、どれくらい親しかったのかと聞く。

「…警察学校を出てからは…違う所轄に配属になったし、同じ時期に捜一に異動になってからはちょくちょく飲みに行ってたが…結婚して、子供が生まれてからはその回数も減ってたな。お互い、忙しかったし」

「じゃ…それほど親しいわけじゃなかったんですね」

自分の話を聞いた明星がそう判断したのが意外で、二宮は絶句した。確かに、中岡とは同じ職場だったことはない。共に過ごした時間数で言えば、曾我部や朝倉の方が長いかもしれない。

それでも、自分は中岡を「大切な」相手だと捉えてきた。

それはなぜなのか。

「……友達っているか？」

「……」

ふいに問いかけられた明星は、二宮を見て目を瞬《しばた》かせた。そんな問いかけを二宮からされるとは思ってもいなかったのだろう。友達ですか。口に入れた鶏南蛮をもぐもぐ嚙みながら繰り返し、首を傾げる。

「そう言われると……困るっていうか…。知り合いならいっぱいいますけど…」

「相手に確認したわけじゃないから、友達かどうかわからない？」

「ああ、そうです、そんな感じです」

先日、ちひろに同じ質問をした時、そんな返事が戻ってきた。明星はどちらかといえば、自分よりもちひろに年齢が近い。感覚が似ているのかもと思い、ちひろから聞いた言葉を向けてみると、明星は納得がいったというように頷く。

二宮はなるほどと頷き、刺身を食べるために小皿の醤油《しょうゆ》にわさびを溶かす。薄い赤色の切り身をそれにつけ、口へ放り込んだものを飲み込んでから「俺は」と続けた。

「こんな性格だし、家のこととか色々あったから部活ってのもやったことがなくて…まあ、その辺りはお前も同じなんだろうが、学生時代に友達らしい友達がいなかったんだ。だから、集団行動ってやつも苦手で…なのに、どうして警官なんかにって思うだろうが、俺みたいにさほどできるわけじゃなく、ガタイがそれなりで丈夫が取り柄みたいな奴が安定した人生を望んだら、警官か消防官か自衛隊くらいしかなかったんだよ。少なくとも、俺が選べたのはその三つだった」

「で、警官に？」

「消防は火消しはともかく、救急が無理だと思ったし、自衛隊は向いてないと思った。消去法で警官になろうと考えて、どうせならと警視庁を受けてみたら受かってな。母親も喜んでくれて…、これで世話をかけずに済むと思ってほっとした。警察学校は全寮制で、十ヶ月同期の奴と一緒に暮らすんだが…」

「あー俺は絶対無理です」

全寮制と聞いた途端、明星は顔を顰めて首を振る。二宮も集団行動は苦手だったが、許容できる範囲だった。明星は学校そのものに馴染めず、中学の途中から不登校となったと聞いている。

二宮は警察学校入学当初は自分も辟易《へきえき》したと続けた。

「規則正しい生活は平気だったが、何をやるにしても集団ってのがしんどくてな。寮でも学校がずっと続いているような感じで…正直参ってた。でも、あいつと知り合ってからは、捉え方や見方を変えることができた。…あいつは俺とは逆に、中学高校と剣道部で主将をやっていて、インターハイまで行ったような奴で…人を統率することに長《た》けてた。俺に欠けてるものを全部持ってて…傍にいるだけで勉強になった。当時は勉強してるつもりなんかなかったが、座学で学んだことなんかより、あいつの傍にいたことがどれだけ自分の糧になっていたのか、後から痛感した」

「人間関係をうまく回せる感じのタイプ？」

「まあ、そうだな。弱い奴にも強い奴にも、基本、相手を思いやって、バランスよく接することができる…。だからこそ、性格の悪い教官に嫌われて…いじめに遭って…でも、負けないんだ。…ああ、こいつは恵まれた環境で育って…両親揃ってるって話だったし、学校でも理解してくれる教師とか友人とかに出会えて…だから、こんなふうになれたんだろうなって思ってた…」

呟くように言い、二宮は醤油をつけた刺身をご飯に載せて食べる。明星は箸を止めたまま、「違ったんですか？」と二宮に聞いた。二宮は口の中のものを飲み込んでから、明星に答える。

「…逆だった。両親はいても、家庭として壊れてたし、学校でもうまくいってたわけじゃなくて…だからこそ、自分で変えていけるものは変えていこうとしてたんだ」

自分の人生なのだから、よりよくしたい。そんな気持ちは誰もが持っているだろうが、実現するのは難しい。とかくマイナスな思考に引っ張られがちで、言い訳を並べて都合のいい限界を決めてしまう。

けれど、中岡は一切、言い訳をしなかった。いつも前を向き、正しくあろうとしていた。

「俺は警察という組織に入る前に、あいつに出会えてよかったと…あいつに会えたお陰で、長く勤められたんだと思ってる。出会えてよかったなんて、俺には似合わない言葉だが、初めてそう思った奴なんだ」

「……」

真剣に語る二宮を、明星は真面目な表情で見つめ、無言で頷いた。そのまま二人でそれぞれの定食を食べた。二宮の方が先に食べ終わり、明星がセルフサービスで持ってきてくれた水を飲む。

店内はもちろん全面禁煙で、手持ち無沙汰な気分で離れたところにある窓の先を見る。すでにデパートは閉店しただろう。中岡はどこで何をしてるのだろう。今夜もデパートの軒先を止まり木にするつもりなのだろうか。

つれづれ考え事をしていると、遅れて明星が食事を終えた。食後に温かいお茶が飲みたいと言い、同じくセルフサービスのそれを取りに行く。

「…どうぞ」

「ありがとう」

自分の分も取ってきてくれた明星に礼を言い、筒型の湯飲みに口をつける。お茶と言っても色がついているだけの熱い湯だ。それでも、水より口の中をさっぱりしてくれる気がした。

「…見つけたらどうするんですか？」

ふいに明星が向けてきた質問に、二宮はすぐに答えられなかった。逃げた理由を確かめて…そして。

中岡の望みを聞こう。何がしたいのか正直に言ってくれと頼もう。その望みがどんなものであっても、自分は中岡のために働くと、遠いあの日に決めたのだから。

支払いを済ませて店を出た二宮は、一旦明星と別れようとしたのだが、携帯が鳴り始めて足を止めた。着信相手は大野で、急いで電話に出る。

「…はい」

『俺だ。ビンゴだ』

大野には昨夜会った際、中岡が接触を図ってくるかもしれないと伝えてあった。二宮の予想通り、中岡らしき男から伝言があったと言う。

『事件関係者だと称して、タレコミがあるから俺に会いたいと捜査本部に連絡入れてきた男がいる。名乗っていないが、声は中年男性で、俺を名指ししてるからそうじゃないかと思ってな』

一緒に来るか？　と聞く大野に、二宮は行くと即答した。明星に事情を話し、デパート近辺の見張りを任せて、一旦新宿を離れる。大野が電話の相手から受けたのは、新橋《しんばし》の駅前広場で、午後九時半という指示だったので、一旦、JR線の烏森口《からすもりぐち》改札付近で落ち合うことにした。

新宿からJRで新橋へ着くと、先に到着していた大野に改札を出てすぐのところで出迎えられた。大野は電話の相手が中岡ではなく、本当のタレコミであることを考慮して、若手の部下を二人伴ってきていた。

二宮が合流すると、二人はどこともなく消えていく。準備のよさを「さすがだな」とからう二宮に、大野は顰めっ面を向ける。

「誰かさんみたいに一人で突っ走ったりしないんだよ。俺は」

自分への厭みを苦笑いで受け流し、二宮は迷惑をかける詫びを伝える。それから、自分は離れた場所から様子を窺い、確認ができたら近づくという段取りを伝えた。

了承を得ると、指定された西口広場へ向かい高架下沿いを行く大野と別れ、日比谷口《ひびやぐち》前に建つビルを回り込む形で広場を目指す。西口広場近くには交番もあり、夜が更けても人通りは途切れない。終電が過ぎれば徐々に人も減るが、今はまだ家路を急ぐサラリーマンの姿が多く目についた。

中岡はどこから現れるのか。日比谷改札口とSL前に立つ大野の両方が見える位置を探ると、先ほど会った大野の部下が先に陣取っていて、彼らを避けて公衆電話ボックス近くに身を隠した。

災害時用に残されているのであろう公衆電話は、平素はまったく見向きもされないものだ。その陰から大野の場所を確かめて、腕時計を見る。大野が指定された午後九時半まであとわずか。そろそろ現れてもおかしくないと、二宮が周囲を見回した時。

「……」

離れた建物の陰から大野の方を窺っている中岡を見つけた。栃木で見たのと同じダウンジャケットを着ており、紺色のキャップを目深に被《かぶ》っている。肩に黒いデイパックをかけた姿は目立つことなく、街に溶け込んでいた。

二宮は視界に中岡の姿を捉えたまま、背後から回り込んで近づいた。中岡は二宮に気づいておらず、大野が一人で来ているのかどうか、周囲を見回している様子だった。中岡が何を考えているのかはわからないが、大野と接触する前に捕まえられればと二宮は考えていた。

意を決した顔つきで中岡が一歩を踏み出そうとするのと、二宮がその腕を摑んだのはほぼ同時だった。

「っ……」

息を呑む中岡が手を振り払おうとするのを許さず、二宮は彼を連れてその場から離れる。歩きながら左手に持っていた携帯を操作し、大野に電話をかけた。

「…すまん。中岡はこっちで確保した。また連絡する」

『な…っ…おい、二宮！』

「悪い」

勝手な真似に対し、怒鳴る大野に短く詫び、携帯を畳んでポケットにしまう。中岡は苦々しげな顔つきで「確保なのか？」と二宮に聞いた。

「…逃げないと約束するなら離す」

「約束する」

「……」

即答する中岡を信じたわけではなかったが、いつまでも連行するような形で歩いていては人目につく。二宮は手を離し、中岡に歩き続けるよう指示して、その横に並んだ。

「…持田さんか？」

中岡自身、持田と接触する危険性を把握していたに違いない。情報の出所をすぐに当ててみせる中岡に頷き、二宮は脇に抱えていた封筒を掲げる。

「お前が欲しがってるものはここにある」

「……」

「押川美久殺害事件の捜査資料だ。これが欲しくて大野と会おうとしたんだろ？」

確認する二宮を中岡はじっと見ただけで、返事はしなかった。しばし見つめた二宮から視線を外し、前を見る。

「俺が…それを奪って逃げたところで、またお前は捜すよな？」

「当然だろ」

それに…と二宮は顰めっ面でつけ加える。

「そう簡単に俺から奪えると思うなよ。こんなところで揉め事起こしたら、大野が若いのと一緒に飛んでくるぞ」

面倒を避けたいのはお前の方じゃないのかと言う二宮に、中岡はそれ以上何も言わなかった。間もなくして二人は日比谷通りに出て、二宮の指示で右に折れる。真っ直ぐ歩いた先には日比谷公園があり、内幸町《うちさいわいちょう》の交差点角にある交番前を足早に通り過ぎると、公園内へ入って日比谷公会堂の前に出た。

二宮は中岡の前を行き、公会堂近くのベンチに腰を下ろした。ここまで逃げる素振りも見せずに同行してきた中岡は、自分が持っている資料をどうしても必要としているに違いなく、ならば見張る必要はないだろうと思われた。

腰掛けた二宮の隣に中岡は遅れて座る。夜も更けてきているが、公園内にはそれなりに人がいる。忘年会シーズンでもあるせいか、食事の帰りらしきグループが賑やかな話し声と共に通り抜けていくのを眺めていると、中岡が声を発した。

「お前に関わって欲しくないから…姿を消したのに。いい加減、わかれよ。迷惑なんだよ」

「なんとでも言え」

「そんなお節介キャラじゃなかっただろ」

「十四年もあれば変わる」

「ニノ。頼むから…」

「何をしようとしてるんだ？」

「……」

中岡が逮捕されたと聞いたあの時から今まで。ずっと「どうして」という思いと共存してきた。真実を知るまでその思いは消えないだろうし、わかったところで決してなくならない後悔もある。

咲月が死んだのはお前のせいじゃないと、中岡は言った。けれど、自分の態度や言葉が、咲月の死に影響を与えたのは間違いない。そのせいでちひろは母親を失い、養女に出され、さらに山間の老女の元へ預けられた。

寒く、閉鎖的な地域での暮らしは、幼いちひろにとって厳しいものだった。それをわかっていながら、自分から手を差し伸べることができなかったのは、咲月が自死したのは自分のせいだという思いが強かったからだ。

大切な母親を奪った一因である自分は、ちひろと共にいる資格はない。咲月が生きていたら、きっとちひろは…。

「…この前、写真を見せただろう。入学式の」

「……」

「あの日…俺はちひろにつき添って入学式に出たんだが…他の母子を見ると、…あんなことにならなければ、ちひろも咲月と一緒に出られたのにって…やりきれなかった。お前がいない間、咲月と一緒に暮らせていたら…どんなにかよかったのに…、それを駄目にしたのは俺だと…」

「違う」

「お前が慰めてくれる気持ちはありがたいが…」

「違うんだ」

栃木でも聞いた言葉を繰り返すのかと思い、制止しかけた二宮は、思いがけないほどの強い調子に息を呑んだ。睨むような目つきで二宮を見た中岡は、低い声で自分の考えを伝える。

「俺は咲月が自死したとは思ってない」

「……」

「殺されたと考えてるんだ」

中岡が真剣な表情で発した言葉の意味が、二宮はすぐに理解できなかった。殺されたと考えている…というのは、誰が？

咲月が…か？

誰に？

「な……に…を、…」

「俺がずっとお前に会わないでいたのはそのせいだ。……咲月がちひろを一人にして、死ぬはずがない。どんなことがあったって、絶対、咲月はそんな真似をしたりしない。咲月が自殺したと聞いて…すぐに新留さんと同じで、殺されたんだってわかった。俺の犯行だって認めないと、ちひろまで危ないと思って…。頼むから、その資料を俺に渡してくれ。お前には…ちひろを頼みたいんだ。ちひろのために…俺は…、だから…」

頼むと繰り返す中岡を凝視していた二宮は、なんとか自分を立て直して息を吐いた。咲月が自死した後、中岡は突然証言を翻して罪を認めた。十分に捜査されなかった事件。中岡の服役後、真犯人を見つけるべく捜査を続けていた自分に入った横やり…。

複雑な事情が絡んでいるのはわかっていたが、想像以上の内容も含まれているようだと腹を決め、二宮は中岡にすべて話すように要求する。

「…咲月が殺害されたのかどうかはわからないが…俺はお前がやったんじゃないって信じてた。だから、お前の冤罪を晴らすために…そのためなら、なんだってしようと思って、ずっと待ってたんだ」

「ニノ…」

「お前一人で何ができる？　十四年も塀の中にいて、浦島太郎《うらしまたろう》な自分をわかってるのか？

…俺はお前が出てくるのをただ待ってたわけじゃない。予定よりも早く警察を辞めることになったのは誤算だったが、パイプは作ってある。お前には何がある？　この資料一つだって、手に入れられないだろう」

「……」

「いいか。お前に残されてるカードは俺だけだ。俺を省いて勝負なんかできっこないって、いい加減、わかれ…！」

どんな厭がられても迷惑がられても、引き下がるつもりはなかった。中岡が言っていることが事実であるならば、なおさらだ。

咲月は殺されたと考えているならば、誰に？　新留と同じ犯人だと思っているのか？　中岡の考えが根拠のない妄想だとは思えない。それに繋がる何かが、自分が持っている捜査資料にあるというのか。

「…もしも、お前が言う通り、咲月が殺されたのだとしたら、俺はその犯人を見つけなきゃいけない。咲月のためにも、…ちひろのためにも。この十四年……お前はもちろん大変だったと思うが、ちひろは…ちひろの十四年はもっと重いものだったんだ。二歳からの十四年だ。わかるか？　十四年前、俺たちは今と同じように話せていたし、暮らしていた。だが、ちひろは違う。お前の覚えているちひろは、お前のことを『お父さん』とはっきり呼べるほど、達者じゃなかったはずだ」

「……」

中岡が逮捕された後、二宮は何度も咲月の元を訪ねたが、決まって深夜で、ちひろは寝ていたからその姿を見ることはなかった。ちひろを見たのは咲月の葬儀の日。桃色のワンピースを着せられ、一人で立っていた幼いちひろに、二宮は近づけなかった。

その後、咲月の兄と養子縁組したと聞き、ちひろのことは考えないようにした。長い間、消息を知らないでいたちひろに、クリスマスプレゼントを贈るようになってから、お礼状として届けられる手紙で、その近況を知るようになった。

そして、昨年末。朝倉に連れられてやってきたちひろは、桃色のワンピースを着ていた幼子からは想像もつかない姿形になっていた。

「…今のあいつは…お父さんどころか、英語だって話すぞ。俺より全然頭がいいんだ。成績優秀で…いつも勉強してるが、横から見てても何が書いてあるかわからない問題をすらすら解いてる。俺に向かって、煙草は身体によくないとも言うんだぞ。頭の回転が速くて、知りたがりで…お前に似たのか咲月に似たのか……顔は少なくとも、咲月だから安心しろ」

「……」

中岡に話しながら、ちひろと再会してからのことを思い出していた二宮は、はっとして息を吞む。そうだ。ちひろが出かける前に十五日のことを気にしていたのは…。

ちひろがやってきたのは…、昨年の十二月十五日だった。

ああ、そうかと納得していると、隣で中岡が鼻を啜《すす》る音が聞こえた。ちらりと見れば、その眦《まなじり》は濡《ぬ》れていて、二宮はそっと視線を外す。

見上げた夜空は雲に覆われているようで、わずかな星も見えなかった。煙草が吸いたいと思ったが、受動喫煙だのなんだのうるさいご時世で、屋外でも遠慮を促されるようになってしまっている。

ストレスを息と共に吐き出し、「話してくれ」と改めて中岡に頼む。しばしの沈黙の後、中岡は重い口を開き、長い話を始めた。

＊＊＊

中岡…と呼ぶ声を耳にし、立ち止まって振り返ると、同じ班の持田が駆けてくるのが見えた。中岡は持田が掲げているファイルが自分が置き忘れたものだと気づき、廊下を戻って「すみません」と詫びた。

持田はファイルで中岡の胸を叩くようにして渡し、渋い顔つきで注意する。

「忘れもんだ。…大丈夫なのか？」

「……」

つけ加えられた一言は、忘れ物に関するものでないのはすぐにわかった。無言で頭を下げ、ファイルを受け取る中岡に、持田は渋面のまま続ける。

「やっぱり脇の張り込みは主任じゃなくて俺と…」

「いえ。大丈夫ですから」

「だが…」

不安を滲ませる持田に、中岡は「大丈夫です」と繰り返し、ファイルの礼を言った。持田が自分を追いかけてわざわざ持ってきてくれたのは、張り込みの件を気にしてのことだというのは、その顔を見た時点でわかっていた。

持田が心配するのも無理はない。中岡が主任…彼が所属する、捜査一課五係の新留班を纏める新留と揉めて摑み合いになったのは、まだ昨日のことだ。

現在、新留班は中野区で起きた殺人事件を捜査するため、中野南署に出向いている。その捜査本部が置かれた会議室外の廊下で始まった小競り合いを、持田は他の仲間と共に必死で止めた。

本庁から来ている一課が仲間割れしていると注目を集めて、所轄署から本庁へ報告されるのは避けなくてはいけない。班の中で一番年長の宮下が二人を諭し、早々に現場を収めてなんとかことなきを得た。

その記憶も新しいというのに、先ほどの打ち合わせで、自ら中岡と組んで張り込みに当たると告げた新留に、持田たちは揃って眉を顰めた。中岡は厭そうな表情を見せたりはしなかったが、心配した持田は自分が代わると新留に申し出た。

しかし、新留は中岡と話したいことがあると言って譲らなかった。

「何があったのかは知らないが…また揉めたりして、最悪、脇を取り逃がすようなことがあれば…」

「そんなへまはしません。…すみません。持田さんたちに心配かけてしまって」

申し訳ありませんと再度頭を下げる中岡が、どこまで本音を口にしているのか、持田には見極めがつかなかった。

中岡は新留班では一番年少で、その次に若い持田は、彼が異動してきた時から面倒を見ていた。といっても、中岡は優秀で、助けを必要とすることはほとんどなかった。仕事も熱心で、上からも下からも好かれて頼られる男だったから、人間関係における問題も見当たらなかった。

唯一、持田が少しだけ気にしていたのは、新留との距離感だった。誰に対しても適切な親近感を保つことができる男なのに、新留にだけは敢えて近づかないようにしているふうに見えた。

それでもあからさまに気になる点はなかったので、思い過ごしだろうと考えていた。しかし、自分の直感が間違いでなかったのが、昨日、明らかになった。摑み合いを止めた後、持田は中岡に何があったのかと聞いたものの、彼は頑なに話そうとしなかった。

それは新留も同じで、二人が揉めた理由は結局、わかっていない。

「…とにかく、無理だと思ったら、すぐに連絡しろよ。代わるから」

「ありがとうございます」

嘆息して続ける持田に頷き、中岡はファイルの礼を言って立ち去る。持田はその背中を見ながら、厭な胸騒ぎが消えないでいるのを厄介に思っていた。

これといった被疑者が浮上しないまま、膠着《こうちゃく》状態になりかけていた事件の捜査本部に、不審者の目撃情報がもたらされたのは、一昨日深夜のことだった。発信者不明の番号から、男の声で告げられたのは、暴行の前科がある男が犯行時刻付近に現場アパートへ出入りするのを見かけた、というものだった。

男の名前を照会すると、情報通りの前科が確認できた。脇省吾《しょうご》、二十六歳。二年前に女性に対する暴行で逮捕起訴され、執行猶予つきの実刑判決を受けている。所在を確認すると、現在は住所不定で、知人の家を渡り歩いているという情報が得られた。

脇を任意同行し、事情聴取を行うという捜査方針に、中岡は反対した。それ以前から新留に進言していた自分の意見が取り入れられないことが納得できず、別行動を頼んだもののすげなく却下され、揉めるに至った。

心配している持田たちに、申し訳ないような気持ちを抱きつつ、中岡は張り込み先の原宿へ向かった。いくつかピックアップされた脇の立ち回り先の中で、中岡は新留と共に原宿を担当することになった。

所用があるという新留よりも先に原宿へ着いた中岡は、脇の知人宅の向かいに建つマンションへ入った。その三階にある部屋から、張り込みができるようにセッティングしていた庶務班に挨拶し、顔見知りの捜査員から説明を聞く。

「あそこがマンション入り口になります。入ってすぐのところにエレヴェーターがあり、他に出入り口がないのは確認済みです。知人宅は五階で、エレヴェーターを使わないと上がれないので、恐らくあそこから出入りするかと」

「地下駐車場とかはないんですね」

他に気にしなくてはいけない箇所はないか確認し、ビデオカメラの位置を調整する。間もなくして庶務班は撤収していき、中岡は一人で向かいのマンションの監視を始めた。

新留が姿を見せたのは、午後八時を過ぎた頃だった。

「悪いな。遅くなった」

「…お疲れ様です」

詫びながら入ってきた新留は、テイクアウトのカツ丼を買ってきていた。食べるだろ？と聞かれ、「ありがとうございます」と礼を言う。

「どうだ？」

「まったく。他はどうですか？」

脇の立ち回り先はいくつかあり、現在、三カ所を同時に張り込んでいる。他の張り込み先の状況を聞く中岡に、新留は渋い顔で首を横に振った。

「さっぱりだ」

「……」

自分の返答に対し、物言いたげな顔つきで黙る中岡を、新留は困ったように見る。元々、脇を追うのを中岡が賛成していないのは承知している。その反応が堅いのも当然で、新留は敢えて話題を変えた。

「冷めない内に食うか」

壁際に立てかけられていたパイプ椅子を運び、中岡の隣に腰を下ろした新留は、チェーン店の名前が入ったレジ袋から、プラスチックの丼容器を取り出す。その上に割り箸を載せ、「ほら」と言って中岡に差し出した。

「お茶は？」

「あります。主任は…」

「買ってきた」

中岡に答えながら自分のカツ丼も取り出し、蓋を開ける。中岡は新留が食べ始めるのを待ってから、自分の容器の蓋を開けた。

職業柄もあって、中岡も新留も食べるのは早い。あっという間に半分以上食べ終えた時、監視しているマンションへ入ろうとしている男が現れた。

「……」

中岡は素早く丼を床に置き、一眼レフカメラを構える。肉眼よりも、カメラのレンズを通した方が正確に確認することができる。男が入っていく様子を連写する中岡の横で、箸を持ったまま対象を見ていた新留は「違うな」と短く言った。

脇は細身で身長は百七十五程度あると、資料で確認している。マンションへ入っていったのは、眼鏡をかけた太めの男で、カメラで撮影した画像を確認した中岡も、「そうですね」と同意した。

「そう都合よくはいかないな」

残念そうに言う新留は、先にカツ丼を食べ終え、空になった容器に蓋をして、ペットボトルのお茶を飲んだ。中岡もカメラを置き、残りを食べる。

仕事について以外の会話を交わさないから、新留との時間は静かなものだ。その理由について、お互いが触れたことはない。新留班への加入が決まって間もなく、不運としか言えない巡り合わせが絡んでるのを知り、暗澹《あんたん》たる気分になった。

ともすれば憂鬱になりがちな気持ちを切り替えて望んだ顔合わせの席で、自分よりも硬い顔つきでいる新留を見て、なんとも言い難い、苦い心情を味わった。あれからずっと、新留との間には距離が開いたままだし、それはこれからも改善されはしない。せめてもの救いは、新留が過去を持ち出すようなげすなタイプではなかったことだけだった。

「…いくらでしたか?」

「いいよ」

「払います」

カツ丼を食べ終えた中岡は、新留の分も合わせて空容器をレジ袋にしまいながら、代金を払うと申し出た。新留は一度は断ったものの、中岡に重ねて言われ、五百八十円だと告げる。中岡が出した千円札を受け取り、ポケットから五百円玉を取り出してお釣りだと返した。

「これしかないから勘弁してくれ」

「…すみません」

端数は返さなくていいと言う新留に礼を言い、中岡は小銭を財布にしまう。それを横目に見ながら、新留は「例の件だが」と切り出した。

「脇がシロだとわかったら、かけ合ってみる」

「…シロですよ」

ぼそりと断言する中岡に、新留はなんとも言えない表情で「わからないだろ」と返す。

数日前、中岡は新留に捜査の仕切り直しを提案した。事件現場周辺への聞き込みから成果が上がっていないのだから、被害者の敷鑑…大学やバイト先の交友関係、家族など、個人的な背景を調べ直すべきだという中岡の意見に、新留は難色を示した。

捜査が行き詰まった事件で敷鑑をやり直すのはよくあることで、それを渋る理由がわからなかった。説明を求める中岡に、新留が曖昧な答えを返している間に、脇が被疑者であることを示唆するようなタレコミがあった。

脇には前科があったが、その犯歴は今回の事件に結びつかないとして、タレコミはスルーすべきという意見も上がったが、新留はそれをはね除けて脇を任意同行することを決めた。中岡はその判断が納得いかず、新留と揉めることとなった…。

「脇が犯人像と食い違っているのは、主任だってわかってるはずです」

「何があるっていうんですか？」

「……」

「別に何もないさ」

肩を竦めて言い、新留はスーツのポケットから煙草を取り出す。不満げな表情を浮かべる中岡から顔をそらし、咥えた煙草に火を点けた。周辺を見回して灰皿の代わりになるものを探し、中岡が飲んでいた缶コーヒーを見つけて、空になっているのならくれと頼む。

中岡は残っていたコーヒーを飲み干し、その缶を新留に渡す。新留は受け取った空き缶に灰を落として、微かに顔を顰めた。

「それと…明日は持田に代わってもらう」

「…了解です」

「ちょっと栃木まで行ってくる」

「栃木…ですか」

唐突に出てきた地名を不思議に思い、中岡は繰り返す。新留は独り言のように、新幹線で行くか車で行くか迷っていると呟いた。

「新幹線で行っても、どうせレンタカーを借りないとならないだろうし」

ぶつぶつ言いながらも、新留は中岡に答えを求めておらず、栃木まで行く理由を話すつもりもないようだった。中岡も自分には関係のない案件なのだろうと考え、何も聞かなかった。ただ、独り言の内容から、新留は栃木でも県庁所在地である宇都宮ではなく、那須塩原に行くつもりであるようなのを察した。

その後、当該マンションへ出入りする人間は複数いたが、どれも脇だと疑う余地すらない別人だった。深夜を過ぎた頃から人通りが途絶え、マンションを出入りする人間もぱたりとやんだ。

夜を徹しての監視業務は睡魔との戦いでもある。ビデオカメラを回してはいるものの、確認が遅れれば取り逃しかねない。ガムを噛んだり、コーヒーを飲んだりして、意識を保とうとしていたものの、一緒に監視している相手が会話のない新留だけに、辛かった。

中岡がとうとう意識を手放したのは夜明け近くになった頃だった。自分の頭がカクンと揺れる感覚にはっとし、目を覚ます。

「……」

しまった…と思い、隣を見ると新留の姿はなかった。室内を見回してもおらず、トイレかと思って、伸びをする。それから腕時計を見ると、一瞬、居眠りしただけだと思っていたのが、思いのほか、長かったのに驚いた。

「…っ」

最後に時間を確認してから三十分くらい経っている。新留はその間、見ていてくれただろうか。一応、ビデオカメラの映像を確認してみようと考え、機械を操作しかけた時、どこかで話し声がするのに気づいた。

「……?」

深夜にもやまなかった車の走行音が減り、人々が動き出す前の明け方は一時静かになる。聞こえてきた話し声は恐らく部屋の外…廊下からのものだろうと思われた。

男の声だとしかわからなかったが、突如、怒号のような声音が混じり、中岡は咄嗟に立ち上がった。喧嘩でもしているのかと、急いで部屋を出て、玄関へ向かう。靴を履きながら、ドアを開けた時だ。

ゴンと何かがぶつかったような鈍い音が聞こえた。それに悲鳴が続く。靴を履くのもそこそこに部屋の外へ出ると、廊下を駆けていく足音が聞こえた。

「……」

その音に釣られるように見た左手前方…コの字型に伸びる外廊下の先に繋がる、非常階段へ続くドアを、スーツ姿の男が押して開けるのが見えた。さっきの声の主はあの男だろうか。背中がちらりと見えただけの男の顔は見えず、自分と似たような体格だということくらいしかわからなかった。

それよりも。先ほどの物音と悲鳴はなんだったのか。訝しく思う中岡の耳に別の話し声が聞こえてくる。その中に「救急車」という単語を聞きつけ、驚いて外廊下の手すりを摑み、身を乗り出して下を見た。

「……！」

外廊下のちょうど真下は駐車場なのだが、その端に仰向《あおむ》けに横たわっている男性の姿が見える男。その傍に三人…男性が一人と女性が二人だ…の人影が見えた。横たわっている男性は動いておらず、頭の周辺に血痕が広がっており、死亡しているように見える…。

それが、新留だと中岡が気づくのと、駐車場にいた女性の一人が上を見て声を上げたのは、ほぼ同時だった。強張った顔で自分を見る女性に誤解を抱かれたのはわかったが、中岡にとってあり得ないもので、気にも留めなかった。

それよりも。本当にあれは新留なのか。新留がここから落ちた？　まさかという思いで、非常階段へ急ぐ。一足飛びに階段を駆け下りながら、さっきの男が…と気づいて、その容姿を思い出してみたが、スーツ姿だったということしか記憶に残っていなかった。


一階へ辿り着き、駐車場へ飛び出た中岡は、横たわっているのが新留であるのを確認して戦慄した。すぐに救急車を手配したが、新留が亡くなっているのは明らかで、第一発見者である三人が自分に疑いの目を向けているのもわかっていた。

それでも、殺害した事実などないのだから、誤解はすぐに解けると考えた。それよりも、新留を発見する前に非常階段へ消えていった男が気になっていた。あの男が何か知っている可能性は高い。救急車と前後して到着した所轄署の制服警官に説明し、続けて現れた機捜の捜査員にも同じ内容を伝えた。

新留はあの男に殺害されたのか。どうして。状況が把握できないまま、それでも捜査を進めようとしていた中岡は、「中岡が突き落とすところを見た」という新たな目撃者の登場によって、新留を殺害したとして逮捕されるに至った。

＊＊＊

十四年後。

とんとんとん。階段を下りてくる軽い足音を耳にし、二宮は浅い眠りから目覚めた。布団から腕を伸ばして枕元に置いてある時計を取り、時刻を確認する。七時過ぎ。ちひろがいつも起きる時間だ。

間もなく、驚いた顔が襖の向こうから現れるはずだ。そんな予想を立てながら、布団の中へ再び潜り込む。まったく、うちは寒くてかなわない。この数日、また見つからなかったという徒労感と共に明け方を迎え、街が動き出す午前中にファストフード店の片隅や、ネットカフェなどで仮眠を取っていた。

快適にはほど遠い生活であったが、この手の寒さに悩まされることはなかった。家を持たない選択をする者が、都会には少なからずいるのは、当然なのかもしれないなとぼんやり考えていると、ばたばたという足音と共に襖が乱暴に開かれる。

「二宮さんっ…⁉」

「……おう」

「一週間くらいかかるって…、言ってませんでしたか？　いつ、帰ってきてたんですか？」

「…夜中だ」

「夜中って…私、十二時くらいまで起きてましたけど…」

「その後だ」

留守にして悪かった。そんな一言が素直に出てこず、二宮はのそりと顔を上げて、顰めっ面で「いいのか？」と聞く。

「学校、あるんだろう？」

「あ…はい」

朝だから時間が限られている。ちひろは襖を閉めようとしてから、一度動きを止め、二宮に朝食を食べるか聞いた。「ああ」という二宮の返事を聞き、どこか嬉しそうな雰囲気を漂わせながら、すぐに用意すると言って襖を閉めた。

「……」

暗くなった部屋で天井を眺める。台所から聞こえる水音や、食器の音。数日留守にしただけなのに、ありふれた生活音が懐かしいように感じる。

夜半過ぎまで中岡の話を聞いた後、新大久保《しんおおくぼ》駅近くのホテルに宿泊させて、自宅へ戻ってきた。二宮としては中岡を一緒に連れてきたかったのだが、頑なに拒否され、諦めた。

中岡が再び姿を消す可能性がないわけではなかったが、自分の持っている資料と、その伝を必要としているのは中岡の方だ。自分の目的には何が必要か、計算できないはずはないと考えた。

それに、中岡を捜すためにずっと留守にしていた自分が、一度自宅に帰りたい理由を伝えた時の顔を見たら、大丈夫だろうと思えた。

帰ってきたかった理由は…。

「……」

そろそろ支度ができるだろうと思い、二宮は布団を抜け出す。襖を開けて茶の間に出ると、台所を覗いて何か手伝おうかと申し出た。

「じゃ、お茶をお願いします」

「ああ」

すでに電気ポットに湯は沸いていて、急須に茶葉を入れて湯を注ぐだけだった。それと湯飲み、ついでに箸も茶の間へ運び、適当に並べる。その後から、ちひろが味噌汁とご飯を運んできた。

「二宮さん、昨日の残りですけど、ぬか漬け食べますか？」

「食う」

二宮の返事を聞き、ちひろは冷蔵庫から納豆と一緒にぬか漬けの入った保存容器を持ってくる。それを卓袱台《ちゃぶだい》の中央へ置き、二宮の斜向かいに正座して手を合わせた。

「いただきます」

「…いただきます」

ちひろに合わせてぼそりと呟き、納豆のパックを開ける。ちひろは味噌汁を一口飲んでから、「大丈夫でしたか?」と聞いた。

帰れない理由として、遺族が体調を崩して入院した…という嘘をちひろには伝えてあった。心配している様子のちひろに、罪悪感を抱きながら、口の中で「ああ」と曖昧に返事する。

「まだ病院に?」

「いや…」

「よかった。じゃ、予定より早く退院できたんですね。お年なんですか?」

「…まあな」

「でも、一人暮らし…になっちゃったんですよね。心細いでしょうね」

また連絡を入れるつもりだともごもご言い、二宮はたれや辛子を入れた納豆を適当にかき混ぜる。それをご飯に載せてかき込み始めると、ちひろも納豆のパックを開けた。

「お前は…大丈夫だったか?」

「はい。学校のある日は教授と社長が様子を見に来てくれてましたし…」

「……。まさか…店を開けたり…」

「してません。私が学校から帰るのを待っててくれて…顔を見てから、二人で別の店に行ってました」

「……」

教授や社長にとって、ちひろはもう孫のようなものなのだろう。ありがたく思う二宮に、ちひろはいつから店を開けるのか尋ねる。

「教授たちだけじゃなくて、他の常連さんも待ってるみたいで…」

自宅に戻れば店をいつ再開するのか、ちひろに聞かれるのはわかっていた。だが、中岡の件が片づくまで、店を開けるつもりはなく、新たな嘘を重ねる。

「ありがたいんだが…このまましばらく休もうと思ってる」

「え…」

二宮の返事はちひろの想定外だったようで、驚いた顔を上げた。納豆を混ぜ始めていた箸から、糸が垂れてるのを見て、二宮は注意する。

「零れてるぞ」

「あ…はい。…え…どうして…？」

「…栃木の葬式で、昔、世話になった同僚に会って、調べて欲しいことがあるって頼まれたんだ。それを片づけなきゃいけない」

「調べて欲しいって…警察の捜査みたいなことを？」

何を調べるのかと聞きたかったのだろうが、ちひろはぐっと好奇心を抑え込んで控えめに尋ねる。二宮は「まあな」と答えて、茶碗に残っていたご飯を食べ終えた。

ちひろが「そうなんですか」と相槌を打ってる内に空にした茶碗を置く。汁椀《しるわん》を掴んで、具の豆腐ごと飲む二宮に、ちひろは不安の混じる声で聞いた。

「…どれくらい…?」

「わからん。俺が会ったら直接伝えるが、お前も教授と社長に会ったら言っておいてくれ」

「……わかりました」

神妙な顔で頷くちひろは、質問したい気持ちと必死で戦っているように見えた。口に出さないのは、それだけ不安が大きいからだろう。無理もない。二宮には店以外に収入源はなく、それ自体も決して儲かっているわけではないのを、ちひろは知っている。

金銭的な心配ならいらないと、二宮は汁椀を置いてつけ加える。

「これでも一応、蓄えはある。一、二ヶ月休んだところでどうにかなる」

「そう…ですか…」

「なんだ?」

ちひろの反応からすると、他にも心配事がありそうだった。尋ねる二宮に、ちひろは納豆をかき混ぜながら、教授や社長といった常連客が困るのではないかと言った。

「他にも店はある」

「でも…」

「大丈夫だ。客なんて、馴染みの店がなくなったところで他へ行けば済む。困るのはうちだ」

これで常連客を失うかもしれないからな。そう言いながら、二宮は先が見通せない現状を本当に憂えなくてはいけないのは、自分の方だと、内心で嘆息した。

いつ、どんな形で片がつくのか、想像もつかない。それに…。

「…なんですか？」

「…いや。相変わらず、混ぜすぎてんなあと思って」

ついじっと見てしまったちひろが不思議そうに尋ねるのを、からかってごまかす。ちひろはめげることなく、納豆を混ぜ続ける。二宮は箸で摘《つ》まんだ大根のぬか漬けを口に放り込み、かりかり音を立てて咀嚼《そしゃく》しながら、中岡の顔を思い浮かべた。

ちひろには会えない。会う資格がない。そう言い切る中岡に、ちひろの気持ちを優先して考えてみろと、何度説得しても、ちひろに会うことを承諾しなかった。

このまま自分の存在を知らずにいた方がちひろのためになると、中岡は知ったような顔で言ったが、二宮はどうしてもそうは思えなかった。ちひろはきっと…。

「…二宮さん」

「……。え…？」

「ぬか漬け、まだありますから、切ってきましょうか？」

ちひろが怪訝そうな顔つきで聞くのにはっとして、ぬか漬けの皿を見ると、いつの間にか一人で食べ尽くしていた。美味しいのは確かだが、お代わりするものでもない。いい…

と首を振り、箸を置く。

どうしてもちひろに会おうとしない中岡には、何か考えがあるのではないか。心の中で成長している厭な予感に影響され、つい表情も硬くなっていた。

そんな二宮を気遣ってか、ちひろもその後はほとんど話さずに食事を終えた。ちひろが食べ終えたのを見て、二宮は片づけは自分がやると申し出る。

「ありがとうございます。その前に洗濯物、干してきますね。あ、二宮さんの洗濯物は……」

「用意しろよ」

「後で自分でやる」

世話はいらないと伝え、二宮は食器を台所へ運ぶ。ガス給湯器をつけて、洗い物を済ませると、茶の間に戻ってテレビをつけた。ニュースを見ながら煙草を吸っていると、ちひろが二階から下りてくる。

「じゃ、行ってきます。二宮さんは……」

「また出かけるが帰ってくる。遅くなる時は連絡する」

「わかりました」

頷いて裏の勝手口へ向かうちひろを、二宮は立ち上がって見送りに行く。狭い三和土でスニーカーを履いているちひろに、話したいことがあったのだが、どう切り出していいかわからなかった。

お前がうちへ来て、今日で一年だな。ちひろが気にしていた十五日が、なんの日なのかを思い出した時、家に帰ってそんな一言をかけてやりたいと思い立った。

けれど、実際、直面してみるとその後になんて続ければいいのかわからなくて戸惑ってしまう。誕生日というわけじゃない。おめでとうというのもおかしいだろう。

これからもよろしく…とは、自分には言えない。

「……」

ちひろをじっと見て、息を吸った二宮は、その後に言葉を継げないまま固まった。ちひろは二宮の異変に気づき、不思議そうに見る。

「何か？」

「…いや…」

なんでもないと言いかけて、あることを思い出した。そうだ。

「…クリスマスプレゼントだが…」

そろそろ考えなくてはと思っていたところへ、中岡が仮出所したという知らせを受けて、結局ノープランのままだ。何がいいかと聞く二宮に、ちひろは笑って首を横に振った。

「もう、いらないです。一緒に住んでるんですし、高校生ですから」

「だが…」

サンタクロースを信じるような歳じゃないというのはわかるが、一緒に住んでいるからこそ、何か買ってやりたいという気持ちもある。特にちひろは年頃の女子にしては物欲が少なく、それは余裕のない家計を察してだともわかっている。

「金なら心配するな。どうせ大したものは買えない」

「…じゃ…考えておきます」

仏頂面で続ける二宮に、ちひろは苦笑して頷いた。それから、もう一度「行ってきます」と言って、ドアを開けて出ていく。気をつけてな。そんなありふれた言葉で見送り、ドアの閉まった狭くて寒い勝手口で、二宮は言えなかった言葉を胸の中へしまい込んだ。

ちひろが出かけると二宮は風呂に入って着替えを済ませた。東京へ戻ってきてからは着替えなどを入れた荷物はコインロッカーに預け、入浴はネットカフェのコインシャワーで済ませ、布団で横になったこともなかった。

明け方近くに帰ってきたので満足には眠れていないが、久しぶりの我が家は、寒いのを除けばやはり落ち着く。一息つけた気分で出かける準備をしていた時だ。点けっぱなしだったテレビから思いがけないニュースが流れてきた。

『…死亡したのはヨシモトショウイチさん、七十歳。現地の警察によるとヨシモトさんは知人と買い物に出かけた際、三人組の強盗に襲われ、逃げようとしたところ、銃で撃たれて死亡したとのことです。マニラ近郊では昨年も同じような日本人を狙った強盗事件が起き…』

「……！」

マニラという地名と、氏名年齢に覚えのあった二宮はどきりとして、テレビの前に立つ。すぐに終わってしまったニュースを別の局で確認するためにチャンネルを切り替えてみたが、生憎、同じ内容のニュースは流れなかった。

「……」

しかし、聞き間違えたとは思えない。こういう時はインターネットが便利なのだろうが、生憎、二宮はその辺りが不得手で、仕方なく明星に電話を入れた。

新宿で捜索に当たっていた明星には、中岡を見つけた後、連絡を入れて世話をかけた礼を伝えてあった。時間的に寝てる可能性が高いだろうと思った通り、通話はすぐに繋がらなかった。コール音が続き、諦めかけた頃に声がする。

『…はい……』

「朝早くにすまん。悪いが、ネットで確認して欲しいことがある」

口早に詫びて頼む二宮に、明星はもう一度「はい」と返事した。寝ぼけているような気もしたが、フィリピンのマニラ近郊で、ヨシモトショウイチという名前の日本人が殺害されたというニュースがネットに上がっていないかと、続ける。

半ば寝ぼけながらも明星は検索していたようで、「あります」という返事があった。

『…マニラ近郊の……ちょっと読めないんですけど、なんとかかって街で、強盗に遭って…拳銃で撃たれて…殺されたって…、これですか？ …ええと…ヨシモトショウイチさん、七十歳…』

「それだ。顔写真とかはないか?」

『今見てるサイトにはないですね。…ちょっと待ってください』

明星は他のサイトも確認しているようで、しばらく沈黙が流れた。その後、やはり写真は配信されていないようだという答えがある。

「そうか…。わかった。ありがとう」

『知り合いですか?』

かもしれない…と返し、また連絡すると伝え、通話を切る。携帯を握り締めたまま、しばし考え込んでいた二宮は、それをポケットにしまって店へ向かった。

もしも…いや、恐らく間違いないのだろうが…、マニラ近郊で殺害されたヨシモトショウイチが…。

「……」

電気を点けて入った店は随分冷え込んでいた。店を始めてからほぼ無休で続けてきたから、こんなふうに閉めっぱなしのままでいるのは初めてだ。冷蔵庫だけが低い音を立てて稼働し続けている。調理場の冷蔵庫の中身で傷みそうなものは、母屋《おもや》の方へ移動させたが、このまま休業を続けなくてはいけないのなら、飲み物もなんとかしなきゃいけなくなるだろう。

そもそも、いつまで休むのか。中岡の望み次第では、長引くことも予想される。ちひろには心配するなと言ったが、実際、胸を張れるほどの蓄えはない。

先が見えない現状で頼りになるのは…やはり金だ。

「……」

底冷えのする土間に立ち、二宮は壁際に置かれたベンチを見下ろす。昨年の晩秋。常連客だった「キューちゃん」が店に置いてくれと言って持ってきたベンチは、相当の重量があり、大人三人がかりでも運ぶのに一苦労した。

木彫りのベンチだから重いというだけじゃない気がした。訝しく思っていた二宮に、キューちゃんは気になる言葉を別れ際に残した。旦那みたいな人ならうまく使ってくれるはずだ。あれはベンチについて言っていたのか…それとも。

「……」

それとも、の後を確かめられないまま、一年以上が過ぎた。キューちゃんが再び現れ、返してくれと言い出す可能性はゼロじゃないと思い、知らないふりをするのが一番だと考えていた。厄介事に巻き込まれたくもなかった。

しかし、「ヨシモトショウイチ」が、「キューちゃん」であったなら…。

二宮は小さく息を吐き、その場に跪《ひざまず》いてベンチを詳しく調べた。今まで敢えて、詳細に見てこなかったベンチには、背面の板張りの部分に不自然な釘《くぎ》が数箇所打たれており、それを外すために倉庫代わりの通路に工具箱を取りに行く。

棚一つ作れない不器用な二宮は、苦心しつつも、なんとか釘を外した。三カ所をとめていた釘をすべて外すと、板が外れる。

「……」

床に頭をつけるほど屈み、中を覗き込むと黒いビニル袋に包まれた塊が木材と木材の隙間にきっちり詰め込まれているのが見えた。すべて同じ大きさのそれを順番に取り出し、積み上げていく。十九×十六×十センチほどの大きさの塊が、全部で三十個入っていた。

一つの塊は一キロくらいの重さがあり、三十個分…三十キロの重さが、ベンチにプラスされていたのだから、重かったのも頷ける。黒い包みの中身は、形状と重さからすぐに想像がついたし、予想通りでもあった。

キューちゃんがいなくなったのは、脱税の容疑をかけられたせいだった。いや、容疑ではない。実際、キューちゃんは脱税していて、それを摘発するために税務署員が動いていたが、証拠を見つけられずに頓挫《とんざ》した。

これは…あの時、税務署がガサ入れしても見つけられなかった現金なのだろう。一つの包みが一千万。それが三十個で、三億。

「…ふう…」

思わず漏れた溜め息が冷えた店内に響きどきりとする。厄介なものを目の前にしているせいだと思い、積み上げた現金を再度同じように詰め直し、板を釘で打ち直した。

ベンチを元通りの位置へ置き直し、工具を持ったまま、その上に座る。

持ち主が亡くなり、税務署も把握できていない金。以前の自分であれば、キューちゃんが亡くなったと知ったところで、これを開けたりしなかっただろうが…。

今は状況が違っている。保険が貰えた気分で、小さく息を吐いた。


店の明かりを消して母屋へ戻ると、一本電話をかけた後に、改めて出かける支度をして家を後にした。中岡を宿泊させたホテルまでは徒歩で十五分ほど。明治通りを渡って西へ向かい、新大久保駅を過ぎて間もなくのところにある古いホテルに着いたのは、九時半近くになった頃だった。

中岡には十時までには戻ると伝えてあった。またいなくなっている可能性はゼロではなく、それなりに覚悟はしていたが、不要に終わる。フロント前にお愛想程度に設けられたロビイで、中岡は所在なげな顔をして、窓際に設えられた机の前に並んでいる背の高い椅子に座っていた。

ロビイには他にも宿泊客がたむろしていたが、全員外国人で、困惑しているといった風情だ。二宮は苦笑しつつ、出入り口のドアを開けて中へ入る。自分を見つけ、椅子を下りようとする中岡を留め、その隣の椅子に座った。

周囲は外国人ばかりだし、ここなら捜査資料を広げても人目につかない。二宮は持参した資料をテーブルの上に置き、中岡に「何か飲むか？」と聞いた。

「コーヒーでいいか？」

「…ああ…」

二宮に頷き、中岡は資料に手を伸ばす。二宮はロビイにあった自販機で缶コーヒーを二つ買うと、中岡の元へ戻った。

「……」

中岡は捜査資料を開いており、真剣に読んでいた。缶コーヒーを渡す二宮に礼を言うのもそこそこに、「これは」と確認する。

「大野から？」

「いや。他のルートだ。大野は俺がこれを持ってるのは知らない」

誰から入手したかは伝えず、二宮は缶のプルトップを開ける。同じロビイにいたのはスペイン語圏から来た観光客が大半なようで、賑やかなスペイン語が飛び交っている。どこへ行くか話し合っているのだろう。地図やスマホを参考に、ああでもないこうでもないと話している客を眺めながら、資料を読んでいる中岡に尋ねる。

「それで何から当たるつもりだ？」

「…ガイシャの…交友関係を洗い直したいんだ。うちから引き継いだ…」

「長崎班だ。その頃、大野は長崎班の下っ端だったんだ」

「長崎班は…この資料を見る限り、脇についての捜査は行ったようだが、ガイシャの敷鑑には触れなかったようだ」

「確かに…大野も、脇がシロだとわかった時点で引き上げることになったから、捜査らしい捜査はしていないようなことを言ってたな…」

大野から聞いた話を思い出しながら呟いた二宮は、同時に昨夜中岡から打ち明けられた事件の経緯と照らし合わせて考えていた。

新留が殺害される前、中岡と揉めていた原因は、捜査方針を巡る意見の対立だった。被害者である押川美久の交友関係の見直しを求めた中岡に対し、新留は許可を出さずに、可能性の低いタレコミを優先させた。

「長崎班が捜査の見直しに入る前に引き上げさせられたのは、故意だと考えるのか？」

「その理由が…あの時、新留主任が洗い直しを渋った理由と同じなら、そこに何かあるはずなんだ」

「新留さんが殺されたのも…？」

「…ああ」

「お前が…小枝先生に揉めた理由を話さなかったのは…」

「何がどう関わってるのかわからなくて…下手なことは言えなかった」

深々と息を吐き出し、中岡は二宮が買ってきた缶コーヒーを手にする。プルトップを開けて飲む横顔は、風呂に入り、ひげを剃ったことで、昨夜よりもすっきりして見える。だが、疲れた印象は変わらず、二宮は微かに眉を顰めて注意した。

「お前、自分が何歳なのか、わかってるのか？」

「なんだよ。突然」

「俺もお前も四十半ばだぞ。定宿を持たずにやっていける歳じゃない」

栃木で姿を消した中岡を追って東京へ戻ってから、四日余り。二宮は家に帰らず中岡を捜し続けていたし、中岡は路上生活紛いの行動を取っていた。数日であっても疲労が溜まっていたのが、午前中の明るい日差しの下だとよくわかる。

「カタがついたら栃木へ戻るつもりなのか？」

「……」

「どうして縁もゆかりもない栃木の施設を頼ったのか、不思議だったんだが、新留さんの件が引っかかっていただけなんだろう？」

新留が亡くなる前、栃木に行くつもりだと話していたのだと中岡から聞いた時、やっと腑《ふ》に落ちた。新留はどうして栃木へ行こうとしていたのか、そこに何か鍵があるのではないかと、中岡はずっと考え続けてきたと言った。

二宮の問いかけに、中岡は頷きはしないまま、口を開く。

「…新留主任はどうして栃木へ行こうとしてたのか…。なんであんなことになったのか、さっぱりわからなくて、考えていく内にそれが気になり始めたんだ。逮捕された後、人づてに持田さんたちに聞いてもらったが、誰も栃木に行くって話は聞いてなかった。個人的な用事で行く予定だったのなら、俺には話さなかったはずだ。…収監されてからも気になってて…慰問に来た時任さんが那須塩原から来ていると聞いて、主任の話を思い出した。那須にいたら何栃木でも、宇都宮ではなく、那須塩原に行くようなことを言ってたんだ。那須にいたら何か調べられるかもしれないと思った…」

神妙に話を聞いている二宮を、中岡はちらりと見る。小さく息を吐いて頷き、手に持っていた缶コーヒーを置いた。

「…本当は那須で働いて金を貯めて、時間をかけて調べようと思ってたのに、その暇もなかった。お前がいつか話を聞きつけてやってくるかもしれないと思ってはいたが、あんなに早くやってきたのは予定外だった。こうやって…お前は自分から巻き込まれてくるのがわかっていたから…、お前に会いたくなかった。だから、十四年も無視し続けてたのに
……お前って奴は…」

「しつこくて悪かったな」

「……。昨夜も話したが…咲月のことはお前のせいじゃない。だから……ちひろのためにお前は…」

「あいつと一緒にいるべきなのは、お前だ」

「……」

そこを間違えるなと厳しく言い渡し、二宮はコートのポケットから煙草を取り出す。だが、当然の如くホテル内は禁煙で、思い切り顔を顰めて煙草をしまい直した。

物言いたげに見ている中岡がさらに説得しようとするのを避けるため、栃木の話を持ち出す。

「時任さんはお前がレンタカーを借りてどこかへ行ってたようだと話してたが、何かわか

ったのか?」

「いや。あてはなかったからな。ドライブで終わった」

「新留さんが当時使ってた携帯とか手帳とかがあれば…」

「遺族が協力してくれるとは思えない」

そもそも、どの遺族が所持しているかもわからない。新留には子供がいたが、離婚しており、葬儀の喪主も弟が務めたと聞いている。

どちらにせよ、新留を殺害したのは中岡だとして判決も下っている。今になって真犯人を見つけたいからと頼みに行ったところで、門前払いされるだろう。

「……聞いてもいいか?」

低い声で断った二宮から、中岡は視線を外して苦笑した。その顔つきだけで何を聞こうとしているのかわかったとでも言いたげだった。

「いつ…知ったんだ?」

咲月と新留が不倫していたという話を小枝から聞いた時、二宮は愕然とした。中岡と話した小枝からは、前から知っていたようだと聞いたが、具体的にいつからというのはわからなかった。

いつか聞いてみたい。聞かなくてはいけない。そう決めていた問いを向けた二宮に、中岡は俯いたまま答える。

「あいつに交際を申し込んだ時だ」

「……」

「…だから、自分は俺に相応しくないって、断られたんだよ。本当は」

結婚する前かもしれないとは思っていたが、それよりも以前だったというのは考えていなかった。同時に、あの日…咲月が亡くなる前日。中岡が不在だった千駄木のマンションを訪ねて、最後に交わした言葉が思い出される。

どうしてと聞いた自分に、咲月は「ごめんなさい」と謝って頭を下げた。咲月が自分に謝らなくてはいけない理由なんて、一つもなかったのに。

「お前がいた所轄に異動になる前の勤務先で、新留さんと知り合って…半年ほど関係を続けていたらしい。ただ、相手の名前は聞かなかったんだ。同じ署にいた同僚と不倫していたということだけで…」

「相手が新留さんだというのは…いつ？」

「新留班に入ることになったという話をしたら…咲月がひどく動揺して…、それでわかった」

「新留さんの方は？　知ってたんだよな？　咲月がお前と結婚したのを」

「もちろん、知ってただろう。お互い、触れることはなくて…一度も話さなかったが、俺はどうしても普通に接することはできなかったし、向こうも会った時からぎこちなかった」

そりゃそうだ…と頷き、二宮は頭を搔《か》く。同僚として見ていた新留は厭なタイプではなく、どちらかといえば、頼られるタイプだった。だからこそ、咲月も…と思ってしまい、溜め息を零す。

「だが、あの事件の前に揉めてたのとその件は関係ないんだよな？」

「ああ。…だからこそ、小枝先生から検察が動機として二人の関係を持ち出そうとしていると知ってしまったと思ったし、焦った。咲月が責められるのは間違いないからな。どうしたらと思ってる間に…」

「…咲月が……」

その後は続けない二宮に、中岡は無言で頷く。軽く鼻を啜り、缶コーヒーを飲む中岡の横で、二宮は咲月の残像を頭の奥へ追いやる。今はもう、後悔に囚《とら》われている場合じゃない。

「…お前がやってもない罪を認めたのは、咲月のことで自暴自棄になったせいかもしれないと思ってたんだが」

その考えが違っていたのは、昨夜聞いた中岡の話から確信が持てた。中岡は新留が亡くなった際の状況を説明した上で、新留が殺害されたのは押川美久事件に原因があるとし、同時に咲月が殺害されたのも、それに繋がりがあるはずだとつけ加えた。

自分の犯行として認めなくては、さらなる悲劇に見舞われる可能性が出てくるかもしれないと恐れたのだとも。

「ちひろまで…と思ったら、怖くなった。何が起こっているのかもわからなかったし、あのまま無実を訴え続けたところで、時間がかかるばかりで勝てそうにないのも読めていた。俺を犯人にする方向で、『決まってる』としか思えなかった」

「……」

確かに、新留殺害事件の捜査に関する不審点は数多く見られた。中岡本人に会って話を聞けば真相がわかるだろうと思っていたのだが、謎はさらに深く、複雑になった。

「俺の顔を見たくないってだけじゃなかったんだな」

「それもある」

「俺だってお前の顔が見たくてわざわざ行ってたわけじゃない」

真面目な顔で頷く中岡に顰めっ面を返し、二宮は缶コーヒーを飲み干す。その空き缶を横に置いてから、携帯を取り出した。中岡の前にある捜査資料を捲り、被害者の友人として記載のあった二人の名前を指さした。

「…まず、ガイシャと大学で親しかった…この二人から調べるか」

「ああ。だが、二人とも下宿していたはずだから当時と同じところに住んでいるとは…」

「調べさせる。…お前はこっちの資料も確認しろ」

そう言って、二宮は別の資料を中岡に渡す。なんだ？　と聞く中岡に、新留の事件と、その後、自分が独自に調べた資料だと答えた。

「こっちも挙げなきゃいけないからな」

押川美久事件から繋がっているのだとしても、同じ被疑者の犯行だとは思えない。事件の性質が違いすぎるし、現職の刑事であった新留の殺害が可能であった被疑者は限られてくる。平行して調べるぞ…と言いながら、二宮は携帯を操作して電話をかけた。

今朝方、小野塚とは話をしたが、事件の関係者についてまでは考えを及ばせられていなかった。多忙な小野塚が電話に出なければメールを…と考えかけたところ、声が聞こえた。

「…忙しいところを悪い。この前の資料で…ガイシャの友人だった…長友《ながとも》沙絵《さえ》と宮浦《みやうら》愛子《あいこ》の現住所が知りたい。…ああ、頼む」

短い会話を終え、携帯を畳んだ二宮に、中岡は「誰だ?」と聞いた。

「大抵のことは調べられる立場にある『パイプ』だ」

「これも?」

押川美久事件の資料を指して聞く中岡に、二宮は頷いて高さのある椅子から下りた。場所を変えようと言う二宮の考えは、中岡にはすぐに読めて呆れた顔で見る。

「いい加減、禁煙しろよ。何年吸ってるんだよ。肺が真っ黒だぞ」

「長生きしたくないからいい」

肩を竦めて、捜査資料を持った中岡と共にホテルを出る。柔らかく穏やかな冬の日差しは、自分にはひどく不似合いな気がして、二宮はコートのポケットに入れたライターを握り締めた。

煙草が吸える場所を求めて行き着いた古い喫茶店で、朝食を取っていなかった中岡がトーストを食べ終える頃、小野塚からメールが入った。

中岡が事件を捜査していた当時、殺害された押川美久が通っていた東光学院大学で、親しいつき合いがあったのは、長友沙絵と宮浦愛子の二名だった。宮浦愛子の方は実家のある大分県に戻ってしまっていたが、長友沙絵は今も東京にいて、大手町で働いていることが確認された。

小野塚が報告してきた長友沙絵の勤め先に電話をかけた二宮は、本人と接触することに成功し、押川美久事件について尋ねたいことがあるのだと伝え、会う約束を取りつけた。昼休みに会社の近くでなら…と望まれ、中岡と共に大手町へ移動した。

十四年前、中岡は長友沙絵から直接話を聞いていたが、一度会っただけの刑事の顔を、彼女が覚えている可能性は低いと思われた。しかし、万が一、思い出した時、警戒心を与えるやもしれず…中岡は殺人犯として認識されているだろうから…、二宮が一人で会い、中岡はその近くで待機することにした。

長友沙絵は待ち合わせを約束したカフェに、時間に少し遅れて現れた。資料で確認していた顔写真とさほど変わっておらず、すぐに本人だとわかった。席に着いていた二宮は、辺りを見回している長友に声をかける。

「長友さんですか？　お電話差し上げた二宮です」

「あ…すみません。遅くなりまして…」

遅れたのを詫びる長友に迷惑をかけるのはこちらだと返し、席を勧めた。二宮の向かい側に座った長友は、テーブルの上に財布とスマホを置き、ベージュ色のコートを脱いで椅子の背にかける。

注文を取りに来たスタッフに、長友は温かい紅茶を頼んだ。スタッフが離れるのを待ち、二宮は話を切り出す。

「今日は突然、お電話してすみませんでした。お忙しいところをお時間いただき、感謝します」

「いえ。あの……電話でも言いましたけど、知ってることはあの時、全部お話ししましたし…今はもう大分忘れてしまってるんですが…」

電話では押川美久の再捜査を担当することになった者だと、警察関係者であるのを装って面会を頼んであった。長友が身分証の提示を要求してこず、都合よく誤解してくれているのに助けられた気分で、二宮は話を続ける。

「確認だけなので、大丈夫です。長い間…犯人が捕まらないままの事件で、関係者の方には大変心痛をおかけして、申し訳なく思っております」

「私は……そこまで…。でも、美久ちゃんのご両親は辛いと思います。今も年賀状をくださるんですが…」

「そうですよね。一刻も早くご両親の願いに応《こた》えるべく、我々も犯人検挙に努めたく考えております。…まず、確認からよろしいでしょうか。長友さんは押川美久さんとは大学で知り合いに？」

「はい。私も美久ちゃんも…もう一人、仲のよかった宮浦愛子ちゃんって子も、地方から上京してきて、大学の新歓コンパで知り合って、仲良くなったんです」

「それは…三人で所属していたサークルの、ですか？」

「はい。テニスの」

押川美久と宮浦愛子は同じ学部だったが、長友沙絵は違っていた。そんな三人の共通点はサークルであったというのは、資料にも記されていた。

「サークルの活動は頻繁に行われていたんですか？」

「週に一、二度、集まって…やってましたね。でも部活とは違って、遊びみたいなものでした。美久ちゃんは高校の時に部活でテニスをやっていたのもあって、うまかったんですけど、物足りなかったみたいで。途中からバイトを始めたのもあって、飲み会に顔を出す程度になってました」

「飲み会というのは…サークルの皆さんで？」

「ええ。それから、他の大学と合同で練習とかしてたので、結構大勢でやってました。うちの大学、コートが狭くて…よく富洋《ふよう》大学のコートを借りてたんです」

「では、富洋大学のサークルと一緒に」

「っていうのが多かったです」

富洋大学は東光学院大学と同じく、伝統のある名門私大だ。その名前は資料には載っていなかったはずだと記憶を確認しながら、飲み会で押川美久が親しくなった相手などに覚えはないかと聞く。

「たぶん…なかったと思います。昔の刑事さんにも…学内とか、サークル内で美久ちゃんがつき合ってた相手はいないかと聞かれたんですけど、そんな話は知らなかったので。覚えてたのはバイト先の店長さんが格好いいって言ってたことくらいで」

長友が話した内容は関係者の供述の一つとして資料にあった。それを元に、バイト先であった居酒屋の店長にも話を聞き、そのアリバイも確認されていた。

事件当日。押川美久は十二時前にバイトを終え帰宅し、その後深夜二時から四時の間に殺害されたと見られているが、店長は他のバイト仲間と別の店に飲みに出かけ、朝まで一緒だったという複数の証言が得られている。

そこへ長友が頼んだ紅茶が運ばれてきた。スタッフが白いカップアンドソーサーと、ミルクの入った小さなポットを置いていく。長友はカップにミルクを注ぎ、スプーンで混ぜながら「そういえば」と口にした。

何か思い出したのかと、二宮はさっと表情を引き締める。長友はそれを見て、「ごめんなさい」と先に謝った。

「美久ちゃんのことじゃないんです…」

「いえ。なんでもいいですから、どうぞ」

「その…サークルで…一緒だった富洋大学の人がこの前の選挙に出てて、驚いたのを思い出したんです」

「選挙…ですか」

「はい。聞いたことのある名前だなと思って、経歴見てみたら富洋大学の出身だったんで間違いないと思って。学年は上でしたけど、同じサークルだった人が国会議員とか、驚きじゃないですか？」

確かに意外性はあると同意し、二宮はついでにその名前を聞いた。押川美久にも関係がありそうかと尋ねると、長友は苦笑して首を横に振る。

「その時、愛子ちゃんにメールして覚えてるかって聞いてみたら、私はあまり記憶になかったんですけど、なんかその人のお父さんも議員さんで、有名だったんですって。だから、取り巻きっていうんですか。そういう人がいて、私たちは近づけなかったよって。富洋大学ってお金持ちの人が多かったんで、世界違ってたんですよね」

別荘とかクルーザーとか、そんな世界です…と笑って言う長友は、自分を謙遜《けんそん》しているようだが、東光学院大学も裕福な家庭の子息が通う学校として認知されている。

ただ、地方出身で大学から入学した者は、少し違っているのかもしれないと想像しながら、二宮は長友の話に適当に相槌を打っていたのだが、ふと疑問を覚えた。

あまり記憶になかった…というのに、名前は覚えていたというのはなぜだろう？

「…すみません。一つ、気になったんですが、名前は覚えていたのに、どういう人間かは知らなかったんですか？　有名だから覚えてたとかではなくて？」

「……はい…」

二宮からそう聞かれた長友は、はっとした表情になってから、首を傾げる。何気なく話していたが、自分でも疑問に思ったらしく考え込む。

「そう…ですよね。どうして、私、名前だけ覚えてたんだろう…」

そのまましばらく考えていたが、長友は結局、理由を思い出せなかった。すみません…と詫びる彼女に、二宮はとんでもないと返す。

「ちょっと気になったものですから」

「私も何か引っかかってるんですが…また愛子ちゃんに聞いてみます。愛子ちゃんの方が記憶力よくて…」

「そうですか。もしも、押川さんに何か関係のあることでしたら、連絡いただけませんか」

押川美久に繋がることであれば、わずかなことでも教えて欲しいと頼む二宮に、長友は快く頷く。連絡先として携帯の番号を教えた後、長友が紅茶を飲み終えるのを待ちながら雑談を交わし、三十分ほどで席を立った。

店の外まで出て彼女を見送り、二宮は再び中へ戻る。先ほど長友と話していた席の近くに座っている中岡の前に腰を下ろし、彼女の供述は資料と大差はなかったが、富洋大学の名前が出たと伝えた。

「富洋大学？」

「ああ。押川美久が所属していたテニスサークルは富洋大学と合同で練習や飲み会を行っていたらしい。コートを借りてたとか」

知ってたか？　と確認する二宮に、中岡は首を横に振り、資料を開く。押川美久の関係者への聴取の記録は、新留班が行った分だけしか残っていない。直接担当した中岡の記憶になかったのと同じく、資料にも記載がなかった。二宮も見かけた覚えはなかった。

「ないだろ？」

「ああ…」

「ガイシャはサークル活動にさほど熱心ではなかったのもあって、バイト先の方が重点的に調べられたみたいだしな」

「被害に遭ったのがバイト帰りで、現場もバイト先から近い自宅だったからな」

中岡の説明は捜査のセオリー通りのもので、二宮も疑問には思わなかった。室内が荒されていたことから、物盗りの犯行を考慮に入れたのも、捜査の初期段階としては当然だ。

「現場は玄関以外、施錠されてたんだろ…」

「ああ。間取りは…この図の通りで、住んでいた部屋は角部屋じゃなかったから、玄関以外に出入りできるのは…こっちの掃き出し窓だけだ。ここから出入りした形跡はなかった」

「…脇の犯行だとすると、ガイシャが玄関から入れたことになるよな？」

「ガイシャと脇に接点はなかったし、それはおかしいって、俺だけじゃなくて持田さんたちも言ってたのに…、主任は脇を引っ張るって強引に決めたんだ。持田さんたちは取り敢えず…って感じで従うことにしたが、俺は納得できず…」

自分だけでも別行動させてくれと求めても、新留は拒んだし、それが取っ組み合いの原因にもなった。あの時…と、中岡は微かに眉を顰めて呟く。

「摑み合いになったのは、俺自身、咲月のことで主任に思うところがあったし、主任の方も俺の態度に不満を持っていたからだとは思うが……それにしても、おかしかった。お前も知ってると思うが、捜査に関しては的確な判断のできる有能な人だったじゃないか。だから、何か特別な理由が…あったんじゃないかって、後から思うようになったんだが…」

それが何かはわかっていないし、わかったら、真相にも近づけるはずだ。そう言う中岡に頷き、取り敢えず、次は押川美久のバイト先に行ってみないかと提案する。中岡は頷き、残っていたコーヒーを飲み干して二宮と共に立ち上がった。


丸ノ内線の新中野駅から五分ほどのところにあるハイツに住んでいた押川美久は、自宅近くの居酒屋でアルバイトをしていた。事件から十四年が経っているが、現場となったハイツはまだ現存しており、入居者もいるようだった。当時はなかった防犯カメラも設置されていた。

二人とも元刑事であっても、今は身分証を持たない一般人だ。特に中岡の方は事情を抱えている。現場となった部屋を見るために大っぴらに入り込むわけにもいかず、外から出入りできる箇所を確認する程度だった。

そこからほど近い居酒屋へ向かうと、営業時間外で、無人の様子だった。資料には店長の自宅住所があり、歩いて十分ほどのところであったから訪ねてみたものの、引っ越してしまっていた。仕方なく、店の近くで待つこと数時間。午後四時頃になって、店のドアを開けようとする男が現れた。

「…あれだ」

中岡が指摘する声を聞き、二宮は周辺を窺ってから一歩を踏み出す。足早に近づき、「あの」と声をかけると、眠たげな顔をした中年の男が振り返った。怪訝そうに見る男に、二宮は押川美久事件を調べている者で話を聞きたいのだと伝える。

長友とは違い、警察関係者を装うことは得策ではないと感じたので、遺族に頼まれ個人的に調査しているのだと説明すると、男…その店の店長である渡《わたり》は、少し困ったような表情になって、二宮に中へ入ってくれと伝えた。

「仕込みしないとまずいんで。しながらでもいいですか？」

「こちらこそ、突然すみません」

追い返されなかったのにほっとし、店内へ入る。十四年前当時の店を二宮は知らなかったが、全体的に古びている店内は、ほとんど手を入れていないのだろうと思われた。調理場へ入っていく渡の後に続き、遠くから通っているのかと聞く。

「前は近くに住んでたんですが、結婚して子供もできたので…。今は立川《たちかわ》の方に住んでて、電車で通ってます」

「店長さんだとお聞きしたんですが、こちらの経営も？」

「以前は雇われだったんですが、経営者が亡くなりましてね。今は俺がやってます」

十四年という月日は短いものではない。その間の変化をなるほどと聞いてから、押川美久のことは覚えているかと確認した。

「もちろんですよ。殺された日も、バイトに来てくれてたんですから。あの時は信じられなくて…他のバイトの子も泣いてましたからね」

「バイトは情報誌なんかで募集をかけたり？」

「…も、してましたけど、美久ちゃんは近所だったんで、友達と飲みに来てくれた時に店内に貼ってあるバイト募集を見て、声をかけてくれたんです」

「友達というのは女性でしたか？」

「どうだったかな…。男の子だったような…」

二宮の問いかけに渡は首を捻り、はっきりとは覚えていないと答える。事件よりもさらに前の話だ。無理もないと思い、押川美久がバイトに入った時期を確認する。

「押川さんは春から…半年ほど、バイトされてたと聞いたんですが」

「確か…そうだったと思います。ちょうど試験が終わって、春休みに入るからって、来てくれることになって。そのまま学校が始まっても続けてくれて…夏休みになって…。まだ若かったのにねえ。可哀想ですよ。本当に」

親になった身の上では、ますます気の毒に思うと、渡は続ける。その表情は親身なもので、事件に関わった気配はまったく感じられなかった。それに…長友は、押川美久がバイト先の店長を格好いいと話していた…と言っていたが、お世辞にもそうは見えない。歳を重ね、体重が増加したせいもあるのだろうか。

内心で訝しみつつ、押川美久の交友関係について、覚えていることはないか聞いた。

「つき合っている相手がいたとか…聞いてませんでしたか？」

「それ、昔も聞かれたんだけど、彼氏はいないって言ってたんですよね。俺だけじゃなく、他のバイトの子も知らなかったし…」

だから、いなかったと思うと話す渡に、二宮は「そうですか」と返すしかなかった。当時のことを知ってるバイトはまだいるのかという問いには、首を振られる。あの頃いた従業員は皆辞め、自分しか知らないという。

そのバイトたちは今、どこで何をしているのかについても聞いてみると、ほとんどはわからないが、一人だけ今も連絡を取っている相手がいるという答えがあった。押川美久と年齢が近く、親しくもしていたから協力してくれるはずだと、渡は自分の携帯を取り出す。

今は結婚し、さいたま市に住んでいるという女性に、渡が連絡を取って事情を話すと会ってくれることになった。ただ、今日は都合が悪いので、明日の午前中にと言われる。

「大丈夫です。近くまで行きますので」

どのみち、消息を調べて会うつもりでいた相手だ。渡の親切をありがたく思い、自分の携帯の番号を伝えてもらう。相手の番号も聞き、明日の午前十時から大宮《おおみや》駅で会うことになった。

他に渡から得られる情報はなく、礼を言って店を後にする。少し離れた路地で待っていた中岡の元へ近づくと、店長の話は事件当時と同じで収穫はなかったが、かつて押川美久と一緒に働いていたバイトの女性と、明日会うことになったと告げる。

「今はさいたま市に住んでるようで、店長が連絡を取ってくれた。明日なら会えるっていうから…行くだろ?」

「ああ」

中岡が頷くのを見て、時刻を確認する。すでに五時半近くなり、辺りは真っ暗だ。

「今日はここで終わるか」

「…すまん。お前は店があるんだよな」

「いや。店はしばらく休むことにした」

自分が経営している店だ。開店時間に間に合えばいいというものじゃない。苦笑して答える二宮を申し訳なさそうに見て、中岡は自分一人でやると言い出しかけたのだが。

それを制するように、二宮は中岡を誘う。

「うちに来ないか」

「……」

つまり、ちひろに会うように勧める二宮を、中岡はしばし見て、首を横に振った。

「昨夜も言ったが…」

「厭なら父親だと名乗らなくてもいい。俺の友達だって紹介する」

頑なにちひろに会おうとしない中岡を、なんとか説得できたらと考えていた。中岡は会う資格がないと言うが、会おうとしないのには他の理由があるのではないか。

そんな不安を払拭したくて、ちひろに会わせたかった。ちひろに会えば…あの子を見れば、きっと気持ちも変わる。

そんな二宮の考えは中岡にも伝わっていて。

「……」

無言で再び首を振る中岡は、ちひろに会えばどうなるのか、自分でも予想がついているように見えた。その顔は悲壮なもので、中岡が抱いている決意がよくない種類のものである予感を抱かせる。

二宮が顔を顰めると、中岡は先に帰ってくれと言った。

「俺はもう少し、現場近くを歩いてみる」

「……。ホテルにちゃんと帰るって約束するか？」

説得に応じる気配のない中岡に諦めをつけ、二宮は厳しい表情で確認する。中岡は苦笑して「ああ」と頷いた。中岡を泊まらせた新大久保のホテルには、二宮が取り敢えず三泊分の料金を支払い、宿泊を頼んでいた。

「あそこの宿代なんだが…」

「気にするくらいなら、俺のところに来たらいいだろう」

ふんと鼻先から息を吐く二宮に中岡は返す言葉がなくて沈黙する。落ち着いたら働いて返す。そんな言葉がないことに小さな不安を覚えながら、二宮は「じゃ」と言って中岡が持っていた資料を預かった。

「また、明日。ちゃんと帰れよ。あと、頼むから職質とかに捕まるな」

「わかってる」

厄介事に巻き込まれないように注意し、二宮は中岡を残して駅へ向かう。資料を入れた袋を抱え、一人、夜道を歩きながら、よくない方へしか考えられない自分に舌打ちした。


地下鉄を乗り継いで新宿に戻ると、地下から上がり自宅へ向かいかけたところで、ふいに朝の出来事を思い出した。出かけていくちひろに声をかけようとして、かけられなかった。どんな言葉を向ければいいのかわからなかったからなのだが、帰ればちひろがいる。相変わらず、何を言えばいいか思いつかず、代わりに…と思い、目についた店に飛び込んだ。最近、地下鉄の駅近くにできた量販店のスイーツショップは、遙香が買ってくるケーキのようなとびきりの味ではないだろうが、それなりなはずだと信じ、シュークリームを二つ買い求める。

自分は食べないのに二つ買ったのは、一つでは悪いような気がしたからだ。変なところに気を遣う…と、昔、朝倉にからかわれたのが思い出され、渋面で家路を急ぐ。シャッターが閉まったままの店を横目に、路地から裏の勝手口へ向かった。

ちひろはもう帰ってきているはずで、勝手口のドア越しに、明かりが点っているのがわかった。鍵を開けて中へ入り、「ただいま」と声をかける。靴を脱ごうとすると、奥からバタバタと音がして、ちひろが飛び出てきた。

「二宮さん…っ…?」

「…どうした?」

「どうしたって…え…あの、ええと。思ったよりも早かったから…」

驚いたのだとしどろもどろで言うちひろを、二宮は怪訝そうに見て、「ほら」と言ってシュークリームの入った箱を渡した。反射的に受け取ったちひろは、それがスイーツショップのものだとわかると、さらに驚愕する。

「これって…駅の近くにできた…」

「遠藤が買ってくるケーキとは比べものにならないだろうがな」

「そんなこと……え、なんで…二宮さん、ケーキなんて……」

二宮がケーキを買って帰ってくるのは初めてで、ちひろは喜びよりも戸惑いが大きく、どうしたらいいかわからないといった様子だった。上がり框を塞いでいるちひろにどくように言い、二宮はその脇を抜けて茶の間へ向かう。

「二宮さん、どうしてケーキなんて…」

「…たまたま目についただけだ」

他に理由はないと素っ気なく言い、二宮は茶の間の奥の座敷へ入る。着替えようとしてコートを脱ぐと、後をついてきたちひろが敷居の手前でケーキの箱を大事そうに抱えて立っていた。

「……」

その顔はとても嬉しそうで、子供みたいだ。実際、まだ未成年ではあるけれど、十六歳という微妙な年頃で、大人びた表情や態度を目にすることの方が多い。特に物わかりのよさを求められる立場にあったちひろは、子供っぽさからは遠かった。

思いがけないプレゼントや、遙香の持ってきてくれるケーキなんかには、嬉しそうな表情を浮かべる。けれど、それよりもずっと純粋に…手放しに、喜んでいるようなのは、ありふれたケーキであっても、特別な意味合いが含められていると察しているからだろう。

ちひろがうちへ来て一年。おめでとうと言うのはおかしくて、なんて言えばいいかわからなかったけれど、ちひろの顔を見たら、どういう言葉が相応しいのがわかった気がする。

ありがとう、だ。

「……。すぐに食べないなら、冷蔵庫へ入れておけよ」

思いついた言葉を口にすることはできず、二宮は少し顔を顰めて助言する。それから、風呂は入れたかと聞いた。

「あ、はい。もう沸かしてあります」

「じゃ、先に入ってもいいか？」

「もちろん。ご飯は？」

「食べてきたからいい」

素っ気なく断り、ちひろに背を向けて着替えを探す。台所の方へ向かった気配を感じてから、二宮ははあと長い溜め息を零した。


風呂に入って出てくると、ちひろが自分の夕食を用意していた。二宮はビールだけ飲もうとして台所の冷蔵庫へ向かいかけたが、携帯が鳴っているのに気づき、足を止める。茶《ちゃ》箪笥《だんす》の上で充電してあった携帯には小野塚の名前が表示されていた。

午前中に世話をかけた礼を言うつもりだった二宮は、それより先に会えないかと聞かれ、自宅に戻ってきていると答えた。

「出ていった方がいいか？」

『いえ。俺の方が行きます。店は…』

「営業はしてないが、開けておく」

二宮の返事を聞き、小野塚は二十分ほどで着くと返して通話を切った。小野塚を迎えるついでに、店の空気を入れ換えようと考え、二宮はちひろに声をかける。

「小野塚が来るって言うから、店の方にいるぞ」

「わかりました」

台所からの返事を聞き、二宮は店へ出る。冷え切った店は風呂上がりの身にはことさら寒く感じられた。店内の電気を点け、出入り口の引き戸を開けて、シャッターを上げる。全部開けて一度空気を入れ換えてから、半分まで閉めた。

調理場へ戻り、足下の電気ヒーターを点けて、鍋を取り出して湯を沸かす。小野塚が熱燗を飲むと言えばすぐに出せるよう支度しながら、冷蔵庫に卵がないのを思い出した。

母屋へ戻り、茶の間で食事を始めていたちひろに、卵はあるかと聞く。ちひろは頷きながら立ち上がり、「何個ですか？」と聞く。

「三個、頼む」

台所の冷蔵庫から卵を持ってきてくれたちひろに礼を言い、二宮は店へ戻る。それをボウルと一緒に作業台に置き、冷蔵庫の確認を始めた。

酒やソフトドリンクにも当然、賞味期限がある。やはり、一度酒店へ戻した方がいいかと考えていると、「こんばんは」という小野塚の声がした。

「朝は悪かったな。ここ、ずっと閉めっぱなしだから、寒いだろ」

「いえ。外と変わりません」

つまり寒いんじゃないかと肩を竦め、カウンターの前まで来た小野塚に、「飲むか？」と聞く。支度はしてあるから大丈夫だと言ったが、小野塚は首を横に振った。

その表情がどことなく硬いように思え、二宮は気にしつつ、自分用のビールを調理場の冷蔵庫から取り出す。ビールなら飲むか？　と聞いた二宮に、小野塚は再度断り、中岡はどうしてるのかと聞いた。

「…新大久保のホテルに部屋を取って、泊めてある。今日はお前に調べてもらった、ガイシャの同級生と…バイト先の店長に会ってきた」

「何か収穫は？」

「いや。十四年も前の事件だしな。おおよそ、捜査資料通りの内容だった。明日はガイシャと一緒に居酒屋でバイトしてた女性に会いに行く段取りをつけた。あいつは現場の近くを少し回ってからホテルに戻るって言うから、俺は先に帰ってきたんだ」

「…大丈夫ですか？」

姿を消した中岡を苦労して探したのを知っている小野塚が、心配そうに聞くのに、二宮は頷きつつビールを開けた。

「たぶんな。あいつも自分一人じゃままならないって、今日一日でもよくわかったはずだ」

「…中岡は犯行を否認したんですよね？」

今朝方、家を出る前に小野塚に連絡を取って、中岡から聞いた話を大体報告していた。確認する小野塚に頷き、二宮は中岡が押川美久事件は新留殺害事件に繋がっていると考えているようだと答える。

「ただ押川事件のホシを挙げようとしてるだけじゃないと思う…。まだ本音は見えてこない感じだ。何か、目的があるんだろうが…」

「目的…ですか」

「それより、例の件はわかったか？」

中岡についての報告をする際、朝にテレビで見たニュースを確認してくれるよう、小野塚に頼んであった。店の常連であったキューちゃんと、フィリピンで殺害されたヨシモトショウイチが同一人物であるかどうか。

尋ねる二宮に、小野塚は神妙な面持ちで頷いた。

「現地で確認に当たった大使館関係者に問い合わせたところ、自宅にあったパスポートからも、義本正一《よしもとしょういち》で間違いないと確認されたようです。義本正一には婚姻関係にあった妻や、子供もおらず、遺体の引き取り手を探すのに苦労しているみたいですね。現地で一緒に暮らしていた女は、事件に関与したとかで逮捕されたようですし。何か…」

「いや。ただ、気になってな…」

ベンチの件には触れず、二宮は一時は常連だった相手だからと適当にごまかす。キューちゃんに家族がいるという話は聞かなかった。やはり、結婚はしていなかったのか…と考えながら、それとなくベンチを一瞥する。

つまり、あれを相続するべき人間はいないのか。そもそもあれは税務署さえ所在を確認できなかった、足のつかない金だ。キューちゃんが置いていったと知っているのは、社長と教授だが、中身については知らない。

誰に相談すべきかも迷うところだ。税務署？　キューちゃんの遺体を引き取るかもしれない、遠縁の人間？　それが見つかるかどうかも怪しいところだ。現地で荼毘に付されるのだろうなと考え、つい、寂しいなと思って苦笑する。

自分も間もなく、同じような状況になるに違いないし、死んでしまったら寂しいかどうかなんてわからないのに。シニカルな思いでビールを飲むと、二宮は小野塚に「で？」と聞いた。

元々、小野塚から会いたいという連絡を受けたのだ。どちらにせよ、連絡は取るつもりでいたからちょうどよかったが、わざわざ会って話したいと言ってきたのは、それなりの内容だからに違いない。

用件を尋ねた二宮に、小野塚は小さく咳払いをしてから話し出す。

「先日お話ししていた…中岡の有罪判決に関わったと思われる関係者の名前がわかりました」

「……」

新留殺害事件の裁判に携わった元検事からの情報を元に、小野塚は警察と検察の間に中岡を被疑者とする確約があったと見て、指示を出したと思われる関係者を調べていた。その結果が出たと聞き、二宮はすっと目を眇める。

「殺人事件の捜査ですから、捜査一課が捜査を主導すべきところですが、捜一内での事件ということで、現場の指揮は人事一課長だった寺西《てらにし》が担っていました。寺西は警察庁の長官官房にいた江角《えすみ》と同郷で、子飼いのような立場にいたので、恐らく、江角からの指示と思われます。というのも、その江角が高検で影響力を持っていた芦田《あしだ》の大学の同期で、同じ剣道部に所属し、昵懇《じっこん》の仲であるようなので…」

「そこが指示元か」

「恐らく。ただ、江角と芦田がどうして中岡を有罪にしようと画策したのか、理由は読めません。中岡とその二人の間に繋がりはなく、恐らく中岡本人に聞いても名前すら知らないのではないかと」

「だろうな。現場にとっちゃ長官官房だの高検だの、雲の上の存在だ」

接点などあるわけがないと言い、二宮は煙草を取り出す。しかも、逮捕された当時、中岡はまだ三十歳で、捜一に慣れて間もない頃だった。幹部であった江角と芦田の方だって、若手捜査員の一人だった中岡を、知っていたとは思えない。

中岡の判決が確定した後、個人的に調べていた自分にかけられた圧力も、その辺りから来ていたのだろう。捜査を妨害したい何かが、確実に存在しているのだ。

「…上層部が絡んできている理由が、押川美久事件に関係していると、中岡は読んでいるんでしょうか」

小野塚の呟きは、二宮の考えに通じており、無言で咥えた煙草に火を点ける。具体的に誰が絡んでいるのかはわかっていなくても、なんらかの「事情」があって自分は嵌《は》められた…その「事情」は、押川美久事件に隠されているのだと、中岡が考えているのだとすれば…。

「新留さんの件があって、押川美久事件を引き継いだ長崎班は、タレコミのあった脇を見つけて事情聴取し、シロだと確定した時点で捜査を引き上げさせられている。それと、新留さんが敷鑑の洗い直しを渋った理由が同じなら…」

「押川美久事件の被疑者を…隠したい事情があると…?」

重々しい口調で確認する小野塚は、そこに含まれる重要性をわかっているようだった。

当初、新留が中岡に対して洗い直しを渋ったのは、上から圧力がかかったせいだったとしたら…。そして、中岡に追及された新留が考えを変え、脇がシロだと判明したら洗い直そうとしたのだとしたら…。

その矢先に、新留が殺害されたのは…。

「どうしても事件を隠蔽《いんぺい》したかった何者かが…新留さんを殺害して、中岡を嵌めた。そう考えると筋が通る」

もしかすると、咲月も。その可能性が高いと考えながら、二宮は煙草の煙を無遠慮に吐き出す。ちょっと迷惑そうに顔を顰める小野塚に「すまん」と詫びて、白い煙を手で払ってから江角と芦田の現在を聞いた。

「江角は副総監で退職し、現在は大手警備保障会社の顧問です。芦田の方も高検を退職した後、大手法律事務所の顧問になっています」

「順当な天下りだな」

肩を竦め、煙草の灰を落とすために灰皿を出した二宮に、小野塚は引き続き背景を探ってみると伝える。二宮は頷いた後、相手が大物だけに立場を考えろとも忠告した。

小野塚は緩く首を振り、今更だと返す。

「出世など望んでませんし、地方の閑職に飛ばされるなら、それはそれでありがたいです」

小野塚なら本気でそう思っていそうだと苦笑する。周囲からは負け組と哀れまれながらも、窓際の暮らしを淡々と楽しむに違いない。二宮はそんな小野塚の性質もわかっていて、彼を選んだ過去を思い出し、「すまん」と詫びる。

小野塚は苦笑し、「それより」と続けた。

「新留が栃木で何かを調べようとしていたのであれば、遺品に形跡が残ってないでしょうか」

「それも考えたんだが…遺族にとっちゃ、犯人は中岡だ。協力を頼むのは難しいだろうと思ってな」

「では、俺が当たってみます」

小野塚の申し出に礼を言い、こちらも何か出たら報告すると伝える。押川美久事件の真犯人が見えてくれば、全体の構図も見えてきそうだ。ただ…。密かに危惧《きぐ》していた内容を、小野塚の方が先に口にした。

「もしも…新留殺害事件が、押川美久を殺害した被疑者を隠蔽しようとして起きたものだとすれば…どうしても警察の関与が疑われることになりますから…」

「大ごとになりそうだな」

他人事のように相槌を打ちながらも、自分は最初からわかっていたじゃないかと心の中で独りごちる。中岡が人を殺して逮捕されたと聞き…その相手が新留だと知った時、あり得ないと強く思った。

中岡が罪を認めて服役しても、彼の冤罪を信じ、出てくるのを待っていた。何を犠牲にしても、中岡の無実を証明して見せると誓った。

「…どんな真相がわかったとしても、俺はあいつの味方だ」

「二宮さんは…いずれ警察を辞めるつもりだったんですね」

「ちょっと予定が早まっただけだ」

苦笑して言い、短くなった煙草を灰皿に押しつける。小野塚は時計を見て、行かなければならないところがあると言い、暇を告げた。

「会議がありまして」

「忙しいのに迷惑をかけて本当にすまん」

いえ…と首を振り、店を出ていく小野塚を見送りに出る。半分しか開いていないシャッターをくぐって外へ出ると、ビールで少し温まった身体が急に冷える気がした。

「冷えてきたな。気をつけて」

何かあったらすぐに連絡すると言い、小野塚は「失礼します」と頭を下げて背を向ける。去っていく姿を眺めていた二宮は、まだ声の届く範囲にいる小野塚に「なあ」と呼びかけた。

足を止めた小野塚が振り返る。不思議そうに見ている彼に、二宮は話せないでいた中岡の話を告げた。

「咲月は自殺じゃないって…あいつが言うんだ」

「…どういう意味ですか?」

「殺されたと…考えてるらしい」

「……」

二宮が声を低くして伝える内容を聞いた小野塚は、微かに眉を顰めて沈黙する。その後、咲月の自死に関する資料も調べてみると言った。

「そちらはノーチェックでした。確認して不審点があるようならお知らせします」

「……俺を気遣って、言ってるだけかもしれないんだが…」

無駄骨になる可能性をあらかじめ詫び、それよりも気になっていることがあるのだと続ける。

中岡から聞いたいくつかの事実を繋げていくと、どうしても厭な予感が生まれてしまう。もしも、新留を殺害し、自分を嵌め、咲月を殺害した犯人が…同一人物であったなら。

「真相がわかったら……あいつはどうするつもりなんだと思う?」

「……」

中岡は何を望んでいるのだろう。すべてを明るみにし、公の場で罪を裁くことを望んでいるのだろうか？　自分の冤罪を晴らすことを望んでいるのだろうか？

けれど、ならば、迷惑をかけるからという理由で自分から逃げたのも、ちひろに会おうとしないのも、辻褄《つじつま》が合わないように感じられる。

中岡がちひろに会わないと決めているのは…。

あの時、小野塚が長峯《ながみね》に銃口を向けたように…。

「…わかりません」

低い声で答えた小野塚は、硬い表情のまま、再度お辞儀をして背を向ける。嘘だ。中岡の気持ちが一番よくわかるのは、お前だろう。そんな言葉は吐き出せず、暗がりに消えていく小野塚の姿が見えなくなるまで、二宮はその場から動けなかった。

「……」

店へ戻るとシャッターと引き戸を閉めて戸締まりし、ビールの空き缶と灰皿を片づけた。火の元を確認し、店内を見回っていた二宮は、ベンチの前で立ち止まった。

キューちゃんが亡くなったのは間違いなく、相続人もいないらしい。この中身をどうするかについては、いずれ考えないといけないが…。どうしても切羽詰まった場合には、ここにある金を使わせてもらえば、取り敢えずなんとかなる。

いつ開けられるかわからない店を見回し、小さく溜め息をついてから、照明を消す。母屋の方へ戻り、茶の間の引き戸を開けると、こたつでちひろが夕食を食べていた。

「小野塚さん、帰られましたか？」

「ああ」

尋ねるちひろに頷き、二宮は空き缶を台所のゴミ箱へ捨てに行く。茶の間に戻ると、ちひろの斜向かいに座り、テレビのリモコンを手に取った。ニュースを見ようと思ったのだが、時間的にバラエティしかやっておらず、仕方なく旅番組を選んで音量を小さくした。見たくもないテレビをつけたのは、ちひろが傍にいる時に事件について考えすぎたくなかったからだ。ぼんやり眺めているだけでも、思考が集中せずに済む。

「…そういや、お前、冬休みはいつからだ？」

「二十二日からです」

「試験は…」

「もう終わりました」

いつの間に…と思ったものの、十二月も半ばとなっている。いつもならあっという間に正月になっているところだが、今年はそんな感覚にも遠い。

去年は…同じ日に群馬へ往復し、ちひろを住まわせると決めたのだと思うと、信じられない気分になる。一年どころか、十年くらい経っているような気分がするのに。

「どうですか？」

「…え？」

「捜査…じゃなくて…調査っていうんですか？」

ちひろには世話になった同僚から調べ事を頼まれたと話してある。その進捗状況を聞かれているのだとわかり、「ぼちぼちだ」と適当な返しをして、詳細を聞かれないためにも話題を変えた。

「今日も教授たちは来てたのか？」

留守の自分に代わり、教授と社長がここまでやってきてはちひろの帰りを出迎えていると聞いた。ちひろは頷き、二宮が帰ってきたのを伝えたら喜んでいたと話す。

「だから、明日からは来なくていいって言ったんですけど…やっぱり来るような気がします」

「まあ…待ち合わせ場所になってるんだろうな」

「だと思いますけど…。二人とも、二宮さんがお店を再開してくれるのを心待ちにしてます」

控えめな口調で言い、ちひろは里芋の煮っ転がしを箸で摘まんで頬張る。二宮自身、日常に戻りたいという思いはあるが、本当に戻れるだろうかという不安に似た、もやもやとした気持ちが湧き出していた。

中岡の考え次第では…。それに、やはり中岡とちひろを会わせないわけにはいかない。

「……」

「…なんですか?」

つい、ちひろをじっと見てしまい、不思議そうな顔をされる。なんでもないと首を振り、ごまかすようにテレビを見ると、見知らぬ外国の風景が映っていた。どこかわからない南の島で、若い女性タレントがビーチで嬉しそうにはしゃいでいる。キューちゃんが亡くなったフィリピンも南の島だが、こんなビーチのイメージはないなと思って、世話になった同じ島国出身の知り合いの顔を思い出した。

翌朝。ちひろを送り出した後に、新大久保のホテルへ向かうと、中岡は昨日と同じロビイの椅子に座って二宮を待っていた。待ち合わせは大宮駅に十時だったので、新大久保駅へ向かい、JRで移動する。

池袋で乗り換え、大宮を目指した。電車は混み合っており、車両中ほどに二人で並んで立ち、つり革に摑まる。お互い混み合う電車に乗るのに慣れておらず、揃って顰めっ面になる。三十分ほどを耐え、ようやく到着した大宮駅で電車を降りると、待ち合わせ時間まではまだ二十分近くあった。

待ち合わせ場所として指定された構内にあるカフェに着くと、向かい側の通路の角に二人で背中合わせに立った。出入りする客を確認しながら、二宮がぽつりと呟く。

「…そういや、お前と張り込みとかしたことないな」

「俺は素人みたいなもんだ。結局、捜一にも数年しかいなかったんだし」

しかも、三十から働いてもいない。自嘲気味に言う中岡に、二宮は苦い思いで「何言ってんだ」と返すしかなかった。あのまま中岡が捜一にいたら、きっと自分よりも先に主任になって、今頃は係長にでもなっていたかもしれない。

自分なんかよりずっと優秀で、誰からも慕われ、頼られる存在だったのに。

「…これが終わったらどうするんだ？」

昨日、栃木へ戻るつもりなのかと聞いた時、中岡は答えなかった。状況が落ち着いたら一度栃木へ帰らせ、時任に説明させなくてはいけないが、その後も留まるつもりがあるとは思えない。

二宮の望みは、中岡が東京でちひろと一緒に暮らすことだった。どんなささやかな暮らしでも、ちひろは不満になど思わないだろう。

「先にこっちで暮らせるようにきちんとしたらどうだ？　時任さんだって心配してるだろうし…」

「向こうに連絡を入れたのか？」

「いや…」

中岡を見つけたら連絡すると時任には約束してきたが、事件の真相を明らかにしようとしている姿を見て迷い、報告できないでいた。しかし、それも限界がある。

「お前もわかってるだろうが、仮出所の身の上じゃ、申請した居住地を離れてること自体が問題視される。保護司との面談まではまだ間があるから、それまでは時任さんがごまかしてくれると言ってたが、それほど猶予はないはずだ。月末までに一度は面談しないと…まずいってわかってるよな？」

仮出所者には当然ながら細かな制約があり、それを大きく破るようなことがあれば再び収監されることになる。確認する二宮に、中岡は鼻先から息を吐きながら頷く。二宮はその横顔を肩越しに見て、昨夜の小野塚の報告を思い出した。

押川美久を殺害した被疑者の存在を隠蔽しようとした何者かがいて、それに警察幹部が協力した結果が…新留や咲月の死を招き、自分の人生の長く、大切な時間を潰したのだと知ったら…。

中岡はどうするだろう。

自分なら、どうする？

「……」

そんな想像をしたらぞっとして、二宮は眉間に皺を浮かべた。バカげてる。そう思いたいのに…。

自分にうんざりして鼻先から息を吐くと、背後で中岡が唐突に話し始めた。

「…俺は…内藤のおばあさんが死んだのを…、お前とちひろが一緒に暮らし始めたと、小枝先生が知らせてくれた時に初めて知ったんだ」

「……」

「…咲月の兄がちひろを引き取ってもいいと言ってると聞いて、咲月は兄を嫌ってたけど、ちひろにとっては血縁者だし、施設よりはいいだろうと思って承諾した。だが…結局、金目当てだったようで、ちひろのために預けた金を使い込んだ上に、内藤のおばあさんに押しつけたんだ」

「そう…だったのか」

ちひろが群馬に住む、曾祖母のところへ預けられたのに、金銭が絡んだ理由があったとは知らず、二宮は振り返って中岡を見た。中岡は背を向けたままだったが、その横顔には痛々しげな表情が浮かんでいた。

「おばあさんは耳が聞こえなかったし、子供を育てられるような状況ではなかったのに、一生懸命やってくれた。それでも…ちひろを施設に預けられてしまって…俺のところへなんとかならないかと手紙をよこしたんだ。他に頼れる相手がいなかったんだろう。…俺は…お前ならなんとかしてくれるだろうと思って、小枝先生に頼んでくれと伝えた。…礼が言えないままだったが、あの時は助かった。ありがとうな」

「……」

何度面会に行っても会ってもらえず、手紙の受け取りすら拒否されていた中岡から、群馬の老女を助けてやって欲しいという伝言を貰い、二宮は希望を叶えるべく各所に働きかけた。その間、一度、老女に会う機会があったが、優しいおばあちゃんというより、厳格な雰囲気を持つ人であった。それでも、ちひろを心配する気持ちは十分感じられた。

同時に老女とちひろの生活環境が恵まれたものではないのを知り、胸が痛んだ。老女はともかく、ちひろは自分が引き取った方がいいのではないかという考えが頭を過ぎったのも事実だ。

しかし。ちひろから母親を奪った自分が、どの面を下げて一緒に暮らすのだという責苦が脳内から消えず、踏み切れなかった。昨年、ちひろが自分を頼ってやってきた時だって…。

「……俺は…本当は、最初からお前にちひろを引き取って欲しかったんだ。けど、お前は独り身だったし、小さな子供と一緒に暮らすなんて絶対無理だろうから…、とても頼めなかった。だから、ちひろがお前と暮らすことになったと知って…本当にほっとした。きっと、咲月も喜んでると思う」

「……」

「お前には迷惑ばかりかけてすまないが…ちひろも間もなく自立するだろうから、あと少し、助けてやってくれ」

「……。……あのな…」

外に出てきたのだから、助けるのはお前じゃないか。お前がこれまでの分もちひろをしあわせにしてやるべきだ。そう返したかったのに、中岡が自分にこんな頼みをする意味を察するのが恐ろしく、すぐに言葉が継げなかった。

遅れて口を開きかけた二宮に、中岡が「あれ」と言う。

「白いダウンじゃないか?」

通路向かい側にあるカフェで、十時に会う約束をした押川美久の元同僚の女性は、目印として白いダウンジャケットを着ていくと話していた。中岡が指摘した女性は年齢的にも相応しく、二宮は無言で頷いて足早に店へ近づく。

出入り口から入ってすぐのところで、店内を見回していた女性に、背後から声をかける。

「すみません。本庄《ほんじょう》さんですか?」

「…あ、はい。二宮…さん?」

振り返った女性…押川美久が殺害される以前、同じ居酒屋でバイトしていた本庄…旧姓河野《こうの》…優子《ゆうこ》は、窺うように二宮の名前を呼ぶ。二宮は頷き、案内しに来たスタッフに二人だと伝えた。

そのまま席に通され、二宮は本庄と向かい合わせに座った。着ていたダウンジャケットを脱いで、横の椅子に置く本庄に、改めて世話をかけたのを詫びる。

「ご足労いただいて、すみません。お仕事とかは…」

「今日は休みだったので…大丈夫です。この近くの飲食店でパートしてるんです」

本庄は押川美久よりも五つほど年上で、居酒屋でバイトしていた当時は、歌手を志して活動していたという話を、昨日店長から聞いた。その後、結婚し、夢を諦めてさいたま市へ引っ越して子供を産んだということも。

「お子さんの方は…」

「学校です。上の子が今度中学生で…、下の子も小学生なんで。もう手もかからないし仕事がない限り、時間はあるので…と本庄が説明したところで、スタッフがお冷やを運んできた。ついでに二宮はコーヒーを頼み、本庄はカフェオレを注文する。

スタッフが離れていくと、二宮を見た本庄は、自分もずっと気になっていたのだと、押川美久事件について触れた。

「犯人が捕まったってニュースやらないかなって…気をつけたりしてたんですけど」

「残念ながら、まだ捕まってないんです。なので、依頼を受けまして…」

「美久ちゃんの親も辛いですよね」

気持ち、わかります…と神妙に言ったものの、協力は難しいかもしれないと先に断る。十四年も前のことなので、記憶が怪しいというのは当然で、二宮は気にしなくても大丈夫だと丁寧に返した。

「こちらも事実確認のつもりなので、気になさらないでください。ご協力いただけるだけで感謝しております。…本庄さんは押川美久さんがあの店で働く前から、あそこでバイトを?」

「ええ。二年くらい…やってたと思います。店長も他のバイトの子たちも仲良かったんで。美久ちゃんも本当にいい子で、最初はお客さんで来てたのに、バイトに入ってくれることになって、よかったねって皆で話してました」

「店の貼り紙を見て応募してきたって話を店長からも聞きました」

「そうです。ちょうど、一人辞めたばかりで人手が足りなかったんで」

すごく助かったと言う本庄に、バイト以外でのつき合いはあったのかと聞く。本庄はバイト帰りに食事に行ったりすることはあったと答えた。

「うちより遅くまでやってるお店に行ったりして…朝になっちゃったり。でも、美久ちゃんは大学生で、課題とかテストとかあったんで、毎回ではなかったです」

「押川さん以外は皆、学生ではなかった？」

「はい。皆、フリーターで…歳は美久ちゃんが一番若かったので」

「押川さんは店の近くに住まわれてたと思うんですが、そちらへ行かれたことは？」

あります…と答えた後、本庄は顔を曇らせた。そこで押川が殺害されたのを思い出したのだろう。不審者などの話は聞いたことがなかったのに…と溜め息交じりに言う。

「可愛くて、よく気がきいて…お店でも人気者だったんですよ」

「…そのようですね」

「彼氏候補になりたいってお客さんも多かったけど…」

けど…というのが気になり、二宮は本庄をじっと見る。目線で続きを促された本庄は、大したことじゃないみたいに、軽く言った。

「美久ちゃん、誰の誘いも断ってたんで…彼氏がいたんだろうなって」

「……それは…押川さんに交際相手がいたってことですか？」

「美久ちゃんははっきりそうとは言ってなかったんですけど、最初にお店に来た時、男の子と一緒だったんです。バイトを始めてからも、その子と駅の近くにいるのを見かけたりしたんですよ。だから」

彼氏なのだと思っていたと話す本庄に、二宮は事件当時、その話を捜査員にしたか確認する。本庄は首を傾げ、はっきり覚えていないが、たぶん、していないと答えた。

「美久ちゃんからは彼氏だとは聞いてなかったんで…もし違ってて、警察に話を聞かれたりしたら、相手にも迷惑かかるじゃないですか。そう思って」

話さなかったんだと思います…と言うのを聞き、二宮は微かに眉を顰めた。押川美久に交際相手がいたとなれば…是非話を聞きたい。事件後、その存在が一切上がってこなかったのは…どういう理由があってのことなのか。

真剣な顔つきの二宮を見て、本庄は困ったように何か問題があるのかと聞いた。二宮はさっと表情を戻し、本庄に不安を与えないように、慣れない笑みを浮かべる。

「新事実かもしれないと思い、つい…。すみません」

「そうなんですか。でも、どこの誰かもわからなくて…」

「年齢は…押川さんと同じくらいでしたか？」

「たぶん。大学生っぽい感じでした」

覚えていることだけでいいから教えて欲しいと言う二宮に、本庄はいくつかの特徴を挙げた。年齢は二十歳前後。大学生っぽい雰囲気で、身長は押川美久より高く…押川美久の身長は百六十五あったので、百七十以上だと考えられる…、ソフトな顔立ちをしており、育ちがよさそうだった。

つまり、取り立てて目立つところのない、普通の若者だったようだ。相手は大学生らしいのに、大学の同級生だった長友が交際を把握していなかったのはなぜか。

そして、警察がその存在を摑んでいなかったのは、関係者への聞き込みを繰り返し行わなかったせいに違いない。では、その大学生らしき男が、押川美久を殺害した犯人なのか？

ひとまず、その男の正体を摑まなくてはいけないと考えながら、本庄に他にもいくつか質問を向けたが、彼女の話からはすでにわかっていること以外の事実は出てこなかった。

本庄がカフェオレを飲み終わったところで、礼を言って話を終えた。店を出ると、帰っていく本庄を見送り、待っていた中岡と合流する。

「どうだった？」

「押川美久には交際相手がいたようだ」

これまでそんな話は出てきていない。驚いた表情になる中岡に、居酒屋の店長の話と合わせて説明しながら、東京へ戻るために駅のホームへ向かった。五分後に来る電車に乗るため、並んでいる乗客の最後尾につき、「だから…」と二宮は話を纏める。

「資料には交際相手はいなかったという記載になっているんだろう。お前が希望してた通り、再度、交友関係を洗っていたら、話が出ていた可能性がある」

「…そいつが…ホシだとしたら、そいつを庇いたい人間が圧力をかけたってことか…」

そうだろうなと二宮が肩を竦めた時、電車がホームに入ってきた。東京へ向かう乗客に紛れて電車に乗り込み、行きほどは混み合っていない車両内で、出入り口近くに立った。本庄から同時期に働いていた他のバイトの連絡先を聞いたので、次はそっちを当たってみるかと話している最中、二宮の携帯に電話が入った。

「……」

車中で出るわけにはいかず、マナーモードにしてある携帯を見て、相手を確かめる。番号から昨日会った長友だとわかったので、次の赤羽で一旦降りようと二宮は中岡に提案した。

間もなくして到着した赤羽で電車を降りると、ホーム上で電話をかけ直す。三回のコール音の後、長友の声が聞こえた。

『すみません。大丈夫ですか？』

「ええ。移動中だったものですから…こちらこそ、すみません。何か？」

『昨日、話していた件を愛子ちゃんに確認してみたんですけど』

長友の言う「話していた件」というのが、どれのことなのかすぐにわからなかったが、二宮は適当に相槌を打って話を待つ。長友が続けたのは、同じサークルだった男の名前を、どうして覚えていたかについてだった。

『美久ちゃんは関係ないとか言ったんですけど、違ってたんです。愛子ちゃんが言うには、最初にその人の名前を出したのは美久ちゃんで…それで、愛子ちゃんはお父さんが議員だって話をしたらしいんです』

「押川さんが名前を出したって…どういうことですか?」

『なんか、向こうから声をかけられて、知ってる? みたいな。私はその時、知らないって答えただけだったんですけど』

「声をかけられたって、それだけですか? その後、交際関係があったとか…」

『それが、そういう話は聞かなかったので、私は忘れてて。愛子ちゃんも関係ないと思って、警察に話を聞かれた時には話さなかったらしいです。私が名前だけ覚えていたのは、その時のことがあったからみたいでした。すみません。大した話じゃないんですけど…』

オチがなくて…と長友は謝ったが、二宮はとんでもないと返した。押川美久に交際相手がいたらしいという話が出てきている今、わずかでも関係のありそうな男はすべて調べるべきだ。二宮は改めて、その男の名前を確認した。

「確か…鈴江秀春《すずえひではる》とか…」

『そうです。議員になったはずなんで、ネット見たらすぐに出てくると思います』

教えてくれる長友に礼を言い、二宮は通話を切る。隣で様子を窺っている中岡に少し待つよう言い、電話をもう一本かけた。

相手は明星で、なかなか電話に出なかったが、しばらく呼び出しを続けていると「はい」という寝ぼけた声が聞こえる。

「調べて欲しいんだが…鈴江秀春って男の、評判や大学時代の友人なんかが知りたい。友人で会えそうな相手がいたらアポ取ってくれ」

『…了解です。すずえ、ひではるですね』

「ああ。最近当選した議員らしいんだ。ネットで検索したら出てくるだろう」

了解ですと再度繰り返し、明星は調べたらすぐに連絡すると返す。二宮は携帯を畳み、中岡を見た。

「ガイシャは鈴江秀春に声をかけられていたらしい。ただ、それ以上の話は聞いてないようだから、無関係かもしれないんだが、ちょっと調べさせる」

「鈴江……」

昨日、長友からその名前を聞いた時は押川美久には関係がなさそうだったので、中岡には富洋大学についてしか知らせていなかった。鈴江という名前を繰り返し、怪訝そうな顔つきになる中岡に、「知ってるのか？」と聞く。

「議員で鈴江っていうと…与党の鈴江一幸《いっこう》を思い出したんだが…」

「たぶん、その息子だ。父親も議員で、大学時代も有名だったらしいから…」

「……。誰に調べを頼んだんだ？」

例のパイプかと聞く中岡に、二宮は首を振り、昔使っていた情報屋だと答える。

「その内返事があるはずだ。取り敢えず、池袋まで戻ろう」

ちょうど昼に差しかかるから、食事をしている内に明星から連絡が入るだろう。促す二宮に中岡が頷いた時、ホームに電車が入ってきた。他の乗客と共に電車に乗ると、間もなくして次駅の池袋に到着した。

池袋駅西口を出てすぐのラーメン店に入り、中華そば風の醤油ラーメンをカウンター席で並んで啜った。昼時ということもあり、ビジネスマンの姿が目立つ店内は混み合っており、食べてすぐに店を出た。

本庄から聞いた別の元バイトは練馬にいるとのことで、会ってもらえそうならすぐに行こうと話しながら携帯を取り出す。立ち止まった二宮が番号を書いたメモを見て、電話をかけようとしたところ、電話が入った。

相手は明星で、すぐにボタンを押した。

「…どうだ?」

『色々わかりましたけど…二宮さん、どこにいます?』

会って話せないかと聞く明星に「池袋だ」と答えると、近くにいるのでそっちへ行くという返事がある。待ち合わせ場所を決めて通話を切り、中岡に情報屋に会うと告げた。

頷く中岡と共に西口から東口へ移動する。そのままサンシャイン方面へ向かい、階段を上って公園に入ると、明星から聞いたカフェの近くで立ち止まった。到着したという連絡を入れた二宮に、明星は自分も間もなく着くと返す。

その言葉通り、二宮が携帯を閉じてすぐ、明星が階段を駆け上がってきた。

「二宮さん！」

息を切らして名前を呼んだ明星は、二宮の隣にいる中岡を見てはっとした顔になる。歩みを止めて立ち止まると、中岡に向かって小さく頭を下げてから、二宮を見た。

二宮は中岡に、明星には捜索を手伝ってもらっていたのだと教える。

「お前が新宿のデパート前で寝てるってネタも拾ってきたんだ」

「よくわかったな。…中岡です」

「あ、明星です」

緊張した顔つきで頭を下げる明星に、二宮は早速「で？」と用件を聞いた。明星はデイパックからタブレットを取り出しながら、座れる場所へ移動した。階段の端に腰掛ける明星の両脇に、二宮と中岡も腰を下ろす。

「お尋ねの男は…これですね。鈴江秀春。与党幹部である鈴江一幸の息子で、先月の参院選の比例代表枠で当選しています」

「やっぱりそうなのか」

明星が説明しながらタブレットに映し出した鈴江の写真は、いかにも若手政治家といった風貌のもので、二宮は好きになれなかった。作り物っぽい笑顔には胡散臭さしか感じないが、これを爽やかと見る層もあるのだろう。

「鈴江は富洋大学卒業後、アメリカの大学に留学し、二十八歳の時に帰国。親族が経営する会社に勤めた後、三十二歳の時に父親を手伝うために事務所に入ってます。一度、県議選に出たんですが落選し、今回の参院選は父親の力で名簿順位を上げてもらったんでしょうね。与党圧勝だったこともあり、当選…と」

「県議選って…地元はどこだ？」

「栃木です」

明星が何気なく口にした地名を聞いた二宮と中岡は、同時に顔つきを変える。特に中岡の表情は厳しいもので、食いつくような勢いで明星に確認した。

「那須塩原か？」

「は、はい。そうですけど…」

何かあるのかと怪訝そうに聞く明星には答えず、中岡は二宮を見た。新留が那須塩原に行こうとしていたのは、鈴江に関する情報を摑んでいたからなのではないか。明星がいるため、口に出しては言わなかったが、そんな中岡の考えは聞かずとも読めた。

二宮は重々しく頷き、鈴江の評判はどうだと明星に確認する。明星は二人の変化に困惑しているようだったが、集めた情報を伝えた。

「それが…議員としての情報は発信してるんですけど、個人ではSNSもやってなくて、ネット上ではよくわからないんですよね。結婚はしていないらしい…くらいしか。ただ、鈴江と大学で同じサークルだったって男をSNSで見つけまして、今、コンタクトを取ってます」

返事待ちだという明星に、その男から話が聞けるように手筈《てはず》を整えてくれと頼む。同じサークルだったのならば、押川美久についても知っているかもしれない。

押川美久に声をかけていたという鈴江が、バイト先で目撃された交際相手らしき男だとわかれば、被疑者である可能性が出てくる。元々、現場の状況から関係者の犯行が疑われていた事件だ。

そう考えながら、二宮は明星に頼み、鈴江の写真を本庄のスマホに転送した。本庄は押川美久と一緒にいたという男性を目撃している。確認が取れないかと思ったが、電話で確かめたところ、本庄から芳しい返答は得られなかった。

大学生当時の姿と、議員の今では随分違っているだろうから無理はない。世話をかけたのを詫びると共に、大学生当時の写真が手に入ったら再度確認を頼めないかと申し出ると、本庄は自信はないがと断った上で了承してくれた。

「富洋大学の卒業生を当たって、鈴江に関する情報を集めてくれ。当時の写真があったら助かる」

二宮の言葉に頷き、明星は富洋大学まで行ってみると言い、タブレットをしまう。二宮と中岡も残りのバイトに会うため、電話で連絡を取った上で西武池袋線で練馬へ向かった。

本庄と同じく押川美久のことを気にかけていたという元同僚は、すぐに会ってはくれたものの、収穫は得られなかった。池袋で明星から鈴江の話を聞いて以降、中岡はずっと考え込んでいるようだった。

バイトの中で一番親しかったという本庄からの情報以上のものは他の人間からは得られないのではないか。そんな話をしつつ、駅へ向かっていた二宮は、心ここにあらずといった中岡に「なあ？」と声を強めて確認する。中岡はそれでようやくはっとし、二宮を見た。

「…悪い。聞いてなかった」

「だろうな」

「すまん」

「鈴江が気になるのか？」

確認する二宮に、中岡は立ち止まって頷く。確かに鈴江には疑いをかけるべき点がいくつもある。だが。

「俺も気にはなるが…明星からの連絡を待とう。鈴江は与党幹部の息子で、現職の国会議員だ。簡単には動けない相手だぞ」

「…だからこそ…、他にいないって思うんだ」

「……」

厳しい表情で断言する中岡を見ながら、二宮は昨夜小野塚から聞いた内容を思い出した。中岡が有罪とされた新留の事件に、人事課、長官官房、高検が絡んでいるらしいという情報は、まだ伝えるには早いと判断し、中岡には話していなかった。

確かに、与党幹部であればそれだけの人間を動かせる影響力もあるはずだ。息子の不始末を尻ぬぐいする内に泥沼に嵌まってしまったのではないか…。

そんな筋書きを立てつつも、他人事ではないだけに、かえって慎重になっていた。仕事として扱ってきた事件とは違う。

「とにかく…」

中岡を説得しようと口を開きかけた時、携帯に着信が入った。明星からで、二宮はお待ちかねの連絡だと肩を竦めて言ってから、通話を受ける。

「どうだ?」

『ちょっと強引なやり方を取りましたが、会えるように手筈しました。五時に赤坂《あかさか》です。来られますか?』

「大丈夫だ。近くで落ち合おう」

腕時計で時刻を確認し、明星に返事する。向こうから伝えられた待ち合わせ場所を覚えて通話を切ると、中岡を促し、駅へ向かって再び歩き始めた。その間も中岡は無言で、横顔には硬い表情が刻まれたままだった。

五時前に赤坂に着くと、地下鉄の出口近くで明星と合流し、鈴江と同窓の男に会えることになった経緯を聞いた。

「SNSを通じてコンタクト取ろうとしたんですが、反応ないんで、知り合いに頼んで過去の経歴を調べてもらいまして」

「経歴？」

「色々と怪しげなパーティに出入りしてるんですよ。ドラッグ絡みの。その写真とかネットで拾って送ってみたらすぐに返事がありました」

「脅したのか」

こんなに早く会えることになった理由はそれかと、二宮は呆れ顔で明星を見る。しかし、責めることはせず、どういう男なのか聞いた。

「藤野《ふじの》正敏《まさとし》…ここからすぐ近くのキー局に勤めてるようです。報道のディレクターだとか」

「それがドラッグパーティか？」

ますます呆れる二宮に、明星は笑って肩を竦め、かえって都合がいいと言い放つ。守りたいものがある人間ほど、攻めやすいという明星の意見は、二宮も同意するところがあった。

「妻子もいて、広尾《ひろお》のマンション暮らしのようなので、職を失うわけにもいかないでしょうから、なんでも聞けると思いますよ」

公的な権力がない以上、協力を仰ぐ方法は限られてくる。厚意に甘えられないケースでは致し方ないかと納得し、明星に案内されて、藤野との待ち合わせ場所に向かった。

赤坂駅近くに建つ大型商業ビルの一角にあるカフェに、藤野はすでに到着していた。SNSから本人像を確認していた明星が、入り口から壁際の席に座っている男を確認して、あれだと伝える。

藤野は事件関係者ではないため、中岡の顔を知っている可能性は低い。三人で近づいていくと、ぎょっとした顔になった藤野に明星が「藤野さんですか？」と尋ねた。

「あ…ああ…」

ソファ席に座っていた藤野の横に明星が、その向かいに二宮と中岡が並んで座る。ご足労をおかけしてすみません…と型通りに詫びる二宮を、藤野は怒りと怯えがない交ぜになっているような目で見た。

「なんの用だ？ 用件次第では…」

「安心してください。この件じゃないんです」

スマホを取り出した明星は、藤野に写真を見せて先に断る。スマホの画面に映し出されている、自分がクラブでハイになっているところを撮られた写真を、藤野は忌々しげに見て「じゃあ」と聞いた。

「一体……」

「鈴江秀春を知ってますか？」

「……」

二宮が鈴江の名前を出すと、藤野は怪訝そうな表情になり、頷いた。

「鈴江って…ええ、知ってますよ。この前、当選した…」

「富洋大学で同じサークルだったとか？」

「まあ…そうですね…」

「テニスの？」

ええ…と頷いた藤野は、目まぐるしく考えを巡らせているようだった。自分たちの正体と目的を想像しているのだろう。注文を取りに来た店員がお冷やを置いて去っていくと、二宮はコートのポケットから写真を取り出した。押川美久の名前は出さず、藤野にこの顔に見覚えはあるかと確認する。

「大学時代にこの子を見たことは？」

「……。…ああ、はい。たぶん……あの子かな」

しばし写真に見入った後、藤野は見覚えがあると答えたが、その返答の仕方で押川美久が殺害されたことを知らないのだとわかった。同じサークルだったとしても、大学も学年も違う。噂《うわさ》などで知っていれば、あの事件の…というような発言をするに違いない。

しかし、藤野は殺されたというようなことを言わず、代わりに閃《ひらめ》いたような顔つきになった。恐らく、鈴江と押川美久の記憶が繋がったのだろう。二宮はそれを慎重に観察し、鈴江と押川美久の関係を聞く。

「この子が鈴江とつき合ってたというのを…知ってますか？」

「つき合ってたかどうかまではわかりませんけど、鈴江が気に入ってたっていうのは覚えてます。確か…うちの大学じゃなくて…東光の子だったんじゃないですかね」

「鈴江さんがそういう話を？」

「東光の子が入ってくると品定めっていうか…そういう言い方は悪いですよね。なんて言うか、あの子可愛いなとかいう話を仲間内でよくしてたんで…。それに鈴江がこの子に声をかけた時、その場にいたんで」

覚えてます…と藤野が話すのを聞き、二宮はそれとなく中岡と目を合わせる。押川美久は親しかった友人の長友と宮浦にその話をしている。やはり、二人の間には接点があったと考えていい。

「その後は？」

「さあ…。鈴江からは何も聞きませんでしたけど…。当時、鈴江は別に彼女がいたはずなんで、ちょっと声かけてみたってだけじゃないですかね」

「交際相手がいたんですか？」

「ええ。同じ大学の…まあ、その後別れてましたけど」

「それは…この子とのことが原因で？」

「いやいや…。鈴江がアメリカに留学したんで…それで自然消滅したみたいな話を聞きましたけどね」

藤野の言う通り、鈴江は大学卒業後、アメリカの大学に留学して二十八歳まで向こうで暮らしている。交際相手を待つ時間としては長く、自然消滅したというのも不自然ではないと考えていたのだが、藤野が気になる一言を漏らした。

「あいつが当選した今はどうだか知りませんが、彼女の方は別れられてよかったんじゃないですかね」

「…どういう意味ですか？」

二宮から言葉の真意を質された藤野は、自分が口を滑らせたことに気づいたようで、しまったという顔つきになった。すぐにごまかそうとしたものの、そうはできない雰囲気を感じたのか、オフレコでという条件をつけて話し出す。

「鈴江って元々モラハラ気質があって…相手をコントロールしたがるんですよ。俺たちはそういうのに飽き飽きしてたんで、距離を置いてた感じだったんですけどね。…その子だって、いかにも地方から出てきた感じの、素朴そうな子だったから気に入ったんだと思います」

「自分でコントロールできるから？」

「でしょうね。その前にも一度やらかしてて…似たような地方出身の子に手を出して、彼女に愛想を尽かされかけてました」

その前にもやらかしていたという藤野の話から、押川美久との間にも同じような経緯があったと推測できる。当時、つき合っていたという女性から話が聞けないかと思い、連絡先を尋ねたが、藤野は知らないと首を振った。

「鈴江のことだってすっかり忘れてて、選挙で名前を見かけて思い出したくらいですから。

爽やかな感じの写真が出回ってましたけど、あいつが国会議員なんて、やっぱ政界ってろくでもないなって思いますね」

肩を竦める藤野は鈴江への嫌悪感を隠そうとしなかった。二度と関わりたくないと思っているという本音は、こうして脅されて話をさせられていることからも来ているのだろう。

他に覚えていることはないかと聞くと、藤野は首を傾げて何気なく言う。

「さあ…。結局、あいつは途中でいなくなったんで」

「途中というと？　卒業した後、アメリカへ留学したんじゃないんですか？」

「違いますよ。HPの経歴にも卒業後とかありましたけど、卒業したかどうかは怪しいです。いつだったかな…三年いや、就職が決まってたんで四年だったと思います。夏休みの間に急に栃木へ帰ったと聞きました。それからしばらくして…働き始めた頃に、留学したらしいという噂を耳にしました。卒業が認定されてから留学したのかどうか。成績は怪しかったですからね。でも、なんたって大物議員の息子なんで、就職活動もしてませんでしたし、元々働くつもりもなかったんでしょう。恵まれた奴でしたから」

「……」

栃木へ急に帰ったと藤野が言うのを聞き、中岡が身を乗り出す。「那須塩原ですか？」と初めて口を開いた中岡を、その勢いに気圧《けお》された藤野が瞬きしながら見て頷いた。

「ええ。実家があっちなんですよ。中学から東京に出てきてたみたいですが。一度、あいつのコネを使って、向こうでサークルの合宿もやりましたが、立派な家でしたよ」

他に那須高原の方に別荘もテニスコートも持ってて…と話す藤野に相槌を打ち、二宮は無言で聞いている中岡の様子を窺った。夏の終わりに突然、栃木へ帰ったのはなぜなのか。時期的に押川美久と新留の事件との関係を思い浮かべているに違いなく、二宮自身も同じ推論を立てていた。

「…それで…ええと、もしかしてライターさんか何かで？」

一通り鈴江の情報を提供した藤野が、身元を探ろうとしてくるのに苦笑し、二宮は明星を見る。後の対応は任せたと視線だけで伝え、中岡を促して先に席を立った。

明星と藤野を残して店を出た二宮は、中岡と確認する。

「押川美久を殺害したのは恐らく鈴江だろう。二人がつき合っていたとすれば、現場に侵入した形跡がなく、玄関だけが施錠されていなかったのも、押川美久が鈴江を室内へ招いたからだと説明できる」

「…鈴江は殺害した後、誰かに泣きつき…栃木へ返された。そして、父親の筋から捜査に圧力をかけたのだとしたら…」

中岡の呟きに、二宮は重々しく頷く。新留の事件に関わったと思われる幹部の江角は、当時警察庁の長官官房にいた。長官官房は国会議員との繋がりもある部署だ。与党幹部である鈴江の父親ならば、顔も広く影響力を働かせられたに違いない。

「新留さんは鈴江のことをどこかで摑んでいたんじゃないか。お前たちはまったく知らなかったんだよな？」

「ああ。…俺たちには動くなって言ったくせに、自分だけ動いてたのかもしれない。…そういうところがある人だった」

中岡が辛そうに顔を歪めるのは、そんな新留に食ってかかったことを後悔しているからだろう。小野塚に頼んだ、新留の遺品はどうなっただろうかと考えていると、藤野との話が終わったらしい明星が店から出てくる。

二宮は赤坂から移動しようと提案し、地下鉄の駅へ向かった。ホームに下りたところで周囲を窺いながら、明星にどうだったと聞く。

「取り敢えず、余計な真似はしないよう釘は刺しておきました。あれ以外にも疚《やま》しいことがあるようですから、黙ってると思います」

「どうせ薬物だろう。あいつはいいとして、問題は鈴江とその父親だ。現在の動きを調べられるか？」

「事務所もですね。…ちょっと調べてまた連絡します」

明星はそう言うと、スマホを取り出した。それに入っていたメールを見て、別件の用事ができたと言い、地下鉄には乗らずに再び地上へ上がっていった。二宮は中岡と共にやってきた電車に乗り、新宿を目指す。

夕方のラッシュに差しかかり、混み合う電車内で話をする余裕はなかった。次駅で乗り換え、新宿駅に着くと山手線に乗り換えるためにJRのホームを目指した。

「ホシは鈴江だとしても新留さんの件にまで直接関わっているとは思えない。明星から連絡が来るまで待とう」

明星だけでなく、小野塚の返事も待ちたかった二宮は、中岡に今日は一旦帰ろうと提案した。鈴江の存在が浮上した今、押川美久の交友関係を洗う必要はもうないと思われる。後は鈴江が被疑者である証拠をどう得るか。その検討は明日にしようと言う二宮に、中岡は返事をしない。

不満があるというより聞いていない様子で、二宮は足を止める。案の定、中岡はそのまま一人で歩いていってしまい、しばらく進んだところでようやく気づいて振り返った。

「ニノ？」

「俺の話、聞いてたか？」

「…明日にしよう…とか」

耳に届いてはいたのかと嘆息し、二宮は中岡に近づく。硬い表情が浮かんでいる顔を、顰《つっし》めっ面で見据え、短絡的な行動は慎めと忠告した。

「確たる証拠を摑んでからでないとまずいぞ。当選したばかりでも一応、国会議員だし、親父が親父だ」

「……」

「中岡」

「…わかってる。ただ……」

その続きは言わず、中岡は肩を竦める。中岡にとっては画期的な一歩が踏み出せた日でもあった。ショックを受けているのは当然だろうと考え、二宮はそれ以上言わなかった。考え込んでいる様子の中岡と山手線に乗り、新大久保まで移動して、ホテルまで送ってから二宮は帰路に就いた。

家の近くに着いたのは七時を過ぎた頃で、昼にラーメンを食べたきりだった二宮は空腹を覚えていた。ちひろはもう夕飯を食べただろうか。そんなことを考えながら顔を上げると、店の前に誰かが立っているのがわかった。

冬至前で一年でも最も日が短い頃だ。三時過ぎには夕方の気配が漂い始め、五時には日が落ちている。七時となれば冷え込んでもきて、シャッターを閉じたままの店前は真っ暗で、スーツ姿の男らしいということしかわからなかった。

常連の誰かだろうかと考えながら足を速めて近づく。

「すみません…」

しばらく休む予定なのだと伝えようとした二宮は、はっとしたように反応する相手を見て、思わず足を止めた。近づいたことで暗がりでも顔が見え、誰なのかもわかった。

息を吞み、頭を下げる。退職後、自宅を引き払い、携帯も解約して姿を消した二宮が、唯一自ら連絡先を教えていた相手。その際、店を始めるかもしれないとは伝えたものの、場所は教えていなかったのだが、誰かから聞いたのだろう。

「お久しぶりです。お元気そうですね」

「先生こそ…」

柔らかな物言いで挨拶するのは、中岡の一件で世話になった弁護士の小枝だった。小枝とは電話やメールでのやりとりばかりで、直接顔を合わせるのは何年振りかになる。少なくとも、退職してからは会ってないなと思い出しながら、多忙を極める小枝がわざわざ訪ねてきた理由を考えていた。

いや、考えるまでもなく、一つしかない。二宮は再び歩みを進め、「今開けます」と言って、キーホルダーを取り出す。

「いいんですか？　お店は休んでるんじゃ…」

「先生とこんなところで立ち話なんてできません。…まあ、外の方が暖かいかもしれないんですが」

閉めきった店内は冷え切っているので申し訳ないと先に断り、二宮はシャッターを上げて引き戸を開ける。店の照明とエアコンをつけてから小枝に中へ入ってくれと勧め、自分は足早に店を通り過ぎて母屋に向かった。

茶の間に続く引き戸を開けようとすると、物音に気づいたらしいちひろが先に開ける。

「わっ」

「きゃっ…びっくりした…。二宮さんだったんですか」

「驚かせて悪い。…ちょっと客だから」

店にいると伝える二宮に頷き、ちひろはその背後を窺う。中へ入ってきていた小枝の姿を目にすると、小さく会釈して引き戸を閉めた。

店の方へ引き返し、調理場に入った二宮は、小枝に何か飲むかと尋ねる。そう聞いてから小枝が下戸なのを思い出した。

「すみません。先生は…」

「お構いなく。…大きくなられましたね」

小枝からもちひろの姿は見えたらしく、感慨深げに言う。二宮は頷き、薬缶《やかん》に水を汲《く》んで火にかけた。

やむを得ずにちひろと同居することになった時、小枝に連絡を入れて、中岡への伝言を頼んだ。その節はお世話になりましたと礼を言ってから、中岡の件かと確認する。小枝は頷き、二宮に仮出所したのを知っているかと聞いた。

小枝がわざわざ来てくれたのは、その件だったのかと連絡しないでいたのを申し訳なく思いつつ、二宮は頷いた。

「はい。あの…」

「栃木にいるそうなので、一度、会いに行こうかと…」

「先生…それなんですが…」

色々あって、今は新大久保のホテルにいるのだと伝えると、小枝は驚いた顔になって会うことができたのかと問う。中岡が頑なに二宮との接触を避け続けていたのを知っているだけに、驚きが大きかったようだった。

「知り合いに、仮出所が決まったら知らせてくれるよう頼んであったんです。それで…栃木まで訪ねて……色々あったんですが、今はホテルに」

ここから歩いて十分ほどだとホテルの場所を説明する二宮に、小枝はほっとした顔で頷く。それから、自分は中岡の仮出所を知ったのは今日なのだと返した。

「中岡さん本人からは連絡を貰えなかったので…そうですか。じゃ、会えたんですね」

「はい」

感慨深げに呟く小枝は、二宮がずっと中岡に会うために努力を重ねていたのを知っている。よかったと口にする小枝に、二宮は「ただ」とつけ加えた。

「俺が訪ねていったら逃げまして。東京に戻ってきていたのをなんとか探し出しました。本当は…ここへ連れてきたいんですが、…会わないと言い張ってるんです」

仕方なくホテルに泊まらせていると二宮が声を潜めて話すのを聞き、小枝は無言で頷いた。奥にいるちひろが中岡の存在を知らないのを、小枝も承知している。

二宮が中岡と会えたという話にほっとした様子を見せた小枝だったが、すぐに気にかかる点を思い出したようで、「しかし」と切り出した。

「まだ仮出所ですから、居住地を勝手に移すのはまずいのではないですか。保護司との面談などもあるでしょう」

「わかってます。身元引受人となってくれた保護施設の代表の方に、しばらく時間をくれるように頼んであるんですが…」

「中岡さんがこちらへ来たのは何か理由が？」

「それが…先生。やはり、あいつは新留さんを殺害してはいないと言ってるんです。なので、真相を確かめるべく、今、一緒に調べています」

「……」

二宮が低い声で冤罪であるのを伝えると、小枝は一瞬動きを止めた後、なんとも言い難い表情になった。中岡の無実を信じて事件について調べ、裁判に備えていた小枝は、初公判前に自供を翻した中岡によって弁護人を解任されている。

その後もちひろの件などでは中岡に頼られていたが、中岡が自ら犯行を認めて有罪になったことに関しては、釈然としていなかったに違いない。大きく息を吐き、項垂《うなだ》れた小枝は絞り出すような声で「そうですか」と呟く。

「やっぱり…そうだったんですね…。なぜ…あんな真似を…」

「事実関係がもう少しはっきりしてから先生には報告するつもりだったんですが…、中岡は咲月も…殺されたと考えているようです」

「……」

犯行を否認したと聞いた時にも増して、小枝は衝撃を受けたようで、絶句して二宮を見た。二宮も中岡から聞いた際には信じられない思いで声が出せなかった。

何も言えないでいる小枝を見返していると、薬缶の湯が沸き、蓋がかたかたと音を立てる。ガスの火を止め、二宮は中岡から受けた一連の説明を、小枝に伝えた。

「もちろん、証拠なんかはありません。けど、あいつは…咲月が自殺するはずがないと言って…新留さんを殺害したのと同一犯…かどうかはわかりませんが、とにかく、同じ理由で殺されたと考えています」

「同じ理由って…、新留さん殺害と咲月さんにどんな関係が…」

「当時、新留班が追っていたヤマが原因のようです。中岡が仮出所後、栃木にいたのもそのヤマが関わっていました。中岡から話を聞いた上で、色々調べてみてわかってきたのは、検察と警察は、新留班が捜査していたその事件のホシを挙げさせないために現場に圧力をかけていたようです。そして、恐らく、新留さんはホシに見当をつけていたのではないかと思われます」

「まさか、そのせいで殺されたと?」

頷く二宮を見た小枝は激しく眉を顰めた。小枝が感情を露《あら》わにするのは珍しい。自分自身、信じ難かったのを思い出しながら、咲月の件についても触れる。

「中岡が新留さんと揉めていたのは、その事件に関する行き違いがあったからで…先生にその理由を言えなかったのも、誰にどうして殺害されたのか、背景を疑っていたからのようです。そうしてる間に、咲月が自死したと聞き、新留さんと同じく、殺されたのだと……。新留さんとの過去が自殺の原因だとは到底思えず、自分への脅しだと捉えて、殺害を認めたと話しています。ちひろにまで害が及ぶのを…恐れて」

「……」

そんな…と声にならない言葉を発した後、小枝は大きく息を吸って、そうならば打ち明けてくれればと苦しげに吐き出した。似た気持ちを強く抱いていた二宮は、深く頷いて同意した。

「俺もそう言ったんですが、迷惑をかけたくなかったと言うばかりで…」

小枝に説明しながら、二宮は自分の胸の内に根づいている落ち着かない気持ちが強く脈打つのを感じていた。中岡の言う「迷惑」とはどういう意味なのだろう。ちひろと頑なに会おうとしないのは、世間的には前科者である自分との関係を、背負わせたくないと言っているが…。

その本心は…。

途中から言葉が継げなくなった二宮を、小枝は真剣な表情で見返して呼びかけた。

「二宮さん…。私はひどく厭な予感がするんです」

「……」

「中岡さんが…真犯人を捜しているのだとしたら…それは」

お互いがうっすらと…しかし、現実になるのを恐れて口にはせずにきた事実を、小枝が言葉にしかけた時だ。外から話し声が聞こえてきて、二宮と小枝ははっとし、話をやめる。

店の引き戸が開けられ、聞き慣れた声が「旦那！」と呼ぶのを聞き、二宮は硬い表情をなんとか取り繕ってから顔を向けた。

「元気かい？　ああ、嬉しいよ。顔が見られて」

「本当だ。旦那さん、元気そうだね。よかった」

喜びの声を上げて店に入ってきたのは、社長と教授で、続いてクロさんの顔も見える。

三人ともすでに一杯入っているような顔つきで、時間的にも違う店で飲んでいたのだろうと思われた。

「こんばんは。迷惑かけてすみません。まだ再開したわけじゃなくて…」

「いやいや。旦那の顔が見たかっただけで…見られてほっとしたよ」

「ちひろちゃんから戻ってきてはいると聞いたんで、もしかしたら、いるかもって社長が…」

教授の説明によると、三人はいつものように店の前で集まって違う店に飲みに行ったのだが、一杯飲んだところで社長が「もしかして」と言い出したようだった。空振りでもいいから、酔い覚ましついでに旦那の顔を見に行こうという号令に、教授とクロさんはつき合ってきたのだという。

店へ入ってきた三人は、見覚えのないスーツ姿の男がいるのに気づき、恐縮したような顔つきになって頭を下げる。小枝は赤ら顔の三人組に苦笑し、「こんばんは」と挨拶した。

二宮が小枝に店の常連なのだと説明しようとすると…。

「あ、開いてた！　…よかったー！　再開したんですね」

「……」

またしても聞き慣れた声が響き、これまた常連の洞口が、他にも見知った顔三人と一緒に入ってきた。こちらも社長たちと同じく、そろそろやってないかと期待し、足を運んでみたのだと言う。

「すまん。違うんだ……」

「二宮さん、私は構いませんから」

断って客たちを帰そうとする二宮に、小枝は相手をするように勧める。すでに冷蔵庫へ向かっている客もいて、二宮はシャッターを閉めておかなかった自分のミスだと諦め、小枝に「すみません」と詫びた。

それから、社長と教授とクロさんにも、一杯だけ飲んでいかないかと声をかけると、三人は満面の笑みを浮かべて頷いた。

「けど、つまみはありませんからね。…そっちも。支度してないから、酒しかないぞ」

「大丈夫っす。缶詰、貰います」

「ああ、こんなことならビールを飲むんじゃなかったよ。一日一本って決められてるんだよな。どうしようかな」

「社長さんは酎ハイにしたらどうだい?」

「確か、カロリーの低いやつがありますよ」

カウンターの周囲に常連たちが集い、一気に賑やかになる様を見た小枝は、嬉しそうに微笑《ほほえ》んで二宮を見た。

「二宮さんがお店を開いたと聞いて…正直、心配していたんです」

「…先生だけじゃありませんよ」

心配しない人がいなかった。そう言って苦笑した二宮は、先ほど止めた薬缶を再び火にかけ、マグカップを用意した。湯が沸くと、小枝のためにコーヒーをいれる。

「一度覗きたいと思ってたんですが、私はお酒が駄目なので遠慮していたんです。でも、とてもいい店ですね。お客さんが入ると、本当にそう思えます」

「ありがとうございます。ソフトドリンクもありますし、お望みならお茶やコーヒーも出しますから」

先生にはもちろん無料で…とつけ加え、二宮は小枝の前にマグカップを置く。小枝は礼を言ってマグカップを引き寄せると、湯気が上がるコーヒーを見つめながら、呟くように言った。

「…私は…中岡さんにはちひろちゃんのことだけを考えて欲しいです。もちろん、真犯人を捜すのも、冤罪を晴らすのも重要ですが…」

言外に見える小枝の真意は二宮にしかと伝わり、深く頷く。中岡の気持ちがわかるだけに辛く、思いがけずに店が賑やかになったことに、助けられるような気分がした。

事件の概要がもう少しはっきりしたら連絡すると小枝に約束し、コーヒーを飲み終えて帰っていく彼を見送った。それからすぐに教授たちも帰っていき、洞口たちも十時前には出ていった。客たちにはまだしばらく休むことと、わざわざ覗きに来てくれた感謝を伝えた。

シャッターを閉めた後、掃除を済ませて火の元を確認し、母屋に戻るとちひろが客は一人じゃなかったのかと聞く。

「いや。話してたら社長や教授や…他にも洞口とか、やってきて…一杯飲んで帰っていった」

「えっ。お店開けたんですか？」

「まあ…そういうことになるな」

基本、立ち飲み屋なのだから、酒さえあればＯＫなのだ。肩を竦め、二宮は台所の冷蔵庫へビールを取りに行く。帰ってくる途中で空腹を覚え、ちひろと何か食べられたらと思っていたがすっかり遅くなってしまった。

ビールを取り出すついでに台所回りを見て、何か食べられるものを探し、茶の間のちひろに声をかける。

「食べてないんですか？」

「ああ」

「じゃ、すぐに何か作ります」

「お前、勉強してるんだろ。自分でやる」

大丈夫です…と言い、ちひろは台所に来て冷蔵庫を開ける。うどんでいいですか？と聞かれた二宮は十分だと返し、茶の間へ戻った。

こたつに入ってテレビを見ながらビールを飲んでいると、ちひろがお盆に載せた丼を運んできた。ねぎにあげ、落とし卵が入ったうどんはとても美味しそうな匂いがする。二宮は礼を言い、箸を手にする。

「……うまい」

「二宮さんが作っても同じ味ですよ」

「いや…」

うどんもカレーも、誰が作っても似たような味になるのかもしれないが、特別な美味しさに感じられるのは、相手を思う気持ちがあるからだろう。ずっと一人を通し、家族とも早くに別れた二宮にとって、貴重な経験だった。

一口食べたら、身体が空腹を思い出し、箸が止まらなかった。すべてを吸い込む勢いで食べ尽くすと、空になった丼を置き、「ごちそうさま」と手を合わせる。

二宮が早食いであるのはちひろもよく知っているが、それにしてもという速さに驚き、目を丸くする。そんなにお腹が空いていたのかと聞かれ、二宮は決まりの悪い気分で、ビールを飲む。

「昼は食べたんだが…」

「いいんですけど、お代わりとかは？」

「いや」

もう十分だと言い、それから「ありがとう」と礼を言った。不意に改まった感じで言われたちひろは面食らい、どうかしたのかと聞く。

「別に。俺が礼を言ったらいけないのか」

「そういうわけじゃありませんけど…」

「ありがたく思ったんだよ」

だから…と言いかけた口を噤《つぐ》み、なんで礼を言った弁明をしなきゃいけないのかと二宮は眉を顰めて煙草を取り出す。ちひろはどこか可笑《おか》しそうな表情で小さく笑い、空になった丼を台所へ運んでいった。その後ろ姿を見ながら、二宮は自分の口から礼が零れた本当の理由を考えていた。


翌日、早朝に携帯が鳴った。相手は小野塚で、二宮は布団に入ったまま、枕元にあった携帯を手に取った。

「はい…」

『朝早くからすみません。まだお休みでしたか?』

「いや」

本当は布団の中にいるとは言えず、否定しながら起き上がる。襖を開けると茶の間はまだ暗く、ちひろは起きていなかった。室内が随分冷え込んでいるのに舌打ちしたい気分で、時計を見ると六時になったところだった。

昨夜は小野塚からも、途中で別れた赤星からも連絡は入らなかった。中岡を迎えに行く前に電話を入れようと考えていたのでちょうどいい。二宮は寝床に戻って布団を背中にかけて寒さをしのぎ、煙草を咥えた。

「俺も電話しようと思ってたんだ。…新留さんの件か？」

『はい。あれから遺族に問い合わせたところ、遺品はすべて処分したとのことでしたが、事件当時の所持品は戻ってきていないとの話でしたから、調べてみたところ捜査証拠として保管されていました』

「返却されていなかったのか？」

『そのようです。なので、それを取り寄せるよう指示していたのですが、昨日はこちらへ戻ってこられず、今、確認しました。…その中に手帳があり、二宮さんにも一度、見ていただきたいのですが』

願ってもない話で、二宮はどこへ行けばいいかと聞く。小野塚はすでに霞ヶ関《かすみがせき》の職場にいると言い、日比谷公園で落ち合うことにした。通話を切るとまだ火を点けていなかった煙草を戻し、慌ただしく着替えを済ます。

茶簞笥にしまってあった財布を出していると、階段を下りてくる足音が聞こえた。ちょうどいいと思い、姿を見せたちひろに出かけると告げる。

「え…あ、早いですね？」

「ちょっとな」

お前も気をつけていけよと言い残し、二宮は自宅を飛び出して薄暗い中を急いで駅へ向かった。小一時間ほどで日比谷公園に着いた時には、太陽も昇り、明るくなっていた。

小野塚はすでに着いており、寒さに顔を顰めながら待たせたのを詫びる。

「すまん。寒いのに待たせた」

「いえ。寒いのは平気です」

富山で慣れました…と言い、小野塚は手に提げていた鞄からビニル袋に入った手帳を取り出す。二宮はそれを受け取り、中身を確認した。

「捜査証拠として保管されていたのは他に、携帯、財布、鍵…あとは、衣類ですね。財布の中身は現金と、カードが二枚のみ。携帯はデータが消去されていました」

「どうして…」

思わず眉を顰めながらも、理由は一つだと思い、それ以上言わなかった。小野塚も同じ推測を立てているらしく、重々しい口調で「やはり」と続ける。

「新留は理由があって殺害されたのではないでしょうか。中岡に罪を被せたかった人間たちは、遺品から真犯人に繋がるような何かが出るのを恐れたのでは？」

「だろうな。…俺が連絡しようと思っていたのは、押川美久事件との繋がりが出てきたからだ。押川美久には交際していた相手がいたらしく、それが大学は違うものの、同じサークルだった鈴江秀春らしい」

「鈴江秀春…?」

訝しげに繰り返す小野塚は、当選議員として名前を覚えていたらしい。先日、参議院議員となった男かと尋ねるのに、二宮は頷く。

「お前も知ってるだろうが、鈴江秀春の父親は与党幹部の鈴江一幸だ。長官官房にだって顔がきいてもおかしくない。それに鈴江の地元は…」

「栃木、ですか」

目を丸くして頷き、小野塚は二宮が手に持っている手帳を捲るように言う。後ろの方のページを開くと、いくつか数字が書かれていた。

「時刻らしいと思い、調べてみましたら、新留が殺害された日の東北新幹線の発車時刻でした。すべて那須塩原に停車するものです」

「目的地はやはり那須塩原だったのか」

「それと…これなんですが…」

そう言って小野塚が指した箇所には、またしても数字が書かれていた。８６７５という四桁の数字は発車時刻には見合わない数だ。

「なんだ…?」

「わからないのですが…ナンバープレートの数字ではないかと思い、照会をかけようかと」

「…確かに」

小野塚の読みに同意し、何かわかったら教えてくれと頼んだ。他に気づく点はないか見て欲しいと言われ、二宮は手帳を捲りながら鈴江が押川美久事件の被疑者である可能性を探ってくれと頼む。

「押川美久事件で押収した証拠を再鑑定できないか、検討させてみてくれ。当時、新留班から事件を継いで担当した大野ってのが、今、係長をやってる。声をかければ協力してくれると思う」

「いいんですか？」

「ああ。立件できるかどうかは怪しいし…また圧力が働くかもしれないが、大野はそれでめげる男じゃない」

了解ですと頷き、小野塚は「しかし」と続ける。

「押川美久の一件は鈴江の犯行だとしても、新留は違うでしょう。鈴江は当時、大学生だったんですよね？　現役の捜査員だった新留を殺害できるとは思えませんし、中岡が見たという男とも特徴が違っているのでは…」

「ああ。だから、別の人間が関わっているはずなんだ…」

新留と…そして咲月を殺害可能な人物が。それがわかれば…。

しかし。

「……」

押川美久事件を解決し、新留と咲月を殺害した真犯人を見つけて中岡の冤罪を晴らしたい。そういう気持ちが強くあっても、真相に近づくにつれて不安が大きくなってきているのは…。

小野塚を見ると、「何か?」と聞かれる。二宮は開きかけた口を閉じ、なんでもないと答える。小野塚にはきっと中岡の気持ちがわかるに違いない。

復讐したいという、気持ちが。

小野塚と別れると新宿に戻り、そのまま新大久保のホテルへ向かった。ちひろが学校に出かけてから…九時過ぎくらいに行くと言ってあったが、少し早くなる旨を伝えようと中岡の携帯に電話をかけたが、繋がらなかった。

呼び出し音は続いたので、風呂にでも入っているのかもしれないと考えた。二宮の方もラッシュ時の電車を乗り継いでの移動だったので、その後に電話をかける余裕はなく、直接ホテルを訪ねた方が早いと思ったのだが。

相変わらず、多くの外国人観光客の姿が見られるホテルのロビイに着いてから再び電話しても中岡の声は聞けず、フロントから呼び出してもらうように頼んだ。すると。

「その部屋なら早朝にチェックアウトされましたよ」

中岡がホテルを出たと聞き、二宮は油断した自分に舌打ちする。中岡の様子がおかしいのに気づいていたのだから、ずっと見張っているべきだったのに…と後悔する二宮に、スタッフは知り合いなのかと確認した後、忘れ物があると伝言して欲しいと頼んだ。

「携帯電話なんですが」

「……」

それは忘れたのではなく、足取りを追えなくするためにわざと置いていったのだろう。

二宮はスタッフへの返事もそこそこに急いでホテルを出ると、明星に連絡を取った。

「…俺だ。中岡がいなくなった。恐らく鈴江を追ってるはずだ。鈴江の事務所は議員会館だけか?」

『いなくなったって…またですか? ええと…たぶん、そうかと。父親の方は虎ノ門《とらのもん》に個人事務所があるはずで…』

「鈴江の今日の動きはわかるか?」

すぐに調べるという明星は新宿にいるなら合流しようと二宮に持ちかける。二宮は同意し、自宅から出るという明星と、新宿駅で落ち合うのを決めた。

中岡は鈴江と接触したとして、どうするつもりなのか。中岡自身、鈴江は新留殺害に直接関わっていないのはわかっているはずだ。誰が関わっているのか聞き出すつもりなのか。

しかし…。

足早に向かっていた新大久保駅に着くとホームに来ていた満員電車になんとか乗り込み、新宿へ移動した。南口改札を出てすぐのところで…と約束していた明星は見当たらず、二宮が階段を下りかけると、向かい側から上がってこようとする姿を発見した。

「明星！」

動きを止めた明星の元まで駆け下り、鈴江のスケジュールがわかったかどうか尋ねる。明星は現在の所在については不明だが、今日はトークイベントへの参加が予定されているようだと答えた。

「与党の人気議員が支持者向けのイベントを開くんですが、それに顔を出すみたいです。それが午後から…川崎であります」

「川崎か…」

鈴江のＨＰで宣伝されているので、中岡にも入手可能な情報だろうという明星の意見に頷き、二宮は共に川崎へ向かうことにした。再び階段を上がって改札を通り、ホームへ向かう。山手線に乗り込むと、混み合う車内の中ほどへ移動して、明星と並んでつり革に摑まった。

それから携帯を取り出して、小野塚に中岡がいなくなったのを伝えるためにメールを打った。何か情報があったら教えて欲しいと結び、携帯をしまう。品川に着いた電車を降り、東海道本線に乗り換えて川崎を目指した。

川崎駅に着いた二宮は、明星と手分けして周辺に中岡の姿がないか探した。数時間歩き回ったが、残念ながら中岡は見つからず、トークイベントの時間に合わせて会場となる予定のホールへ移動した。

駅から五分ほど歩いたところにある、ビル内の貸しホールには、すでにイベントを知らせる掲示板が出ており、政党関係者らしきスタッフの姿も見えた。開始は二時とのことで、三々五々、参加者が集まりかけていた。

二宮と明星は人目につかない場所を選んで待機し、中岡の姿を探す。昨日、中岡に会ったばかりの明星は、思い詰めたような顔でいたのが気になると呟いた。

「本当に現れるでしょうか？」

「わからん。イベントが終わるまで様子を見る」

姿を見せなければ、それから考えると返事し、二宮は深く息を吐いた。迷惑をかけ通しの明星にすまないと詫びると、困り顔で肩を竦めた。

「二宮さんが悪いわけじゃないですから……あ、あれじゃないですか」

はっとした顔で明星が指さした先を見ると、ビルのエントランス前に黒塗りの車が停まっていた。後部座席のドアが開き、スーツ姿の男が出てくる。まだ若いスマートな男は、与党で一番の集票役と言われる人気議員だ。颯爽《さっそう》と入っていく議員の後には秘書やスタッフが続く。

「鈴江はまだですかね」

「……」

主役が着いたということは、もうすぐ来るのか。もしくはすでに会場内の控え室などにいる可能性もある。大物議員の息子とはいえ、鈴江はまだ当選したばかりの新参者だ。主役である相手を待たせる真似はさすがにしないだろう。

そんな読みが当たり、参加者が続々と集まり始めた後も、鈴江は姿を見せなかった。間もなくしてトークイベントの開始時刻である二時となり、二宮は明星と共に会場に入った。事前にスタッフに尋ねたところ、立ち見でもよければ入場は可能だという返事を得ていた。三百人ほどが収容できるホールはほぼ満席で、二宮と明星は会場全体が見える後方の壁際に立った。舞台上では司会役の女性からインタビューを受ける形で、トークセッションが始まっており、先ほど見かけた人気議員の隣に鈴江が座っていた。

「…あれか」

「やっぱり先に来てたんですね」

二宮と明星が到着した時にはすでに会場内に入っていたのだろう。鈴江はどことなく緊張した顔つきながら、隣の人気議員と同じようなスマートさが見られ、会場の大半を占める中高年女性は熱い視線を送っている。

政治家であっても、所詮人気商売だ。鈴江の外見を買った与党側の、広告塔として育てたいという思惑が見える。

「政治家のトークイベントとかって初めて見ましたけど、こんな感じなんですか」

「政党によってや、政治家によっても全然違うだろうがな。あの二人はどう見たって客寄せパンダだ」

先ほどから舞台上で交わされてる会話は女性の地位向上や年金問題といった、来場者に合わせた耳触りのいいものばかりで、政治色はほとんど見られない。現状には問題があるとし、自分たちがなんとかしてみせると言い切りはするけれど、具体策はまったく提示されていなかった。

どうしたらいいのかもわかっていないのだろうなとシニカルな意見を抱きつつ、二宮は会場内に視線を走らせる。そろそろイベントは終わるが、中岡らしき人影は見当たらず、他の行き先を考えなくてはいけないようだと明星に相談する。

「ちょっと、取材を装って鈴江の事務所に電話してこの後のスケジュールを聞いてみます」

「頼む」

明星が出ていくと、二宮は自分の携帯を確認した。マナーモードにしてあったそれにメールが入っているのに気づき、急ぎ開く。電車に乗った時、小野塚に中岡が消えた旨を報告していた。

小野塚は中岡の行動を心配する言葉と、大野への指示を済ませたという報告をしてきていた。こちらでも中岡の動きが摑めたら報告しますという内容を読み終えて携帯を閉じると、司会が締めの言葉を口にした。

「最後にご挨拶をお願いします。鈴江先生からどうぞ」

司会から請われた鈴江がマイクを握り、ぎこちない…けれどまだ新鮮に感じてもらえるであろう挨拶を済ませた後、人気議員がさすがと思わせる挨拶を続ける。会場内からは拍手が湧き、二人は深くお辞儀をして舞台袖へ消えていった。

鈴江が会場から出るところを押さえようと思い、二宮は席を立ち始める観客たちよりも早く外へ出た。ロビイには多くのスタッフがいて、その中に明星の姿を探したが見当たらない。どこへ行ったのかと思い、廊下を奥へ向かって進んでいくと、通路の真ん中に置かれた関係者以外立ち入り禁止という看板に突き当たった。

「……」

ということは、この先に控え室の類いがあり、鈴江もいるのかもしれない。二宮がそう考えた時、廊下の向こうから話し声が聞こえてきた。複数の足音も聞こえ、咄嗟に柱の陰に身を隠す。

「今日はありがとうございました。すごい反響でしたね。またよろしくお願いします」

「こちらこそお願いします。中山《なかやま》先生にはこれからもご指導いただきたいと考えておりますので。鈴江の方からもよろしく伝えるよう、言いつかっておりますのでお伝えください」

「大先生の方は先日……」

にこやかに話しているのは政党関係者を示すバッジをつけた男と、鈴江、そしてその秘書らしき男だった。他のスタッフは見当たらず、会場入りした際の人気議員と比べると寂しい感じだが、当選したての新人議員なのだから当然か。

五十前後の秘書はベテランのようで、政党関係者に鈴江を売り込んでいる。鈴江はその後ろで立っているだけで特に何を言うだけでもなく、二人が立ち止まって立ち話を始めるとトイレに行ってくると秘書に断り、その場を抜けた。

二宮はそれとなく鈴江の後を追い、トイレへ向かう。中へ入れば面割れする可能性が高く、それは避けて外で待つことにした。

廊下の角に背を預けるようにして立ち、明星に連絡を入れるために携帯を取り出すと同時に、着信が入る。相手は小野塚で、二宮はすぐにボタンを押した。

「…悪い。今…」

用があっての電話だろうが、鈴江が出てきてはまずい。折り返すと返事しようとした二宮に、小野塚は緊迫した声で尋ねた。

『二宮さん、今どこにいますか？』

「…川崎だ」

『もしかして、鈴江の傍に？』

中岡の行き先として小野塚も鈴江を思い浮かべたのだろうと考え、「ああ」と返事する。

「さっきトークイベントが終わったんだが、あいつは現れていない。取り敢えず、鈴江がここを出たら別を当たってみようと…」

『できればすぐにその場を離れてください。面倒なことに…』

小野塚に言葉の意味を問う前に、トイレから声が聞こえてきた。普通の話し声ではないように感じ、二宮は厭な予感を抱く。携帯を耳につけたままトイレへ向かおうとすると、中から鈴江が飛び出してきた。

「……」

同時に、廊下の先に思いがけない光景を見て、二宮は動きを止める。そして、その意味を考える前に、続けてトイレから現れたのは…。

「っ…‼」

鈴江を追いかけようとしていた中岡で、二宮は咄嗟の判断で、彼を素早くトイレへ押し戻した。声を上げようとする中岡を必死の形相で止め、背後の様子を窺うように促す。

トイレの外から声が聞こえてくると、中岡は動きを止めた。

「鈴江秀春さんですね。警視庁捜査二課です。公職選挙法違反容疑で逮捕状が出ていますので、同行願います」

「何…言って…。ちょっと待ってくれ、俺は…」

「こちらへお願いします」

トイレから出てきた鈴江の向こうに二宮が見つけたのは、揃って濃色のスーツを着た複数の男だった。厳しい顔つきと統率の取れた動きと独特の雰囲気から、二課の人間であるのはすぐにわかった。

二宮は耳につけたままだった携帯から、小野塚に小声で「二課か？」と尋ねる。小野塚が電話してきた「面倒な」理由というのは…。

『現れましたか？』

「ああ…」

二宮が頷いた時、一人の捜査員がトイレの中を確認に来た。中岡はすかさず手を洗う振りをし、二宮は携帯で話しているふうを装う。捜査員は訝しげに見てきたが、質問してくることはなく、出ていった。

外から人の気配が消えると、二宮は再び小野塚に声をかける。

「…どういうことだ？」

『詳細はまだ入ってきていませんが、先日の参院選で選挙違反があったようです。選挙期間中から情報を得て動いていたようで…続報が入ったらお伝えします』

「頼む。俺の方からも一つ、…中岡を捕まえた」

短く報告し、二宮は携帯を閉じる。神妙な顔つきで濡らした手をハンドドライヤーで乾かす中岡に、二宮はうんざり気味に吐き捨てた。

「いい加減にしろよ。何度逃げたら気が済むんだ？」

「…逃げてない」

「逃げてるじゃないか。携帯をホテルに置いていったのだって…」

思わず声を高くして責めようとした二宮は、途中でやめた。それよりもまず。

「鈴江に何を話したんだ？」

トイレから聞こえてきた話し声は、中岡と鈴江のものだったのだろう。自分が携帯を触っていた隙にトイレに入り込んだに違いない。

中岡よりも先に出てきた鈴江の顔は強張っており、逃げ出したような感じだった。押川美久事件について尋ねたのかと聞いた二宮に、中岡は重々しく頷く。

「殺害された押川美久を覚えているか聞いた。…あいつがホシだ」

動揺の仕方が普通じゃなかったと言い、中岡は断言する。二宮も同じ確信を抱いていたが、中岡の目的はそこじゃないのをわかっていたから、「それだけか？」と続けた。

「新留さんと……咲月に関しては、鈴江は関わっていないはずだ」

「直接はな」

「誰が関わっているのか聞いたのか？」

「……」

確認する二宮に、中岡は無言を返す。鈴江が素直に答えたとは思えないが、中岡の反応から、何かしらのヒントを得たような気がした。ならば…また自分をまいて、独断的な行動を取る可能性が高い。二宮は深い溜め息を零し、頼むからと懇願する。

「自分一人でなんとかしようなんて考えるな。俺の方もちゃんと動いてる。…新留さんの遺品は捜査証拠として保管されたままだったんだ。携帯のデータは消去されていたが、手帳があって、中身を確認したところ、気になる数字が書かれていた。８６７５っていう数字に覚えはあるか？」

「……。いや…」

「ナンバープレートなんじゃないかと思って、今、照会中だ。ひとまずはその結果を待て」

それが鈴江と結びつく手がかりになる可能性は高い。無言を返す中岡に溜め息交じりに「行くぞ」と声をかけ、先にトイレを出る。後ろをついてきているのを確認し、明星に電話をすると、エントランスを出たところにいるという答えがあった。

そっちへ行くと返し、中岡を連れて退席者で混み合うロビイを抜けて外へ出る。中岡を見た明星は「あっ」と声を上げ、見つかってよかったと二宮に言った。二宮は顰めっ面で頷き、迷惑をかけたのを詫びる。

「すまん。それより…鈴江が連行されていかなかったか？」

「連行って…捕まったんですか？」

驚いた顔で返し、明星は見かけていないと答える。ならば、裏口を使ったか、まだ中にいるのか。逮捕状は出ているようだが、有名政治家の息子だけに慎重な扱いにならざるを得ないといったところか。

明星に選挙違反らしいとざっくり伝え、中岡も共に新宿へ戻るために駅へ向かう。その途中、二宮は中岡に押川美久事件の再捜査が始まる可能性は高いと話した。

「すでに大野には証拠品を洗い直してもらうよう頼んである。鈴江が逮捕されたことで色々と都合がよくなるはずだ。保管されている現場の遺留物から、鈴江に繋がる証拠が見つかれば取り調べもできる」

「……」

「ここまで来て焦ったところでどうにもならん」

一歩ずつ進めていくしかない。厳しい顔つきで言う二宮を一瞥し、中岡は肩で息をつく。重々しく頷いた横顔には、深い諦めが浮かんでいるように見えた。


新宿駅で降りた明星と別れると、二宮は中岡を連れて宿泊していたホテルへ赴き、彼が置きっぱなしにした携帯を取りに行かせた。外へ出てきた中岡を促し、二宮は歩き始める。

「どこへ行くんだ？」

中岡の問いには答えず、二宮は無言で歩き続けた。中岡は行き先を追及することなく、二宮に従った。十分ほど歩いて到着したのは二宮の自宅で、「ここは？」と不思議そうに聞く中岡に自分の店だと答える。

「……」

つまり、ちひろが住んでいる場所だと気づき、中岡は踵《きびす》を返そうとした。二宮はその腕をすかさず摑み、もう逃げられるのはごめんだと凄《すご》んだ。

「どんだけ迷惑かけてるか、わかってるのか？　お前の気持ちはわかるが、こっちの…」

ことも考えろ…と言いかけたところで、二宮は人影に気づき口を噤む。つい感情的になって声を荒らげたという自覚があり、しまったと思ったのだが、中岡の少し後ろで立ち止まっているのがちひろだとわかり、息を呑んだ。

ちひろは自分が険相で中岡に詰め寄っているのを見て、戸惑っている様子だった。中岡は背後にいるちひろの姿が見えておらず、二宮の異変に気づいて振り返った。

「……」

学校帰りのちひろは、ロゴの入った白いスウェットにデニム、ダッフルコートを羽織り、デイパックを背負っていた。どこにでもいる女子高生であっても、中岡の目にはそうは映らなかっただろう。

微動だにせず、ちひろを凝視している中岡を、二宮は冷静に観察しながら掴んでいた腕を放す。ちひろはじっと見つめられているのを不審に思ったのか、少し怪訝そうな表情を浮かべて中岡に軽く一礼すると、二宮の方へ近づいた。

「あの……」

中岡と揉めていると勘違いして、心配そうに声をかけようとするちひろに、二宮は「中へ入ってろ」と短く告げる。ちひろは冷たいあしらいに不満げな雰囲気を漂わせながらも、二宮の指示に従い、路地に入って裏口へ向かう。

勝手口のドアが閉まる音を聞いてから、二宮は中岡に声をかけた。

「……気づいてないだろう？」

「……」

残酷かもしれないと思いながらも、それを望んでいるのだろうという推測もあった。中岡は返事の代わりに大きく息を吐き出す。二宮はその背中を押し、連絡が来るまではうちで待機してろと低い声で命じた。中岡は返事をしなかったが、同時に、二宮に逆らうこともしなかった。

中岡を先に路地へ行かせて、勝手口から家へ入るよう勧める。狭い三和土で靴を脱いで上がった中岡に、奥へ行けと視線で示した。二宮も中岡に続いて家に入り、廊下を進んで茶の間に入ると、ちひろの姿はなく、二階にいるらしかった。

身を持て余しているような顔で立ち尽くす中岡に、こたつへ入るよう言うと、階段を下りてくる足音が聞こえてきた。間もなくして、ちひろが茶の間に顔を出す。

「二宮さん、さっきの人って……」

中岡が家の中に入ってきているとは思っていなかったのだろう。誰ですかと尋ねかけたちひろは、本人がそこにいるのに気づいて、はっとした顔になる。慌てて「ごめんなさい」と詫びるちひろに、二宮は今晩、中岡を泊めると伝えた。

「俺の部屋に寝かせるから」

「じゃ、二宮さんは？」

「……ここで寝る」

こたつをどかせば布団は敷ける。座敷に布団を二組敷けないこともないが、ぎゅうぎゅう詰めで中岡と並んで寝るのは勘弁したい。ちひろは「そうですか」と頷き、中岡に改めて頭を下げた。

「…ちひろです」

「……」

中岡は名乗らず、ちひろに向かって頭だけを下げた。その表情はひどく強張っており、ちひろは事情があるのだと感じたらしく、二宮に二階で勉強していると告げる。

「晩ご飯は…」

「俺が作る。何にするつもりだったんだ？」

「一人だと思っていたので、煮物とお汁で済まそうと思ってたんですけど、二宮さんと…ええと」

「中岡だ」

「中岡さんも食べますよね？　なら、カレーにします」

自分が下りてきて作るので…と言い、ちひろは何時がいいかと確認する。二宮は何時でもいいと答え、カレー作りを任せた。

ちひろが茶の間を出て二階へ戻っていくと、こたつに入り、立ちっぱなしだった中岡にも再度座るように言う。

「カレー作るのはあいつの方がうまいんだ」

「……」

中岡は無言のまま、二宮の向かい側に腰を下ろしてこたつに入った。俯いた顔には様々な感情が見え隠れし、どう思っているかはわからなかった。嬉しいのか、哀しいのか、切ないのか。どれも正しいのかもしれないなと思い、二宮は煙草を取り出した。

六時を過ぎた頃、ちひろは二階から下りてきてカレーを作り始めた。それまで沈黙したままの中岡との時間を、テレビを見ることで潰していた二宮は、助かった気分でちひろと一緒に台所に立とうとしたのだが。

「カレーだけですから。やることないですよ」

「……」

確かにその通りで、二宮は仕方なく、冷蔵庫からビールを二本取り出して茶の間へ持っていく。一本を中岡の前に置いて「飲めよ」と勧め、プルトップを開ける。二宮が半分ほど飲んだところで、中岡はようやく動いて缶を手に取った。

ちひろが下りてきて以来、中岡がその存在を気にしているのは雰囲気でわかっていた。台所の方をそれとなく見たりするものの、自制しているのか、すぐにテレビに視線を戻す。二宮も中岡の様子に気づかないふりをして、テレビに目を向けていた。

夕方のニュースでは冬のグルメ特集と題して、新しくできたというビル内のレストランを紹介している。昨今のニュースは、報道番組というより情報番組の色合いが濃い。退職するまでテレビというのは、事件の報道についての部分だけを確認するものだったので、しばらくは新鮮だったが、もうすっかり飽きている。

テレビを眺めている中岡も、長い間、限られた情報しか入手できない暮らしを送ってきた。長年不自由を強いられ、中岡が失ったものの大きさを思うと、犯人を見つけたいと強く願うのは当然だと理解できる。だが…。

「二宮さん。できましたから、運ぶの手伝ってください」

「ああ…」

台所から呼ばれた二宮は立ち上がり、ちひろの手伝いに行く。茶の間にも漂ってきていたカレーの匂いが、狭い台所には充満していた。開けた炊飯器から炊きたてのご飯をよそった皿にカレーをかけ、ちひろは二宮に手渡す。

「これを中岡さんに。足りなかったらお代わりありますからって」

「…わかった」

お客さんには先に出すようにと指示され、二宮は頷いて皿を茶の間へ運ぶ。スプーンと一緒に中岡の前に置くと、台所へ戻って自分とちひろの皿を受け取った。それらを卓袱台に置いて、お茶を用意しているちひろが茶の間へ来るのを待った。

ちひろはお盆に急須と湯飲み、水の入ったグラスを人数分載せてくる。

「すみません、お待たせしました。…中岡さん、たくさん作りましたから、遠慮なくお代わりしてください。…いただきます」

「いただきます」

手を合わせるちひろと共に挨拶し、二宮はカレーを食べ始める。中岡は二人に遅れてスプーンを手に持ち、慎重に動かしてカレーを口にした。

一口食べた中岡に、ちひろは「どうですか？」と聞く。

「……。美味しい…」

「よかった。カレーは一番評判いいんです」

「インスタントラーメンもな」

「それは誰が作っても同じじゃないですか」

からかう二宮に膨れてみせたあと、ちひろはほっとした表情を滲ませてカレーを食べる。

中岡がちひろを直接見ないように意識しているのがわかり、二宮は複雑な気持ちになりつつもいつも通りの速さで皿を空にした。

ちひろもマイペースで食べ続けていたので、中岡が食べ終えても、まだ皿に半分以上残っていた。あまりのゆっくりさに中岡が困惑しているのを感じたのか、ちひろは食べるのがちょっと遅いのだと説明する。

「ちょっとじゃないだろ」

「二宮さんは早すぎるんです」

言い合う二人を見て、中岡が小さく苦笑する。わずかな変化だったが、中岡が反応したのに二宮はほっと安堵した。少しでも中岡とちひろの距離が縮まればと願う二宮の気持ちは強いものだった。

二宮は自分と中岡の皿とスプーンを台所のシンクへ運び、ざっと流して洗い桶に浸ける。

ちひろが食事を終えてから洗おうと思い、茶の間へ戻ると、二人が似たような顔つきでテレビを見ていた。

ちひろの顔立ちは、同性であることも手伝って、咲月に似ている。中岡の面影はあまり感じられないと思っていたけど、こうして一緒にいると、似ていると感じられるのが不思議だった。これが遺伝というやつか。そんなことを内心で思って、こたつに入り、ちひろが食べ終えるのを待った。

ちひろの食事が終わると、二宮は後片づけを引き受け、先に風呂へ入るよう勧めた。ちひろは入浴後、二階へ上がっていき、二宮は茶の間で中岡とほぼ会話のないまま、テレビを眺めて過ごした。

十時を回ったところで、二宮は中岡を風呂に行かせ、布団を敷いた。いつもの暮らしからするとまだ早いが、無言で考え込んでいる中岡と顔を突き合わせたままというのも苦痛だ。風呂を出てきた中岡に座敷で寝るように言い、自分は茶の間に敷いた布団に横になる。狭い部屋に並んで寝るのは遠慮したいというだけでなく、茶の間に寝れば中岡の逃走を防止できる。座敷からは茶の間を通らないと勝手口にも店にも出られない。中岡が抜けだそうとしても気づけるという考えがあった。

早々に明かりを消して横になっていると、自然と睡魔に襲われる。それでも緊張感があって、熟睡はできずにいた。十二時過ぎに二階から物音が聞こえ、ちひろが床に就いたのがわかった。

静かな暗い部屋で天井を見上げていると、越してきたばかりの頃を思い出した。思いがけずに転がり込んできた遺産相続の話を受け、ここに住み始めたのも同じ年末だった。店で倒れてそのまま搬送先の病院で亡くなった叔母の暮らしがそのまま残っていて、しばらくの間は、他人の家で間借りしているような気分だった。

それが自分の家だと認識できるようになったのは、店をやろうと決めて、改築を終えた辺りからだ。飲食店どころか接客業の経験すらなかった二宮にとって、店の経営は楽なものではなかったが、それでもなんとかやってきた。

こんなふうに意識があるまま寝床につき、天井を見上げていると、警察を辞めてから店を開くまでの、宙ぶらりんだった頃を思い出す。退職するまで、まともに布団で寝たのはいつだったのか、思い出せないような暮らしを続けていたから、何もすることがないのが苦痛だとは知らなかった。

中岡はどうなのだろう。長い年月を送った閉鎖的な空間で、どんな夜を過ごしていたのだろうと想像していると、「なあ」と呼ぶ声がした。

「…なんだ?」

「寝てなかったのか」

「声かけといて、それか」

苦笑して返しながら、二宮は寝返りを打つ。俯せになって座敷の方を見て、閉じた襖の向こうから声がするのを待ったが、結局、続きは聞かれなかった。

中岡は何を言おうとしたのか。起きているかどうか、確認したかっただけか。用はなんだったのかと問い返しはせずに、ただ待っている内に、いつしか眠ってしまっていた。

翌朝、二宮は誰かが自分を跨《また》ぐ気配で目を覚ました。中岡かと思い、はっとして飛び起きると、びっくりした顔のちひろがいた。

「ご…めんなさい。起こさないように…と思ったんですけど…」

「いや…すまん」

謝らなくてはいけないのは自分の方だ。学校のあるちひろは、朝から弁当や朝食作りのために台所を使う。台所には茶の間で寝ている自分を越えなくては行けない。二宮はちひろに詫び、すぐに起きると言って布団を畳んだ。

そのまま風呂場へ行き、シャワーだけ浴びて出てくると、座敷で寝ていたはずの中岡が起きて、こたつを動かしていた。

「起きたのか？」

「…布団は押し入れにしまってよかったか？」

「ああ。助かる」

自分の布団もしまってくれていた中岡に礼を言うと、ちひろが茶の間に顔を出した。

「二宮さんも食べますよね？　納豆ご飯」

「手伝う」

ちひろの問いかけに頷き、二宮は台所に入って支度を手伝った。冷蔵庫から出した納豆に、ご飯と味噌汁を運び、湯飲みを用意する。最後にぬか漬けを持ってきたちひろは、簡単なものしかなくてすまないと中岡に詫びた。

「玉子焼きとかいりますか？　すぐに焼けますけど」

「いや…これで十分だ」

短く返事し、中岡は箸を取る。いただきますと手を合わせて、三人は揃って納豆のパックを開けてつゆを入れ、混ぜ始めたのだが。

「……」

ざっと混ぜたものをご飯にかけた二宮は、中岡とちひろが混ぜ続けているのを神妙な気分で見る。ちひろがくどいくらい納豆を混ぜるのは知っているが…。中岡も同じだったのかと感心しつつ見ていると、視線を感じた中岡が、不思議そうに二宮を見る。

「…いや…」

「二宮さんは納豆を混ぜない派なんですよ。いつも私のことを混ぜすぎだって言うんですけど、よく混ぜないと美味しくないですよね？」

「……」

ちひろに同意を求められた中岡は躊躇いがちに頷く。納豆を混ぜないとか混ぜすぎだとか、考えたこともなかったらしい中岡は、二宮の飯碗を見て「そういえば」と呟く。

「お前はあまり混ぜないな…」

「あまり混ぜるとねとねとになって食べにくい」

「いや、逆だろう？」

混ぜた方が食べやすい…とぼそぼそ中岡が言うのを聞き、ちひろは味方を得たとばかりに嬉しそうに笑った。それから二宮に勝ち誇ったように「ほら」と言って、中岡にぬか漬けを勧めた。

「中岡さん、よかったらぬか漬けもどうぞ。私が漬けてるんです」

「……」

ちひろに言われるがままにぬか漬けを食べた中岡は、わずかに顔を強張らせた後、遅れて「美味しい」と呟いた。その表情は言葉とは正反対のように見えるもので、ちひろは残念そうな顔つきになって中岡に尋ねる。

「お嫌いでしたか？」

「いや。…本当に、美味しい」

誤解だと首を振り、中岡は美味しいと繰り返す。ぎこちない反応であっても、真摯に対応しようとしているのが伝わったのか、ちひろは微かに微笑んだ。

そんな二人のやりとりを見ながら、二宮は納豆ご飯をかき込む。三口くらいで食べ終え、空にした飯碗を置いてから、ちひろを注意した。

「…ごちそうさま。早く食えよ。学校、遅れるぞ」

「わかってます」

二宮に頷いて、ちひろは話しながらも混ぜ続けていた納豆をご飯に載せ、ようやく食べ始める。その姿をちひろに気づかれないようにそっと見ている中岡は、視線を向けることさえ避けていた昨日から、少し進歩したように思え、二宮は心中で小さく溜め息をついた。

支度を終えたちひろが出かけていくと、二宮は風呂掃除などの家事を済ませ、茶の間でテレビを見ていた中岡に、店の掃除を手伝わないかと持ちかけた。

「座ってばかりでも辛いだろう」

中岡は頷き、二人で店の方へ出る。電気を点けて、引き戸とシャッターを開けた二宮は、中岡に床を掃くための箒《ほうき》を渡した。店内を見回していた中岡は、箒を受け取って呟く。

「角打ちって言うから、もっと古くさい感じかと思ってけど…しゃれてるんだな」

「ものがないだけだ」

感心したように言う中岡に肩を竦め、掃き掃除を任せて、自分は調理場へ入る。シンクやガスレンジ回りの手入れをしてから、客用の冷蔵庫へ向かい、整理を始めた。掃き掃除を終えた中岡に次はこっちを手伝ってくれと声をかける。

「ビールとソフトドリンクの補充をしたいんだ」

補充したい数をメモした二宮は、中岡を連れて倉庫代わりに使っている通路へ向かう。壁際に設えられた棚に並んでいるドリンク類の在庫を見て、中岡はどこから仕入れているのかと聞いた。

「問屋みたいなところで買ってくるのか？」

「いや。飲み物は出入りの酒屋に頼んでる。飲食店に卸してる専門店があるんだ」

配達してくれると聞き、中岡はなるほどと頷いた。車がないと大変じゃないかと思ったらしい。二宮から聞いた種類の飲み物を探し、必要な本数を用意するという作業を繰り返していた中岡は、あるジュースのペットボトルを手に取った時、不思議そうにそれを見た。

「…クリスマスパッケージなんてあるのか」

「ハロウィンなんてのもあるぞ」

俺にもよくわからんがと顰めっ面を浮かべ、二宮は中岡から渡されたペットボトルをカゴに入れる。それから、「クリスマスか」と呟いた。

「関係ないだろう」

「俺はな」

「……」

その言い方で、ちひろが関係しているとすぐに察したらしい中岡は、微かに表情を引き締める。中岡を気遣わせるつもりはなかったが、黙っていることでもないと思い、クリスマスの思い出を伝える。

「…ちひろが俺のところを訪ねてきたのは、あいつにクリスマスプレゼントを送ってたからなんだ。内藤のおばあさんには言わないでくれって頼んであったから、おばあさんは死ぬまで俺のことは話さなかったみたいなんだが、荷物を送った時の伝票を見つけて、隠れて取ってあったらしくて……」

ちひろが同居することになった時、二宮は小枝に頼んで中岡に経緯を報告してもらった。小枝がどこまで報告したかはわからないが、クリスマスプレゼントの話は、ちひろしか知らないはずだった。

「…施設の件でおばあさんと会った時、生活が大変そうなのを知って、せめてと思って毎年、ちょっとしたものを送ってた。…女の子が欲しいものなんてわかるはずもないから、おもちゃ屋に行ってその年の流行《はや》りのものを選んでもらったりしてたんだが、中学生になってもおもちゃを送ってたのはどうも外してたらしい」

去年から何度遙香に呆れられたか。遙香がいなかったら、高校の入学準備だって追いつかなかっただろう。女性の後輩に世話になったんだと伝えると、ずっと黙っていた中岡が掠れた声で「そうか」とやっといったふうに相槌を打った。

「今年は…何が欲しいのか聞いたんだが、別にないと言われて困ってるんだ」

「……」

お前が考えろよ。そんな言葉を向けようとした時、デニムの尻ポケットに入れていた携帯が鳴り始めた。神妙な顔つきでいた中岡がはっとして二宮を見る。待っていた連絡かと思い、携帯を見ると相手は小野塚だった。急いで開き、ボタンを押す。

「はい…」

『小野塚です。数字の意味がわかりました。やはり車のナンバーでした』

緊張した声を聞き、二宮は即座に頭を切り換える。名乗るのももどかしい様子に感じられるのは、持ち主に問題があったからだろう。誰の車だったのかと問う二宮に、小野塚は声を低めて答える。

『運輸支局も車種もわからなかったので、取り敢えず、十四年前当時、都内の運輸支局に該当する数字で登録されていた車両の持ち主をすべて調べました。そちらを精査したところ不審者は見当たらなかったのですが、もしかしてと思い、栃木ナンバーで調べてみたら、それらしき人物が浮かびました』

「誰だ？」

『鈴江一幸の私設秘書で、地元では鈴江の番頭と呼ばれている笹山和義《ささやまかずよし》です』

「……」

小野塚の声が上擦るのも当然だ。新留の手帳に書かれていた数字が、鈴江の父親の秘書が所有していた車の番号だったとは。四桁の数字がナンバープレートを示しているかどうかは、メモした新留にしかわからない事実だが、この偶然はあり得ないものだ。

栃木へ向かおうとしていた新留が、新幹線の発車時刻と共に書き留めていたことからも、笹山がなんらかの形で押川美久事件に関わっていると考えていいだろう。少なくとも、新留はそう考えていたのではないか。

そして、その行動が…殺害された理由に結びついているのだとしたら。

「……」

二宮が顔を上げると、眉間に皺を浮かべた真剣な表情で見ている中岡と目が合った。中岡にどう伝えるべきか悩む二宮に、小野塚はさらに重大な事実を告げる。

『その笹山なんですが、鈴江秀春の選挙違反に関わったとして、二課が鈴江に続けて挙げるつもりでいるようです。なので、その前に話を聞いた方がいいかもしれません』

自分がコンタクトを取ってみると言う小野塚に、二宮は「頼む」と伝えて通話を切った。

二宮が電話を切るのを待ち構えていた中岡は、鋭い口調で「誰からだ？」と聞く。

「…新留さんの手帳にあった番号はやはり、車のナンバープレートのものだったようだ」

「所有者は？　わかったんだろう？」

近くで会話を聞いていた中岡は、その報告だったとわかっているはずだ。ごまかしようはなく、二宮は笹山の名前は出さずに秘書が所有していた車の番号と一致したと伝える。

「鈴江一幸の私設秘書だ」

「……」

「そいつが秀春の選挙絡みで検挙される可能性があるらしい。逮捕される前に会えるよう、段取りをつけてもらってる」

だから…と言いかけた二宮を遮るように、中岡が推論を口にする。

「つまり…押川美久を殺害した息子が父親に泣きつき、父親が秘書に隠蔽させたのか…。新留さんはナンバープレートの情報をどこからか得て…それが秘書のものだとわかって、話を聞きに行こうと…」

自分が頭の中で描いたのとおおよそ同じ推論に、二宮は頷く。だが、やはりここでも問題が浮上する。新留が栃木まで行こうとしていたのは、秘書…笹山がそちらにいたという情報を得ていたからだろう。

鈴江秀春自身も事件後、栃木へ戻ったという情報がある。では、あの時、東京で新留を殺害したのは…誰なのか。

「恐らく、秘書も直接、犯行には関わっていないだろう」

「だが、知ってるはずだ…」

誰が…やったのか。低い声で呟く中岡は二宮を見ておらず、その目には暗い色が浮かんでいた。厭な予感を払拭するために、連絡が来るまで待とうと言い、二宮はメモを見て、棚にある別の缶ビールを取ってくれと指示した。

中岡はしばらく黙ったままで動かなかったが、やがて小さく息を吐いて頷き、棚に手を伸ばした。中岡が渡してくる缶を受け取りながら、二宮は彼の覚悟について想像していた。

小野塚から電話が入ったのはそれから三十分後で、虎ノ門にあるホテルで笹山と会う約束を取りつけたという知らせだった。二宮と中岡はすぐに家を出て駅へ向かい、三十分ほどで目的のホテルに辿り着いた。

小野塚はすでに到着しており、ロビイで二宮たちを出迎えた。小野塚とは初対面の中岡に短く紹介する。

「…以前、同僚だった小野塚だ」

「小野塚です」

「…中岡です」

小野塚は資料でこれまでの中岡を知っているが、中岡は二宮が情報を入手している存在としてしか小野塚を知らない。名前さえも初めて聞いた小野塚を、はかるような目つきで見る中岡の様子を注意深く観察しつつ、二宮は小野塚に尋ねる。向こうは着いているのかという問いに、小野塚は頷いた。

「先ほどラウンジへ入っていくのを確認しました。一人です」

「どうやって呼び出したんだ？」

「秀春の件で情報があると」

なるほどと頷き、二宮は先頭に立ってラウンジへ向かう。入り口にいた案内役に連れがいるのを二宮が伝えている間に、店内を見回した小野塚が笹山を見つけた。二宮はあれだと示し、店内を横切って近づいていく。

薄い冬の日が差し込んでいる窓辺の席についていた笹山の傍に立つと、相手は一人だと考えていたのか、少し驚いた表情を浮かべた。大物政治家の私設秘書というには地味な印象のある、どこにでもいそうな男だ。老いの浮かんだ顔は七十近い年齢に見える。

「笹山さんですか？」

「…そちらは？」

「二宮と言います」

失礼しますと言い、笹山の返事を聞かずに、二宮はその向かいに座る。小野塚はその横に、中岡は笹山の横に座った。注文を取りに来た接客スタッフに少し待ってくれるよう頼み、人払いをすると、笹山から口を開いた。

「私は小野塚さんという方と約束してるんですが」

「小野塚は自分です」

笹山が裏を取ることを想定し、小野塚は本名を告げていた。小野塚が警察庁で重要ポストにあることは調べたらすぐにわかっただろうし、だからこそ、会おうと考えたに違いない。

笹山はそんな当てが外れたとでも言いたげな渋い表情になり、どういうことなのかと小野塚に尋ねた。

「情報があると持ちかけたのはそちらでしょう」

「はい。鈴江秀春氏に関する情報は、確かにあります」

内容を勝手に解釈したのはそちらの方だと突き放すように言う小野塚の後を、二宮が継ぐ。

「東光学院大学に通っていた押川美久さんを殺害した鈴江秀春を、警察に検挙させないよう、圧力をかけたのは笹山さんですね？」

選挙違反事件の情報が出てくると考えていたであろう笹山は、突如出てきた過去の事件に、言葉を失う。その顔は一気に白くなり、表情は硬く強張っていた。

そんな反応だけで笹山が黒幕であるのは間違いないと確信できた。言葉を発せないでいる笹山に、二宮は続ける。

「あなたからの話を受けた警察幹部は部下に指示を出し、鈴江が捜査対象にならないように意図的に妨害した。だが、現場の刑事が押川さんと交際していた鈴江の存在に気づき、独自に調べようとしたため、殺害した…」

「ち、違う…！」

「ええ、確かに、あなたが殺害したのではないと思います。しかし、指示はしたんでしょう？」

「……」

「違う、違う。私はそんなことはしていない。あれは勝手に…」

勝手に「誰が」「何を」したのか、口に出そうとしたところで、笹山ははっと息を呑んだ。苦々しげな顔で「失礼する」と言い、立ち上がろうとした笹山を、隣に座っていた中岡が肩を摑んで引き留める。

「誰がやったのか、知ってるのか？」

「何を…」

「俺が誰かわかるか？」

「知らな…」

「お前が殺させた刑事は、俺が殺したことになってるんだ」

中岡が低い声で発した内容を、笹山はすぐには理解できないようだったが、彼の顔を見て何かを思い出したように目を見開いた。笹山が新留殺害の指示を出していないとすれば、その結果は不本意で、かつ、恐れるべきものだったに違いない。

実際、目の前で動揺を見せている笹山は「普通の」感覚を持った人間のようで、残念ながら、指示を出していないという発言は真実だろうと思われた。

「誰がやったんだ？」

中岡が再度尋ねると、笹山は顔をひどく歪めて何度も首を横に振った。知らないと繰り返し、顔を両手で覆って自分は頼んだだけだと告白する。

「私は……秀春さんから相談されて…、先生に報告したら……頼めと言われたから…」

「誰にですか？」

「……」

「当時、長官官房にいた江角ですか？」

小野塚が出した名前を聞いた笹山は、びくりと反応する。やはりそうかと、二宮は小野塚と顔を見合わせてから、中岡を見る。中岡は険相で、江角というのは誰なのかと小野塚に尋ねた。

小野塚は二宮に確認を取った後、江角について説明する。

「警察庁の長官官房にいた江角昌彦《まさひこ》です。今は退職して、大手警備保障会社の顧問についています。その江角が高検にいた芦田に働きかけ、中岡さんを有罪へ導いたと考えています。実際、現場で指示を出していたのは、江角と同郷で、子飼いのような存在だった人事課長の寺西ではないかと」

「……」

「ただ…その三人とも、殺害の実行犯だとは考えにくいんです。幹部だった江角と芦田が自らの手を汚すとは思えませんし、寺西に関しては当時の行動を調べたところ、確実なアリバイがありました」

だから…と小野塚が言いかけたところで、笹山がたまりかねたように自己弁護を始めた。

「私はただ…なんとかならないかと頼んだだけだ。その後のことは知らない。向こうが勝手に…」

「忖度《そんたく》させただけって言うんですか…」

小野塚の苦々しげな物言いに続けて、だろうなと呟き、二宮は大きく溜め息をつく。警察官時代、うんざりさせられた経験は何度もあるが、これほどやりきれなく感じたことは覚えがない。人の命を奪い、人生をめちゃめちゃにするような真似をしておいて、自分はそんなつもりはなかったと言うのか。

何もしていないと弁明する笹山に、小野塚は冷めた目を向ける。

「確かにあなたは言われた通りに頼んだだけなんでしょう。けれど、その結果、恐ろしい方向へ物事が進んでいくのを見ていて、平気だったんですか？　二人が殺され、一人は冤罪を着せられ、十四年もの月日を無駄にしたんですよ」

「私は何も…」

「罪悪感があったからこそ、中岡の顔を覚えてたんじゃないのか」

「……」

二宮の指摘に唇を噛んだ笹山は、中岡の隙を突いて立ち上がる。急いで逃げ出そうとする背中に、小野塚が「もう一つだけ」と声をかけた。

「確認させてください。どうしてあなたは『切られる』ことになったんですか？」

「……」

無視して立ち去ろうとしていた笹山は、気にかかる言葉を耳にして動きを止める。強張った顔で小野塚を見た笹山は、意味がわかっていないようだった。

小野塚はその表情を冷静に観察しながら、自分の発言を説明する。

「鈴江秀春が公職選挙法違反で検挙されたと聞いて、どうしてと不思議に思ったんです。道理を知らない素人だらけの陣営だったのならともかく、鈴江には父親のスタッフがついています。それなのになぜと考えた時に浮かんだのは、元々、秀春とあなたをまとめて切ろうと考えていた人間がいて、種を蒔《ま》いてあったのだろうという筋書きです。選挙法違反を端緒にして、トカゲの尻尾切りをするつもりなのだろうと。自分たちは知らなかった、驚きだ、秘書が勝手にそんな真似をしていたとは…そんなコメントが鈴江一幸側から数日中に出されると思うのですが、いかがですか？」

「……」

小野塚から尋ねられた笹山は答えられず、引きつった顔を伏せて背を向け、ラウンジから駆け出ていった。中岡はその後を追いたそうな顔つきに見えたが、笹山が本当にあれ以上のことを知らないのだという感触を得ていたらしく、席を立ったりはしなかった。

「どうすると思う？」

「取り敢えず、一幸に泣きつくでしょうが、連絡が取れるかどうか。その前に二課が逮捕に行くかと」

「ふん」

「元々、地元の汚れ仕事を引き受けていた男のようですね」

笹山に責任を押しつけ、鈴木一幸サイドが知らぬ存ぜぬで通すつもりなのは間違いないと小野塚は断言する。江角や芦田、寺西が関わったこともどこまで表に出てくるかは微妙だ…と言いながら、横に置いていた鞄から書類を取り出した。

「問題は実行犯を見つけることです。恐らく、寺西が何者かにやらせたと考え、寺西に関する資料をいくつか取り寄せたので、確認願えませんか」

そう言って小野塚から手渡された資料を見ていた二宮は、何枚か用紙を捲ったところで動きを止める。その異変に気づいた中岡から「なんだ？」と聞かれ、二宮はゆっくり視線を上げた。

真剣な表情で自分を見ている中岡を見返す。まさかという考えが頭を埋《うず》めて、言葉が出ない。あの夏。曾我部と出かけた現場で、中岡が逮捕されたという一報を受けてから、何度もまさかと疑う出来事と出会い、信じられないと絶望する思いを経験してきた。そして、今もなお、同じ思いを抱いている。

「……」

昨年の夏、突然訪ねてきた時に何気なく耳にした一言が、小さな疑問となって胸に刺さった。けれど、気にしすぎだと思い受け流したのは、相手に対する信頼と、嘘をついたままでいるしかない後ろめたさがあったからだ。

自分が拳銃の指紋を拭き取ったことを、朝倉は知っていた。つまり、自分はすべて知っているのだと言外に告げたのは……。

脅しだったのだろうか。

「ニノ」

「……」

いつから…、いつから、自分は…。中岡を見ていた目をゆっくり閉じる。誰が実行犯であるのかわかったと伝えるまでに要した時間は、ひどく長いものに感じられた。

真実を確かめるために直接会いに行こうと考えた二宮は、本当は中岡を一緒に連れていきたくはなかった。胸の中で厭な予感は燻り続けていて、中岡に対する懸念は拭えなかった。それでも、長年苦しんできた中岡を振り切ることはできなかった。

自分の胸に浮かんだ実行犯の名前は敢えて口にしないまま、小野塚に行きたいところがあるからと伝え、ホテルのタクシー乗り場へ向かった。中岡を先に車へ乗せ、二宮は小野塚に頼み事をして、続けて乗り込む。運転手に「芝《しば》署まで」と伝えると、中岡が訝しげな表情になるのがわかった。

虎ノ門から芝まで、タクシーならばさして時間はかからない。田町《たまち》駅の北寄りにある芝署に着いたのは、昼近くなった時刻だった。不穏な予感がしていたので、署内で話ができればと考えていたが、停めたタクシーから降りてすぐ、玄関口から出てきた相手に出会した。

昼食を食べに行くところだったのだろう。同僚と話しながら出てきた男…かつての上司である辻尾《つじお》は二宮を見つけて、驚いた顔になって手を上げる。

「二宮?　どうした…」

そう問いかけた瞬間、辻尾は二宮のすぐ後ろにいる中岡に気づき、動きを止めた。その姿を見ても動揺した様子はなく、隣にいた同僚に知り合いが来たからと断り、先に昼食に行かせた。

同僚が去っていくと辻尾はゆっくり二宮に近づき、困ったような顔で頭を掻く。中岡について尋ねないところを見ると、ある程度予想していたのだと思われた。厳しい表情でいる二宮に、辻尾は「歩くか」と声をかけた。

日比谷通りを芝公園の方へ向かって歩き始めた辻尾につき合い、二宮はその横に並んだ。

中岡は後ろにつき、辻尾から一時も視線を離さなかった。

「…鈴江秀春が公職選挙法違反で逮捕されたのは聞きましたか？」

「みたいだな」

「間もなく、笹山和義も逮捕されます。…押川美久事件の再捜査も始まっています。あれは鈴江の犯行なんですよね？」

確認するように聞く二宮に、辻尾は何も言わなかった。なんのことだととぼけもしない。

二宮は質問を変える。

「どうして新留さんを殺したんですか？　笹山はそんな指示はしていないと言っています。寺西さんからの指示ですか？」

「……」

「咲月も…中岡咲月も、殺したんですか？」

必死で感情を抑えて尋ねる二宮に、辻尾は答えずに歩き続ける。ホテルに着いた頃までは薄雲が出ていたが、いつの間にか晴れ渡り、冬らしい高く抜けるような青い空が頭上に広がっていた。地上で話されている内容が嘘みたいな快晴だった。

沈黙を守ったまま歩き続けた辻尾は、芝公園に入って足を止めた。東京タワーを背景にして写真が撮れるスポットには観光客の姿が多く見られる。それらと距離を置き、少し外れたところにあったベンチに腰を下ろし、辻尾は自分の前に立つ二宮と中岡を見上げた。

「…なんで俺のところに来た？」

「新留さんが殺害された当時、寺西にはアリバイがあり、犯行は不可能です。それに人事課長であった寺西が殺害という方法を取るとは考えにくく、誰かに任せたのではないかと考え、身辺を調べました。…寺西とは同期なんですよね？」

「……」

「それを知った時、去年の夏、うちを訪ねてきた時に引っかかっていたことを思い出しました。あの時…ちひろのことを『姪』だと説明したのを不思議がりませんでしたよね？俺に兄弟がいないことはよく知っていたはずなのに。あれはちひろが中岡の娘だと知っていたからですね？…いや、俺がちひろを預かったと聞き、様子を見に来た…。そうだったんじゃないですか？」

二宮の話を黙って聞きながら、辻尾は俯いたままでいた。その表情ははっきりわからなかったが、笹山のような動揺は見られない。

「俺に朝倉が知っていたと告げたのは、揺さぶるためだったんですよね。案の定、俺はちひろに関する引っかかりをすっかり忘れてしまいました。…よくも…よくも平気で、ちひろに会えましたね。あの子は……あの子が母親を失ったのは…」

「…俺だって」

苦しげな二宮の指摘を、辻尾は疲れたような声で打ち消す。俺だって。もう一度言い、深く息を吐き出した。

「殺したくなんかなかった。…あの日、新留が栃木へ行こうとしてると知って、やめるよう説得してこいと寺西に言われたんだ。お前が調べた通り、俺と寺西は同期だが、新留とは入庁した時期は違う。だが、歳が同じで捜一に入ったのも似たような時期だったからつき合いがあったんだよ。…人事にいた寺西は俺がまずい筋から借金してるのを知ってた。捜一を出されたくなかったらなんとかしろって言われて…。張り込み先に行って、廊下で話している間に耳を貸さそうとしない新留を…突き飛ばしてしまった。あいつは落ちて……死んだ」

「あの時、逃げていったのは…」

掠れた声で呟く中岡に、辻尾は自分だと認める。辻尾は中岡の方は見ず、俯いたまま、一気に話を続けた。

「…どうしたらいいか寺西に相談したら、中岡に罪を着せると言い出した。都合よく目撃者がいたんだ。俺と中岡を見間違えたんだろうが、中岡が犯人だって言い張ってくれたのはこっちには幸運だった。寺西は色々手を回して…寺西だけじゃなくて、その上の江角も関わってたんだろうが、その目撃証言を使うために捜一から事件を取り上げてまともな捜査をさせなかった。…だが、中岡についた弁護士が色々嗅ぎ回り始めて…まずいとなった時、寺西が中岡のカミさんと新留の不倫ネタを持ち出してきた。ネタをリークして中岡を動揺させた上で、カミさんから説得させようと…俺が会いに行った。目撃証言もあるし、裁判での勝ち目はない。不倫がばらされて針のむしろとなるのはカミさんの方だ。旦那に泣きついたらどうだと勧めたが、首を縦に振らなかった…」

「……それで…咲月を…？」

「無実を言い張られて、控訴されても困ると思ったんだ。それに中岡への脅しにもなると思った。…自殺を偽装して現場を離れた後、通報されるのを待って、自分で現場を仕切りに向かった。旦那が上司を殺害して逮捕されたっていう状況が状況だ。自殺で間違いないと俺が断言すると誰も疑わなかったし、検死も見方のゆるい先生を使ってうまくやり過ごした。その後、中岡は自白に転じて…有罪判決も出て……うまくいったと、あの時は安堵したよ」

淡々と話す辻尾には、笹山のような動揺は見られないと思っていたが、二宮は次第に違和感を覚え始めた。本人を前にしてここまで平然と残酷な内容を口にできるのは…何かが欠けているのか、おかしくなっているとしか思えなかった。

恐怖を覚える二宮の前で、辻尾は「だが」と話し続ける。

「中岡が収監されてからもお前は調べ続けてただろう。もしも真相に辿り着かれたら厄介だから、寺西からやめるように圧力をかけさせながら、俺はお前の上司になった…」

「見張るために…ですか」

ああ…と頷き、辻尾は懐に手を入れて煙草を取り出す。公園内は禁煙とされているが、辻尾は構わず咥えた煙草に火を点けた。

「忙しくしておけば余計なことも考えないだろうと思い、主任にして…部下をつけて、絶えず事件を回して…。それも途中からわざわざそんな真似をする必要もなくなった。お前は優秀だったからな。…それが、自分から辞めるような事件を起こすとは思わなかった。あの時は驚いたが、辞めるならそっちの方が都合がいいと思ってたんだ。…中岡が出所したらまた余計な真似をしないよう、見張らなきゃいけないからな。面倒が省けたと思ってたら、中岡の娘を引き取ったって聞いて…見に行って、釘を刺した。あの時、発砲したのは小野塚だったんだろう？」

確認する辻尾に答えず、二宮は真っ直ぐ見返す。苦笑している顔は歪んでいて、辻尾から流れてくる煙草の匂いがやけに煙たく感じられた。

「小野塚は誤算だった。お前が辞めたのは小野塚を庇うためじゃなくて、利用するためだったっていうのに気づいてなかったんだ。情け深いお前のことだから、てっきり小野塚に同情してるんだと思ってた。さらなる誤算は、小野塚が寺西とは違うルートで順当に出世したことだ。対して寺西の後ろ盾だった江角はこの十四年の間に庁内での派閥争いに負け、影響力を失ってトップに上り詰める前に失脚して天下った。だから、俺たちは中岡が仮出所すると知っても、打つ手立てがなかった。中岡が東京に戻ってこないならもう諦めたんだろうと、楽観視することくらいだった。…小野塚が調べ回ってるらしいと知って、発砲の件をリークしようとしたんだが、あいつは自分に繋がるような痕跡を全部消していた」

お前の指示か？　と尋ねる辻尾に、二宮は無言を貫く。表情を変えない二宮をしばし見つめ、辻尾は唇に咥えたままだった煙草を指先に取った。

「……こんな日が来なきゃいいなって思ってたんだがなあ」

自分勝手な物言いに二宮が眉を顰めた時、車のドアが開閉する音が複数聞こえてきた。振り返ると日比谷通り沿いに車が二台、並んで停まっており、それらからスーツ姿の男たちが何人か降り立つのが見えた。先頭を切って駆け寄ってきたのは小野塚で、辻尾に任意同行を求める。

「…今、話していた内容を別の場所で聞かせてもらいました。このまま同行してもらいます」

小野塚に促された辻尾が無言で立ち上がる。辻尾は吸いかけの煙草を見せて、これを吸い終わるまで待って欲しいと告げた。そして、指先に持っていた煙草を咥える。

悠長に…と憤るよりも、やはり様子がおかしいと訝しく思った二宮は、辻尾の方を見ると同時に中岡がその背後に回っているのに気づいた。中岡の手は上着のポケットに入れられてり、そこから突如ナイフを取り出す。

「…待て…！」

その可能性は十分考慮していたはずなのに、行動が伴っていなかったのを後悔しながら、二宮は声を上げる。しかし、中岡が辻尾にナイフを向ける動きの方が早かった。

「っ…中岡…！　よせ…！」

「…！」

突き立てられようとしたナイフは、辻尾が咄嗟に避けたことで相手を失い、宙を切る。

中岡は諦めず、体勢を立て直して辻尾に向かおうとしたが、二宮の声に気づいた捜査員たちが素早く取り押さえた。

「離せ……！　俺は……！」

「中岡、落ち着け！」

「あいつが…、あいつが…！　俺は…っ…！」

真っ青な冬の空に不似合いな、慟哭《どうこく》に近い中岡の叫び声が公園に響き、辺りが騒然となる。公園を訪れていた観光客たちが遠巻きに見る中で、小野塚の指示を受けた捜査員たちが中岡を車へ連行していく。

その手を振り解《ふりほど》こうとして暴れる中岡の後ろ姿をやるせない思いで見ながらも、最悪の事態が防げてよかったのだと二宮は自分に言い聞かせた。そして、被害を受けずに済んだ辻尾を見た二宮は…。

「……!?」

ほっとした顔つきでいるのだろうかと思って探した姿は近くになく、辺りを素早く見回すと、走って逃げていく姿が遠くにあった。

「っ…小野塚！　辻尾が…！」

小野塚も含めたその場の全員が、中岡を取り押さえることに気を取られている内に、辻尾はその場から逃げ出していた。二宮は捜査員たちに指示を出していた小野塚に知らせると共に、辻尾を追いかけて走り出す。

東京タワー方面へ向かって走る辻尾を必死で追ったが、気づいた時点でかなり距離を開けられており、追いつくことは叶わなかった。小野塚や他の捜査員と共に手分けして捜索したものの、捕らえることはできず、辻尾の行方はわからなくなってしまった。

緊急配備が敷かれ、大勢が捜索に当たる中、翌日早朝、辻尾は遺体で発見された。その現場は新留を殺害した原宿のマンションで、辻尾は新留を突き落としたのと同じ場所から飛び下りていた。

自殺と断定され、同じ頃、押川美久事件の再捜査を進めていた大野たちによって、保管されていた捜査証拠から鈴江秀春の関与を示す遺留物が見つけられた。その後、鈴江秀春は押川美久殺害容疑で逮捕された。

相手が誰であろうと殺害した犯人がわかれば、何があっても殺すという中岡の決意を二宮は気づいていた。咲月や新留の仇《かたき》を取るという悲壮な願いを抱き、中岡は周囲に影響を及ぼさないために、自分との接触を断ち、ちひろを遠ざけた…。

しかし、中岡は本懐を遂げることはなく、復讐する相手を失った。小野塚の部下に連行された中岡は、そのまま傷害未遂容疑で所轄署に留め置かれていたが、辻尾の遺体が見つかったの同じくして、処分保留で釈放された。

中岡の願いを叶えてやりたい。それが彼の望みならば…長い間、耐えてきた彼のためになるのならば。そんな考えを抱かなかったわけではないが、結局、二宮は惨劇を恐れて辻尾に会う前に小野塚に頼みを告げた。小野塚から預ったスマホを通じて辻尾との会話を録音させると同時に、もしもの場合に備えて、取り押さえることのできる捜査員を連れてくるようにという指示は、結局、中岡のためになったのかどうか。

正解はわからないと思いながら、二宮は中岡が留置されていた所轄署へ赴いた。やつれた顔で出てきた中岡は、二宮を見ても何も言わなかった。どこへ向かうでもなく歩き始める中岡につき合い、二宮は隣に並ぶ。

中岡が帰されるので迎えを頼むという連絡をよこした小野塚は、辻尾や鈴江について自分から一通り説明したと話していた。辻尾が自死したと伝えると、中岡は悔しさからか身体を震わせていたという。

怒りの対象を失った中岡が呆然とするのも無理はない。やってもいない罪を認めると決めた時から、復讐することを目標にしてきたのだろうから。

「…小野塚から聞いたか？」

しばらく歩いた後、赤信号で停まったのを機に、中岡に話しかける。返事はなく、ちらりと見た横顔は俯いていて、どこを見ているのかわからなかった。

二宮は溜め息を呑み込み、通りの向こうで光っている歩行者用信号に目をやる。あとどれくらいで青に変わるかを示すあの表示は、いつ頃からか、よく見かけるようになった。数十秒という間も惜しむ生き方を離れた今は、理解し難い思いがする。

これから先、もうあんな生き方をすることもないだろう。ぼんやりそんなことを思っていると、信号が青に変わった。反射的に歩き出した二宮は、中岡が動いていないのに気づき、途中で足を止めて振り返る。

「…中岡？」

「……」

固まっている中岡の元へ戻り、「どうした？」と尋ねるも返事はない。二宮は横断歩道を渡るのを諦めて、せめて他の歩行者の邪魔にならないようにと、中岡を歩道の脇へ誘導した。立ち尽くす中岡の傍にいるしかできない自分を歯痒《はがゆ》く思いながらも、辛抱強く待っていると、中岡が息を吐き出した。

はあ…と長い吐息を零し、掠れた声で小野塚から話を聞いたのだと認める。

「……辻尾は死亡したが、新留さんと咲月の殺害で立件するってのは？」

「…聞いた」

「被疑者死亡だから不起訴に終わるだろうが…お前の冤罪は晴れる」

そんなことになんの意味があると中岡は思うかもしれなかったが、二宮は重要だと考えていた。中岡のこれからのために。

「賠償請求の件は小枝先生に…」

「…お前が辞めた理由を小野塚さんが話してくれた」

冤罪で服役していた中岡には、国家を相手取って裁判を起こす権利がある。容易な裁判ではないが、小枝に相談しようと言いかけた二宮は、中岡が遮るように言った内容にどきりとして話を止めた。

小野塚は何を…どこまで話したのか。微かに目を眇めて中岡を見ると、俯かせていた視線をゆっくり上げる。

「小野塚さんの奥さんと、子供の話も」

「…そうか」

「自分も同じように復讐を誓っていたが…相手を失って…、けれど、今はよかったと思ってると…言ってた。お前に感謝してるって…」

「……」

「結果として、お前を退職させるようなことになってしまい、後悔していたが、目的があったのに気づいてほっとしたとも言ってた。…お前が辞めたのは…俺のためだった…って」

余計なことをと苦く思い、二宮は渋い表情を浮かべる。そんなつもりはなかったと今更弁明するつもりはなく、渋面のまま肩を竦めた。

「現場で駆けずり回るくらいしかできない俺に調べられる範囲はたかが知れてる。小野塚と知り合った時…使えるって思ったんだ。本当はお前が出てくるまで辞めるつもりはなかったが、小野塚を辞めさせるわけにはいかなかったからな」

中岡が出所したらどんな犠牲を払っても、真相を突き止めようと考えていた。そのためには職を辞する覚悟もあったのだが、予定外の事件で早く辞めることになった。戸惑いはあったものの、自分の選択は間違いではなかった。

実際、小野塚の働きがなかったら、真相を明らかにできたかどうか怪しい。鈴江と警察上層部との繋がりなども、見えてこなかったかもしれない。

「どうして…そこまで…咲月のことを誤解して罪悪感を抱いていたからか？」

「それもあるが…お前は人を殺すような人間じゃないと信じていたからな」

警察学校の寮で共に暮らした間、中岡とはたくさんの話をしたが、その中でどうして警察官になろうとしているのかについても、話した。安定と適性を考えたら他になかった…というだけの二宮に対し、中岡はどんな理由があっても、誰かの命を奪うという行為自体が理解できないからだと話した。

そんな中岡が殺意を持ってナイフを向けるまでに、どれほどの葛藤があったのか。想像するだけで同じ絶望に取り込まれそうになる。怒りと哀しみに満ちていたであろうこれまでの長い年月を取り戻すことは決してできない。

それでも。

「小野塚は…ちひろの話をしなかったか？」

「……」

二宮が静かに尋ねると、中岡ははっと息を吞んでから、重々しく頷いた。亡くした妻と娘の話をしたという小野塚は、ちひろについても触れたに違いないと思っていた。唇を引き結んでいる中岡を見ながら、二宮は静かに尋ねる。

「……なんて？」

「……。…俺にはちひろがいると…」

「だろうな」

俺もそう思う。低い声で呟き、二宮は「しっかりしろよ」と続ける。

「お前にはこれから、やらなきゃいけないことが山ほどあるんだから」

多大な苦痛を味わい、辛酸を舐《な》めた中岡が、復讐相手を失って呆然自失となるのは無理もない。けれど、中岡はすべてをなくしたわけじゃない。中岡にはちひろがいるのだから。

「あいつに…これまでのことをちゃんと説明してやれ。お前が苦しんできたのは事実だが、ちひろだって同じだ。いや、あいつの方が犠牲は大きかったかもしれない」

咲月の葬儀に出ることを中岡は拒み、ちひろは一人で母を送った。死という概念さえあやふやであったろう幼かったちひろは、父母の顔を知らずに育った。自分が両親を知っていると気づきながら、何も聞かないのは、長い間一緒に過ごしてきた「諦める」というやり方に慣れきってしまっているからだ。

「覚えてるか？　ちひろが生まれた時…、お前は確かに言ってた。絶対、何があってもこの子をしあわせにするって…苦労はさせないって」

「……」

「今からでも遅くない。遅くないんだ」

中岡は自分自身が家庭に恵まれなかったこともあって、早く結婚して子供が欲しいというのが口癖だった。二宮は理解できなかったけれど、咲月と結婚しちひろに恵まれた中岡はしあわせそうで、そんな男が父親であるちひろは、きっと幸福な人生を歩むのだろうと思っていた。

「咲月の分まで、ちひろを大切にしろよ」

「……」

中岡がちひろと会おうとしなかったのは…父親だと名乗ろうとしなかったのは、犯人を見つけて殺す覚悟をしていたからだろう。本当の殺人犯になる自分が、実の親だと知らない方がいいと考えて避け続けていたのだとしても、もうその心配はない。

目標を失ってしまったことが、今は苦しかったとしても、いつかよかったと思える日が来る。

「…俺は……」

俺は…。何か言おうとしながらも言葉が続かず、中岡は口を閉じて俯く。足下にぽたぽたと雫《しずく》が落ち、泣いているのがわかった。

中岡が拳を握って手の甲で涙を拭いても、涙は零れ落ち続ける。両手で顔を覆い、次第に嗚咽し始める中岡に、二宮は困ってぶっきらぼうに言った。

「泣いてる場合じゃないぞ。お前、これからちひろを食わせていかなきゃいけないんだぞ。あいつ、大学行くらしいし、学費だってかかるんだからな」

「……わ…か…ってる」

「それに女子だから他にも色々金がかかるし、心配事も…」

「……」

うんうんと頭を動かして頷きながらも、中岡は泣くのを止められなかった。横断歩道を渡るために信号が変わるのを待つ歩行者たちが、好奇心の浮かんだ目で見てくるのが億劫になる。中年の男が二人でいて、片方が号泣しているなんて、そうある図じゃない。どう思われてるんだろうなあと内心で溜め息をつき、二宮は空を見上げる。先日とは違い、薄雲の広がった空は真冬の到来を告げているようだ。あの暑かった夏の日から、今日までの長い年月に比べたら、中岡が泣きやむのを待つくらい、なんでもない。四十半ばの中年だって、男だって、泣きたい時はある。涙が止まらない時だって。いっそ俺も一緒に泣いてしまおうかと思って、ちひろの呆れた顔が頭に浮かんで苦笑した。

二年後。

こんにちは…という声を聞き、二宮が振り返ると遙香がシャッターの下をくぐって入ってこようとしているのが見えた。大きなお腹を抱えて苦労しているのを見て、二宮は慌てて駆け寄ってシャッターを開ける。

「大丈夫か？ 無理するなよ」

「すみません。バランス取りにくくて…」

困りますと笑う遙香の妊娠が判明したのは、二宮が店を開いて四年目を迎えた梅雨《つゆ》の頃だった。それから暑い夏と短い秋を経て、師走《しわす》に入って間もなく、遙香は産休に入った。多胎児を妊娠した遙香は、通常より長く産休が取れるのだが、仕事の都合で遅れ遅れになっていた。

初めての出産、しかも四十を目前とした高齢で双子を妊娠しているとあって、朝倉を筆頭に周囲は随分心配していた。ようやく休みに入ったと聞き、二宮もほっとしていたのだけど。

「うろうろせずに家でおとなしくしてた方がいいんじゃないのか」

働き始めてから連休も滅多にない生活をずっと送ってきた遙香は、家にいると落ち着かないと言い、しょっちゅう二宮のところに顔を出している。店が始まる頃には帰っていくのだが、道中で何かあったらと二宮は気が気でない。

「病気じゃないんですから。それに家にいると何かしら食べちゃうんで、太りすぎるとよくないんですよ」

「そりゃ二人分なんだ。腹も減るだろ」

「さらに遺伝子が」

和馬《かずま》の子供だからだと思います…と遙香は真剣に憂えて言い、二宮がカウンターの上に置いていたゆで玉子の山を見る。二宮は肩を竦めて好きなだけ食べろと勧め、調理場の中へ入った。

「ほら、塩。お茶でいいか？」

「すみません。お金、払いますから」

「何言ってんだ」

苦笑して二宮は冷蔵庫から冷茶を取り出し、グラスに注ぐ。立っているのがしんどかったら、ベンチに座るよう勧め、グラスを遙香の前に置いた。

「ありがとうございます。でも、もうすぐ来ると思うんで」

「……」

「なんでそんな顔するんですか」

「うちはお前たちの寄り合い所じゃないぞ」

ふんと鼻先から息を吐き、二宮は眉を顰める。そんなつもりはありませんよと笑い、遙香は殻をむいたゆで玉子に齧《かじ》りつく。その時、「こんにちは」と挨拶する声と同時に、引き戸が開いた。

「遙香さん。待ちました？」

「全然、今来たとこ」

「授業は昼で終わってたんですが補習があって」

「受験生は大変だよね。あと少し、頑張って」

「ありがとうございます。あ、遙香さん、冷たいお茶飲んでるんですか？　温かいやつの方がよくないですか？」

今、入れますね…と言い、デイパックをカウンターに置いて調理場へ入ってくるちひろを、二宮は眇めた目で見る。俺のことは目に入っていないのか。そんな文句を視線だけで伝えたつもりだったが、ちひろはきょとんとして「なんですか？」と聞いた。

「…今、遠藤にも言ったんだが、お前たちは何か勘違いしてるだろう」

「勘違い？」

「だから、うちを都合のいい待ち合わせ場所に…」

するなと言いかけた二宮は、外でトラックが停まった気配に気つき、はっとする。そうだ、配達を頼んだんだった…と思い出す間もなく、トラックのドアが開閉する音が続き、引き戸を開けて中岡が姿を見せた。

「ニノ。ライオンビールって二ケースでよかったか？　…あれ、ちひろ」

「お父さん」

「遙香さんも」

「こんにちは。ちひろちゃんと待ち合わせしてたんです」

「そうですか。いつもお世話に…ああ、お腹大きくなりましたねえ」

二人分ですから…と和やかに会話を交わす三人を見ながら、二宮は一人顰めっ面を浮かべて腕組みする。何か、間違ってる。うちは立ち飲み屋で、今は仕込み中で、妊婦と女子高生と酒屋が井戸端会議を開く場所じゃないはずだ。

そんな不満を抱きながらも、いまだにちひろと中岡が話しているのを見るだけで、すべてがどうでもいい心持ちになるのは事実だ。

長い事件に決着がついた後、中岡はちひろに自分が父親だと告白し、すべての経緯を説明した。ちひろは随分戸惑い、葛藤していたものの、時間をかけて現実を受け入れ、中岡を「お父さん」と呼ぶようになった。

そして、中岡が栃木での暮らしを移す手続きを終えた後、二宮の家を出て、緋桜団地内に部屋を借りて二人で住み始めた。同時に、中岡は縁あって、二宮の店に酒類を卸している酒店で働くことが決まり、今は店主の右腕として活躍している。

「おい。油売ってるとクビになるぞ。通路の方からビール、入れてくれ」

「了解」

二宮に促された中岡は、遙香に頭を下げて店を出ていく。トラックの荷台からビールケースを下ろして運ぶ姿は、すっかり板についたもので、複雑な過去を連想させる影はない。

引き戸越しに見える光景を微笑ましく見ていた遙香は、「そういや」と聞いた。

「小野塚さんはお元気ですか？」

「…年末にこっちへ来る用事があるから顔を出すって言ってたぞ」

「本当ですか？　いつですか？　会いたいです」

「お前は受験勉強があるだろう」

目を輝かせて尋ねるちひろをすげなくあしらいつつも、二宮は求めに応じて急須を用意する。小野塚が中部地方の県警本部に本部長として栄転となったのは、今年の春のことだ。二宮に協力して中岡の事件に深く関わった小野塚は、退職も覚悟していたのだが、立場をまずくすることはなかった。

それどころか、本人が望まぬところで諸々の事情が絡み、順調に出世コースを歩んでいる。次に本庁に戻った暁《あかつき》には、トップに近い地位に登用されるのは間違いない。

「どんどん偉い人になっていくから、大変そうですよね」

「まあな。でもあいつの場合、器はあるから大丈夫だろ。それより、朝倉は？」

「いつも通りの年末です」

十二月は事件の多い月でもある。中でも重大事案の発生割合が高く、捜査本部から帰ってきていないと聞いた二宮は、顔を曇らせて遙香を心配した。

「二人もいっぺんに生まれてくるのに大丈夫なのか」

「まあ、元々和馬にはまったく期待してませんし。いても大して役に立ちそうにないですからね。ありがたいことにうちの親も和馬の親もまだ元気で、孫を待ち構えてくれてますから、なんとかなるかなと」

せいぜい利用させてもらいます…と不敵な笑みを浮かべる遥香に、ちひろは自分も手伝うつもりだと名乗りを上げる。ちひろは赤ちゃんに会えるのが楽しみだと言うが、国立大学を受験する予定で、その合否は三月にならないとわからないと聞いている。

二宮が遥香の予定日は二月だから、まだ受験が終わっていないんじゃないかと冷めた目で突っ込みを入れるのに、遥香は気の毒そうにちひろを励ました。

「国立大学って大変ねえ。これから正念場ってやつだし、頑張って。でも、学費は奨学金が貰えることになったんでしょ？」

「はい。しかも、返さなくてもいいやつなのでありがたいです」

「本当によかったわ〜。三億だっけ？　すごいよね。そんな大金、匿名で寄付しちゃうって」

「世の中にはお金持ちっているんですよねえ」

ちひろの元へ給付型奨学金に関する申し込み書類が届いたのは、三年生に進級する頃だった。経済的な事情を抱えた家庭の子供が、心配なく勉学に励めるよう支援している団体からのもので、その団体に多額の寄付があったことで給付型支給者の枠が広がり、ちひろが選ばれたという報せだった。

学費の全額を給付してくれる上に、返還の義務がないという内容は、ちひろにとって願ってもない話で、すぐに申し込みをした。審査の上、合格後の給付が決定されたという通知を受け取ったちひろは、中岡に負担をかけずに済むと喜んで報告に来た。

「三億あっても…うーん…私は寄付できないなあ。自分で使うわ」

「私もです。遙香さんなら何に使います？」

「これから子供生まれるし…なんでも二倍かかるから…。貯金？」

「私もです」

「使ってないじゃないか」

二人して貯金するという話を聞き、二宮は眉を顰めて肩を竦める。ふんと鼻先から息を吐く二宮に、ちひろが「じゃ」と質問した。

「三宮さんなら何に使うんですか？　三億あったら」

「……。さあな」

そんなこと、考えたこともない。興味なさげな顔つきで二宮が答えた時だ。「こんにちは」と言う声がまたしても聞こえた。

「ちひろちゃんはいるかな？」

「あ、教授！　すみません。どうしてもわからない問題があって…」

「……」

遙香だけでなく、教授とも待ち合わせしていたらしいちひろに呆れ果て、二宮は通路へ中岡の様子を見に行く。ちょうど注文分の品を搬入し終えたところで、サインをくれと頼まれた。二宮は納品書にサインしながら、中岡に愚痴をこぼす。

「お前の娘はうちを喫茶店か何かと勘違いしてないか」

「しっかりしてるだろう。感心するよ」

「褒めてない」

違うと渋面で首を横に振り、二宮は外へ向かう中岡の後について出る。遥香の前では吸えないので、店の前に立って煙草を咥える二宮に、中岡はクリスマスの話をした。

「ちひろが今年もケーキを買って、ここで皆で食べるって言ってたぞ。俺も仕事が終わったらこっちへ来いって言われてるんだ」

「あいつ…」

やっぱり寄り合い所にするつもりなのかと、二宮は顰めっ面をひどくして、咥えた煙草に火を点けた。去年もちひろはケーキを持ってやってきて、その後から仕事を終えた中岡が現れた。店の常連たちと一緒にケーキを食べたのを思い出しながら、去年は仕事でいなかった遥香も、今年は加わるのだろうなと予想する。

「だから、どうだ？　クリスマス用にシャンパンでも置かないか？」

「営業か」

「売れると社長が喜ぶんだ」

配達のついでに声をかけているが、結構買ってくれると中岡が話すのを聞き、二宮は苦笑する。お互いが百八十度違うような仕事に変わったけれど、やってみればなんとかなるものなのだと痛感している。警察学校で切磋琢磨したあの頃。都会の片隅で、飲み屋と酒屋になっているなんて、どうして想像できただろうか。

冬至を間近に控えた十二月の午後。すでに夕焼け色に染まり始めている空を見ながら、二宮は煙草を吸い終える。中岡に気をつけて帰るように言ってから、シャンパンを持ってきてくれと頼んだ。

「試しに置いてみる」

「毎度あり」

にやりと笑った中岡が乗り込んだトラックが去っていくと、二宮は小さく息を吐いてから賑やかな話し声のする店へと戻った。

二見サラ文庫

本作品に関するご意見、ご感想などは
〒101-8405
東京都千代田区神田三崎町2-18-11
二見書房 サラ文庫編集部 まで

本作品は書き下ろしです。

二宮繁盛記《にのみやはんじょうき》 4

著者 谷崎泉《たにざきいずみ》

発行所 株式会社 二見書房
東京都千代田区神田三崎町2-18-11
電話 03(3515)2311［営業］
03(3515)2314［編集］
振替 00170-4-2639

印刷 株式会社 堀内印刷所
製本 株式会社 村上製本所

落丁·乱丁本はお取り替えいたします。
定価は、カバーに表示してあります。

ISBN978-4-576-20032-3
https://www.futami.co.jp/

二見サラ文庫

二宮繁盛記

谷崎 泉

イラスト＝ma2

新宿の片隅にある立ち飲み屋「二宮」。店主は四十絡みのワケありイケメン。元刑事と知る者は少ないが小さな事件が次々と起こり…。